HEYNE BÜCHER

DEAN KOONTZ

# DIE SPUREN

*Roman*

Aus dem Amerikanischen
von Heinz Zwack

WILHELM HEYNE VERLAG
MÜNCHEN

HEYNE ALLGEMEINE REIHE
Nr. 01/9353

Titel der Originalausgabe
SHATTERED

Dieses Buch erschien bereits mit dem Titel »Unter Beschattung«
1988 in der Droemerschen Verlagsanstalt Th. Knaur Nachf., München


Printed in Germany 1995
Umschlagillustration: The Image Band/Terje Rakke, München
Umschlaggestaltung: Atelier Ingrid Schütz, München
Gesamtherstellung: Elsnerdruck, Berlin

ISBN 3-453-08662-7

Für Lee Wright – mit Dank für viel Freundlichkeit, Rat und Geduld

# MONTAG

## 1

Nur vier Straßen von dem möblierten Apartment entfernt und mit noch mehr als dreitausend Meilen Landstraße vor sich, ehe sie bei Courtney in San Francisco sein würden, begann Colin eines seiner Spiele. Colin liebte diese Spiele: nicht etwa solche, die ein Spielbrett und Figuren erforderten, sondern solche, die man im Kopf spielte – Wortspiele, Ideenspiele, komplizierte Fantasien. Er war ein sehr gesprächiger, frühreifer Elfjähriger mit mehr Energie als er ausleben konnte. Schlank, in Anwesenheit von Fremden schüchtern, von ziemlich schwerem Astigmatismus in beiden Augen geplagt, der es erforderlich machte, daß er dauernd eine Brille mit dicken Gläsern trug, trat er nicht gerade als sportlicher Typ auf. Er konnte seine Kräfte nicht beim Footballspiel einsetzen, weil gleichaltrige, sportliche Jungs nicht mit jemandem spielen wollten, der dauernd über seine eigenen Füße stolperte, der den Ball fallen ließ und bei der kleinsten, durchaus nicht regelwidrigen Rempelei schon außer Gefecht gesetzt war. Außerdem langweilte ihn Sport. Er war ein intelligenter Junge und eine richtige Leseratte, und seine eigenen Spiele machten ihm viel mehr Spaß als Football. Jetzt kniete er auf dem Vordersitz des großen Wagens, blickte durchs Heckfenster auf das Zuhause, das er für immer verlassen würde, und sagte: »Man verfolgt uns, Alex.«

»Tatsächlich?«

»Yeah. Als wir die Koffer in den Kofferraum packten, parkte er ganz unten an der Straße. Ich habe ihn gesehen. Jetzt folgt er uns.«

Alex Doyle lächelte, als er den Thunderbird auf die Landsdowne Avenue lenkte. »Eine große schwarze Limousine, oder?«

Colin schüttelte den Kopf, und seine bis zu den Schultern reichende dichte braune Mähne flog dabei. »Nein. Eine Art Lieferwagen.«

Alex sah in den Rückspiegel. »Ich sehe ihn nicht.«

»Du hast ihn abgehängt, als du um die Ecke gebogen bist«, sagte Colin. Er preßte den Bauch gegen die Rücklehne und streckte den Kopf über den Rücksitz. »Da ist er! Siehst du ihn jetzt?«

Fast einen Block hinter ihnen bog ein neuer Chevroletlieferwagen in die Landsdowne Avenue ein. Um fünf Minuten nach sechs an einem Montagmorgen war es das einzige in Bewegung befindliche Fahrzeug, das zu sehen war.

»Ich dachte, es wäre immer eine schwarze Limousine«, sagte Alex. »Im Film wird der Held immer von einer großen schwarzen Limousine verfolgt.«

»Das ist nur im Film so«, entgegnete Colin, ohne den Lieferwagen aus den Augen zu lassen, der seinen Abstand zu ihnen beibehielt. »Im wirklichen Leben verhält sich niemand so auffällig.«

Die Bäume zu ihrer Rechten warfen lange schwarze Schatten über die halbe Straße und erzeugten auf der Windschutzscheibe flackernde, schwindelerregende Muster. Irgendwo im Osten war die Maisonne aufgegangen, stand aber noch viel zu weit unten am Horizont, als daß Alex sie hätte sehen können. Trotzdem hüllte sie die alten zweistöckigen Holzhäuser in strahlendes Licht und ließ sie neu und gepflegt erscheinen.

Von der frischen Morgenluft belebt und fast genauso über die ersten grünen Knospen an den Bäumen entzückt wie Colin von der bevorstehenden Reise, dachte Alex Doyle, daß er wohl nie in seinem Leben glücklicher gewesen war. Er lenkte den schweren Wagen mühelos und hatte Freude an der lautlosen Kraft, die seinem Willen gehorchte. Sie würden lange unterwegs sein, sowohl was die Stunden als auch was die Meilen betraf; aber einfallsreich und fantasievoll wie er war, würde Colin ihm ein angenehmerer Reisebegleiter als die meisten Erwachsenen sein.

»Er ist immer noch hinter uns«, sagte Colin.

»Ich möchte wissen, warum er uns folgt.«

Colin zuckte mit den schmalen Schultern, drehte sich aber nicht um. »Dafür könnte es eine Menge Gründe geben.«

»Zum Beispiel?«

»Nun ... er könnte gehört haben, daß wir nach Kalifornien umziehen. Und er weiß, daß wir unsere Wertsachen bei uns haben ... Familienschätze und so Zeug. Also fährt er hinter uns her, drängt uns auf irgendeiner einsamen Straße in den Graben und beraubt uns mit vorgehaltener Pistole.«

Alex lachte. »Familienschätze? Alles, was wir bei uns haben, ist Kleidung für die Reise. Der ganze andere Krempel ist schon vor einer Woche mit dem Möbelwagen weggebracht worden, oder deine Schwester hat es mit dem Flugzeug mitgenommen. Und ich kann dir versichern, daß ich nichts wertvolleres als meine Armbanduhr dabei habe.«

Aber Colin ließ sich von Doyle nicht so leicht von seiner Idee abbringen. »Vielleicht ist er ein Feind von dir. Jemand, der dir irgendeine alte Sache nachträgt. Er will dich zu fassen kriegen, ehe du die Stadt verläßt.«

»Ich hatte in Philly keine richtigen Freunde«, sagte Alex, »aber richtige Feinde habe ich auch nicht. Und wenn er mich verprügeln wollte, warum ist er dann nicht einfach auf mich losgegangen, als ich unsere Koffer einlud?«

Ein flimmerndes Spitzenmuster aus Sonnenlicht und Schatten huschte schnell über die Windschutzscheibe. Vor ihnen schaltete die Ampel geradezu rechtzeitig auf Grün, um Alex ein lästiges Abbremsen zu ersparen.

Nach einer Weile sagte Colin: »Vielleicht ist er ein Spion.«

»Ein Spion?« fragte Alex.

»Ein Russe oder so etwas.«

»Ich dachte, wir wären heutzutage mit den Russen befreundet«, entgegnete Alex, musterte den Lieferwagen im Rückspiegel und lächelte dann wieder. »Und selbst wenn wir Streit mit den Russen hätten – warum sollte ein Spion sich für dich oder mich interessieren?«

»Das ist einfach«, sagte Colin. »Er verwechselt uns. Er soll jemanden beschatten, der in unserem Block wohnt, und ist durcheinander gekommen.«

»Nun, vor einem so ungeschickten Spion habe ich keine Angst«, sagte Alex. Er drehte am Knopf der Klimaanlage und bewirkte damit, daß eine sanfte, kühle Brise in das stickige Auto wehte.

»Vielleicht ist er auch kein Spion«, sagte Colin, dessen Fantasie den unauffälligen kleinen Lieferwagen einfach nicht loslassen wollte. »Er könnte auch etwas anderes sein.«

»Was zum Beispiel?«

»Laß mich eine Weile darüber nachdenken«, sagte der Junge.

Während Colin darüber nachdachte, was es mit dem Mann in dem Lieferwagen für eine Bewandtnis haben könnte, sah Alex Doyle auf die vor ihm sich abspulende Straße und dachte an San Francisco. Für Alex war jene hügelige, häufig nebelverhangene Stadt nicht nur ein Punkt auf einer Landkarte. Für ihn war sie zugleich ein Synonym für die Zukunft und ein Symbol für all das, was ein Mensch sich im Leben wünschen konnte. Dort erwartete ihn sein neuer Job. Die innovative Werbeagentur, die junge talentierte Werbegrafiker anerkannte und förderte. Ihr neues Heim stand dort, das im spanischen Stil erbaute Haus mit den drei Schlafzimmern am Rand des Lincoln Park, mit dem großartigen Ausblick auf die Golden Gate Bridge und der zerzausten Palme vor dem Fenster des Elternschlafzimmers. Und Courtney war natürlich dort. Er und Courtney hatten sich in Philadelphia kennengelernt, sich ineinander verliebt und im Rathaus an der Market Street geheiratet, wobei ihr Bruder Colin Brautführer gewesen war und eine Frau aus dem Schreibsaal der Rechtsabteilung als die erforderliche erwachsene Trauzeugin fungiert hatte. Anschließend hatte man Colin auf zwei Wochen zu Alex Tante Pauline in Boston geschickt, während das jungvermählte Paar nach San Francisco in die Flitterwochen geflogen war. Alex hatte dabei gleichzeitig seine neuen Arbeitgeber kennengelernt, mit denen er bisher nur telefoniert hatte, und schließlich auch das Haus ausfindig gemacht und gekauft, in dem sie ihr neues gemeinsames Leben beginnen würden. In San Francisco sollte die neue Zukunft Gestalt und Bedeutung gewinnen. *Dort lag ihre Zukunft.* Courtney und San Francisco, das gehörte zusammen. Für Doyle waren sie eins – seine junge Frau und die Stadt; beide exotisch, sinnlich, voll intellektuellem Reiz, unkompliziert im Umgang und doch aufregend. Und während er jetzt an Courtney dachte, tauchten vor seinem inneren Auge die hügeligen Straßen und die strahlendblaue Bucht so deutlich auf, als sähe er sie vor sich.

»Er ist immer noch hinter uns«, sagte Colin und spähte durch das schmale Rückfenster auf den Lieferwagen.

»Wenigstens hat er bis jetzt noch nicht versucht, uns zu rammen oder in den Straßengraben zu drücken«, erwiderte Alex.

»Das wird er auch nicht tun«, meine Colin.

»So?«

»Er wird uns bloß beschatten. Bestimmt ein Mann von der Regierung.«

»Wohl vom FBI?«

»Ja, das glaube ich«, sagte Colin und preßte grimmig die Lippen aufeinander.

»Warum sollte er denn hinter uns her sein?«

»Er hat uns wahrscheinlich mit jemand anderem verwechselt«, mutmaßte Colin. »Sicher sollte er jemand beobachten – Radikale wahrscheinlich. Er hat unsere langen Haare gesehen, und das hat ihn durcheinander gebracht. Er glaubt, daß *wir* die Radikalen sind.«

»Nun«, meinte Alex, »unsere Spione sind genauso ungeschickt wie die russischen, nicht wahr?«

Doyles Lächeln breitete sich über sein ganzes Gesicht aus; der Mund eine geschwungene Krümmung, die an jedem Ende von einem Grübchen betont wurde. Er behielt dieses Lächeln bei, zum einen, weil er sich so verdammt wohlfühlte, und zum anderen, weil er wußte, daß sein Gesicht damit noch am besten aussah. In all den dreißig Jahren seines Lebens hatte ihm nie jemand gesagt, daß er gut aussähe. Obwohl er der Abstammung nach zu einem Viertel Ire war, dominierte doch das ausgeprägt kantige italienische Kinn und die zu große Römernase. Drei Monate nachdem sie sich kennengelernt hatten und anfingen, miteinander zu schlafen, hatte Courtney gesagt: »Doyle, du bist einfach kein gutaussehender Mann. *Attraktiv* bist du schon, aber du siehst nicht gut aus. Ich würde mich ja gern dafür revanchieren, wenn du zu mir sagst, daß ich umwerfend aussehe – aber ich kann dich einfach nicht anlügen. Allerdings, dein Lächeln ... nun, *das* ist perfekt. Wenn du lächelst, siehst du fast ein wenig wie Dustin Hoffman aus.« Sie waren bereits zu ehrlich zueinander, als daß Doyle deswegen beleidigt gewesen wäre. Der Vergleich hatte ihn sogar entzückt: »Dustin Hoffman? Findest du das wirklich?« Sie hatte ihn einen Augenblick lang gemustert, die Hand unter sein Kinn geschoben und sein Gesicht in dem schwachen, orangefarbenen Licht der Nachttischlampe hin- und herwendend. »Wenn du lächelst, siehst du *genau* wie Hoffman aus – das heißt, wenn er versucht, häßlich auszusehen.«

Er hatte sich verdutzt angestarrt. »Wenn er versucht, *häßlich auszusehen,* um Himmels willen?«

Sie schnitt eine Grimasse. »Ich dachte … nun, Hoffman kann eigentlich gar nicht häßlich aussehen, selbst wenn er sich Mühe gibt. Wenn du lächelst, dann siehst du wie Hoffman aus, bist aber nicht so hübsch …«

Er war gespannt gewesen, wie sie es fertigbringen würde, sich aus der Ecke herauszumanövrieren, in die sie hineingeraten war, und hatte zu Lachen angefangen. Sein Lachen hatte sie angesteckt. Und kurz darauf kicherten beide wie die Blöden, schmückten den Witz aus und machten ihn immer komischer, lachten, bis sie nicht mehr konnten, beruhigten sich dann wieder und liebten sich anschließend leidenschaftlich. Seit jener Nacht versuchte Doyle sooft wie möglich zu lächeln.

Auf der rechten Straßenseite tauchte eine Tafel auf, die die Einfahrt zum Schuylkill Expressway anzeigte. »Gib deinen FBI-Mann eine Chance«, sagte Alex zu dem Jungen. »Soll er uns eine Weile in Frieden beschatten. Jetzt kommt der Expressway. Du solltest dich also herumdrehen und dich anschnallen.«

»Nur eine Minute noch«, sagte Colin.

»Nein«, sagte Alex. »Schnall dich mit dem Beckengurt an, sonst mußt du auch noch den Schultergurt nehmen.« Colin haßte es, doppelt angegurtet zu sein.

»Eine *halbe* Minute«, sagte der Junge und preßte sich noch fester an die Lehne, als Alex den Wagen auf die Zufahrt zur Schnellstraße lenkte.

»Colin …«

Der Junge drehte sich herum und ließ sich auf den Sitz rutschen. »Ich wollte bloß sehen, ob er uns auf den Expressway folgt. Das hat er getan.«

»Selbstverständlich hat er das«, sagte Alex. »Ein FBI-Mann ist doch nicht an Stadtgrenzen gebunden. Er würde uns überallhin folgen.«

»Quer durchs ganze Land?« fragte der Junge.

»Na sicher. Warum denn nicht?«

Colin legte den Kopf an die Lehne und lachte. »Das

wäre aber komisch. Was würde er wohl machen, wenn er uns quer durchs ganze Land folgen und dann feststellen würde, daß wir gar nicht die Radikalen sind, hinter denen er her ist?«

Oben auf der Zufahrtsrampe angelangt, blickte Alex nach Südosten auf die zwei leeren Fahrbahnen. Er gab etwas mehr Gas, und sie rollten in westliche Richtung. »Wirst du dich jetzt anschnallen?«

»Ja, natürlich«, sagte Colin und tastete nach der Gurtschnalle. »Habe ich vergessen.« Er hatte es natürlich nicht vergessen. Colin vergaß nie etwas. Er schnallte sich nur nicht gern an.

Alex wandte kurz den Blick von der leeren Straße vor ihnen, blickte zur Seite und beobachtete den Jungen, wie er mit der Gurtschnalle hantierte. Colin schnitt Grimassen, schimpfte auf den Gurt und ließ Doyle in jeder Weise erkennen, was er davon hielt, wie ein Gefangener angeschnallt zu sein.

»Du könntest es auch lächelnd ertragen«, sagte Alex und grinste selbst, während er wieder auf die Straße blickte. »Du wirst diesen Gurt die ganze Strecke bis nach Kalifornien geschlossen lassen, ob es dir nun gefällt oder nicht.«

»Das wird mir nicht gefallen«, versicherte ihm Colin. Jetzt, wo er den Sitzgurt umgelegt hatte, strich er die Falten aus seinem King Kong T-Shirt, bis die Fotografie des riesenhaften Gorilla genau in der Mitte seiner schmalen Brust saß. Er schob sich das volle Haar aus der Stirn und rückte die schwere Brille mit dem Drahtgestell zurecht, die von seiner Stupsnase nur mit Mühe an Ort und Stelle gehalten werden konnte.

»Dreitausendeinhundert Meilen«, sagte er und sah zu, wie die graue Straßenfläche unter ihnen wegrollte. Der elektrisch verstellbare Sitz des Thunderbird ließ sich hoch genug stellen, um gute Aussicht zu haben. »Wie lange werden wir dafür brauchen?«

»Wenn wir nicht trödeln«, sagte Alex, »sollten wir Samstag früh in San Francisco ankommen.«

»Fünf Tage« sagte Colin. »Nicht viel mehr als sechshundert Meilen am Tag.« Er schien enttäuscht.

»Wenn du mich am Steuer abwechseln könntest«, meinte Alex, »ging's schneller. Aber allein möchte ich mir nicht viel mehr als sechshundert pro Tag zumuten.«

»Warum ist dann Courtney nicht mit uns gefahren?« wollte Colin wissen.

»Sie macht das Haus fertig; hat dort auf die Umzugsleute gewartet und kümmert sich um Vorhänge und Teppiche – all das Zeug.«

»Hast du gewußt, daß das mein erster Flug war, als ich nach Boston flog, um bei Pauline zu wohnen, während ihr beiden eure Hochzeitsreise gemacht habt?«

»Ich weiß«, sagte Alex. Colin hatte zwei Tage nach seiner Rückkehr über fast nichts anderes geredet.

»Mir hat der Flug wirklich gefallen.«

»Klar.«

Colin runzelte die Stirn. »Warum konnten wir eigentlich nicht dieses Auto verkaufen und nach Kalifornien fliegen, mit Courtney zusammen?«

»Das weißt du doch«, sagte Alex. »Das Auto ist erst ein Jahr alt. Im ersten Jahr ist der Wertverlust bei einem neuen Auto am größten. Wenn du keinen gar zu schlechten Schnitt machen willst, mußt du es drei oder vier Jahre behalten.«

»Du hättest dir den Verlust doch leisten können«, sagte Colin und fing an, leise aber in gleichmäßigem Rhythmus auf seine Knie zu trommeln. »Ich habe dich und Courtney reden hören. Du wirst in San Francisco ein *Vermögen* verdienen.«

Alex hielt eine Hand in den gedämpften Atemstrom der Klimaanlage, der aus der Austrittsöffnung im Armaturenbrett kam, um die feuchte Handfläche zu trocknen. »Fünfunddreißigtausend Dollar im Jahr ist kein Vermögen.«

»Ich kriege nur drei Dollar Taschengeld«, sagte der Junge.

»Das ist schon richtig«, sagte Alex. »Aber ich bin dir auch um neunzehn Jahre an Erfahrung und Ausbildung voraus.«

Die Reifen summten über den Asphalt.

Ein schwerer Laster brauste auf der anderen Seite der Straße in entgegengesetzter Richtung an ihnen vorbei, auf die Stadt zu. Abgesehen von dem Lieferwagen war es das erste Fahrzeug, daß sie zu Gesicht bekamen.

»Dreitausendeinhundert Meilen«, sagte Colin. »Das ist ziemlich genau ein Achtel des Erdumfangs.«

Alex mußte eine Minute nachdenken. »Stimmt.«

»Wenn wir weiterfahren und nicht in Kalifornien anhalten würden, könnten wir in etwa vierzig Tagen die ganze Welt umkreisen«, sagte Colin und streckte beide Hände aus, als würde er damit einen imaginären Globus umfassen.

Alex erinnerte sich noch gut daran, wie der Junge den Begriff ›umkreisen‹ zum erstenmal verwendet hatte und wie er von einem Klang und der Vorstellung, die sich dahinter verbarg, förmlich fasziniert gewesen war. Wochenlang ging er nicht um den Park oder den Häuserblock herum – er ›umkreiste‹ alles. »Nun, wahrscheinlich würden wir mehr als vierzig Tage brauchen«, sagte Alex. »Ich weiß nicht, wie schnell ich auf dem Pazifik fahren könnte.«

Colin fand das komisch. »Ich hatte gemeint, wir könnten es dann tun, wenn es eine Brücke gäbe«, sagte er.

Alex sah auf den Tachometer und stellte fest, daß sie nur gemächliche fünfzig Meilen die Stunde fuhren, zwanzig weniger, als er sich für den ersten Abschnitt der Reise eigentlich vorgenommen hatte. Colin war ein guter Reisebegleiter. Sogar ein zu guter. Wenn er Alex weiterhin ablenkte, würden sie einen Monat brauchen, um an ihr Ziel zu kommen.

»Vierzig Tage«, überlegte Colin. »Das ist halb so lang wie in dem Buch von Jules Verne.«

Obwohl er wußte, daß Colin in der Schule eine Klasse übersprungen hatte und daß er in Bezug auf seine Lesefähigkeit seinen Klassenkameraden immer noch ein paar Jahre voraus war, staunte Alex immer wieder darüber, wie gescheit der Junge doch war. »Du hast also *In achtzig Tagen um die Welt* gelesen, wie?«

»Na klar«, sagte Colin. »Vor langer Zeit schon.« Dann hielt er die Hände vor eine andere Luftdüse und trocknete sie, wie er das bei Doyle gesehen hatte.

Obwohl es eigentlich nur eine Kleinigkeit war, beeindruckte diese Geste Doyle doch sehr. Er war auch einmal ein magerer, nervöser Junge gewesen, der dauernd feuchte Hände gehabt hatte. Ebenso wie Colin hatte er sich Fremden gegenüber schüchtern verhalten und kein besonderer Sportler gewesen, so etwas wie ein Außenseiter unter seinen Altersgenossen. Auf dem College hatte er deshalb mit Krafttraining angefangen, fest dazu entschlossen, eine zweiten Charles Atlas aus sich zu machen. Als sein Brustumfang dann gewachsen und sein Bizeps härter geworden war, wurde ihm das Gewichtheben langweilig, und er ließ es wieder bleiben. Mit einsfünfundsiebzig Körpergröße und zweiundsiebzig Kilo Gewicht war er alles andere als ein Charles Atlas. Aber er war schlank und muskulös und jedenfalls nicht mehr untergewichtig. Trotzdem fühlte er sich in Gesellschaft von Leuten, die er gerade erst kennengelernt hatte, nicht wohl – und er hatte oft vor Nervosität feuchte Hände. Tief in seinem Inneren hatte er noch keineswegs vergessen, wie es war, wenn man sich dauernd ein wenig verlegen fühlte und nicht genügend Selbstbewußtsein besaß. Während er jetzt Colin dabei zusah, wie er seine schmalen Hände trocknete, begriff Alex, warum ihm der Junge gleich so gefallen hatte und warum sie sich vom ersten Tag an, als sie sich vor achtzehn Monaten begegnet waren, gleich miteinander wohlgefühlt hatten. Neunzehn Jahre lagen zwischen ihnen, aber sonst nicht viel.

»Ist er immer noch hinter uns«, fragte Colin und riß Alex damit aus seinen Gedanken.

»Wer?«

»Der Lieferwagen.«

Alex sah in den Rückspiegel. »Ja. Das FBI gibt nicht so leicht auf.«

»Darf ich auch mal sehen?«

»Du bleibst angeschnallt.«

»Das wird eine schlimme Reise«, sagte Colin mürrisch.

»Ja, ganz bestimmt sogar, wenn du dich nicht von vornherein an die Spielregeln hältst«, nickte Alex.

Jetzt nahm der Verkehr auf der Gegenfahrspur langsam zu, als die ersten Frühpendler auftauchten und gelegentlich auch ein Lastwagen auf der letzten Etappe einer langen Reise an ihnen vorbeipfiff. Auf ihrer Spur waren ihr eigener Wagen und der Lieferwagen die einzigen Fahrzeuge.

Die Sonne stand hinter dem Thunderbird und störte sie daher nicht. Vor ihnen trübten nur zwei weiße Wölkchen den sonst gleichmäßig blauen Himmel. Die Hügel beiderseits der Straße leuchteten grün.

Als sie in Valley Forge die Pennsylvania Turnpike erreichten und nach Westen in Richtung Harrisburg einbogen sagte Colin: »Was macht unser Beschatter?«

»Immer noch da. Ein armer FBI-Agent, der das falsche Opfer verfolgt.«

»Wahrscheinlich wird er seinen Job verlieren«, sagte Colin. »Dann wird für mich eine Stelle frei.«

»Du willst FBI-Agent werden?«

»Ich habe daran gedacht«, räumte Colin ein.

Alex lenkte den Thunderbird auf die linke Spur und überholte einen Wagen, der einen Pferdeanhänger zog. Zwei kleine Mädchen, die mit Colin etwa gleichaltrig waren, saßen auf dem Rücksitz des Wagens. Sie preßten die

Nasen gegen die Scheibe und winkten Colin zu, der sofort rot wurde und mit strenger Miene nach vorne blickte.

»Langweilig wär's beim FBI sicher nicht« sagte Colin.

»Oh, das weiß ich nicht. Es könnte schon ziemlich langweilig werden, wenn du wochenlang einem Verbrecher folgen mußt, ehe er irgend etwas Aufregendes tut.«

»Nun ganz bestimmt auch nicht langweiliger, als die ganze Strecke nach Kalifornien angeschnallt dazusitzen«, sagte Colin.

Du liebe Güte, dachte Alex. Jetzt bin ich ihm in die Falle gegangen. Er lenkte den Wagen wieder auf die rechte Spur und schaltete den Tempomat auf siebzig Meilen die Stunde, um auch für den Fall, daß Colin ihn ablenken sollte, zügig voranzukommen. »Wenn uns dieser Bursche, der uns da verfolgt, auf einem einsamen Stück Straße erwischt und uns in den Graben drängt, wirst du mir noch dankbar sein, daß ich darauf bestanden habe, daß du deinen Sitzgurt anlegst. Dann wird dir das nämlich das Leben retten.«

Colin wandte sich ihm zu und sah ihn an; seine großen braunen Augen wirkten durch die Brillengläser noch größer. »Ich denke, du gibst wirklich nicht nach.«

»Da hast du richtig gedacht.«

Colin seufzte. »Du bist ja jetzt mehr oder weniger mein Vater, oder?«

»Ich bin der Mann deiner Schwester. Aber ... da deine Schwester das Sorgerecht für dich hat, kann man wahrscheinlich sagen, daß ich das Recht eines Vaters habe, die Spielregeln aufzustellen, nach denen du leben mußt.«

Colin schüttelte den Kopf und schob sich dann das lange Haar aus den Augen. »Ich weiß nicht. Vielleicht war es doch besser, Waise zu sein.«

»So, das denkst du wirklich?« fragte Doyle in gespieltem Zorn.

»Wenn du nicht aufgetaucht wärst, dann hätte ich

nicht nah Boston fliegen können«, räumte Colin ein. »Und nach Kalifornien würde ich auch nicht kommen. Aber ...«

»Du bist schon einmalig«, sagte Doyle und zerzauste dem Jungen mit der Hand das Haar.

Laut seufzend, als erforderte es die Duldsamkeit eines Hiob, mit Doyle zurechtzukommen, fuhr sich der Junge mit einem Kamm, den er aus der Tasche zog, durch die Mähne, bis sie wieder glatt war. Dann steckte er den Kamm weg und zog sich sein King Kong T-Shirt zurecht. »Nun, ich werde es mir überlegen müssen. Im Augenblick bin ich mir noch nicht sicher.«

Der Motor lief lautlos. Auch die Reifen erzeugten auf dem glatten Asphalt kaum ein Geräusch.

Fünf Minuten verstrichen, ohne daß das Schweigen irgendwie peinlich gewesen wäre; jeder fühlte sich in der Gesellschaft des anderen wohl genug, um die Stille ertragen zu können. Aber dann begann Colin unruhig zu werden und fing an, auf seinen knochigen Knien komplizierte Rhythmen zu trommeln.

»Willst du das Radio einschalten?«

»Dann muß ich mich losschnallen.«

»Okay. Aber nur auf eine Minute oder zwei.«

Der Junge schien es zu genießen, als der Sitzgurt sich mit einem leichten Zischen aufrollte. Im nächsten Augenblick kniete er auf dem Sitz, drehte sich um und sah zum Heckfenster hinaus. »Er ist immer noch hinter uns!«

»Hey!« sagte Alex. »Du wolltest doch einen Sender suchen.«

Colin setzte sich wieder. »Wenn ich es nicht versucht hätte, würdest du doch denken, daß mit mir etwas nicht in Ordnung ist.« Sein Grinsen war unwiderstehlich.

»Sieh zu, ob du etwas Musik reinkriegst«, sagte Alex. Colin drehte am Radio, bis er schließlich eine Rock 'n Roll-Sendung ausfindig gemacht hatte. Er stellte die Lautstärke ein, fuhr dann plötzlich wieder in die Höhe, drehte sich um und sah zum Rückfenster hinaus. »Der läßt uns nicht los«, sagte er. Dann ließ er sich wieder herunterfallen und griff nach dem Sitzgurt.

»Du bist ein richtiger Unruhestifter, was?« fragte Alex.

»Um mich brauchst du dir keine Sorgen zu machen«, entgegnete der Junge. »Aber um den Typen, der hinter uns her ist.«

Um Viertel nach acht machten sie an einem Howard Johnson's Restaurant außerhalb von Harrisburg Halt. Kaum hatte Alex den Wagen vor dem Gebäude mit seinem orangeroten Dach auf einem Parkplatz abgestellt, als Colin auch schon nach dem Lieferwagen Ausschau hielt. »Er ist hier. Ganz wie ich es erwartete habe.«

Alex sah zum Seitenfenster hinaus und entdeckte den Lieferwagen, der gerade vorne an dem Restaurant vorbeifuhr und auf die Tankstelle am anderen Ende des Straßenabschnitts zusteuerte. Auf der Seitenwand des weißen Chevrolet stand in leuchtend blauen und grünen Buchstaben:

AUTOMOVER
BEQUEM FÜR ALLE
DIE SELBER UMZIEHEN WOLLEN
RÜCKGABE AM ZIELORT

»Komm jetzt«, sagte Alex. »Laß uns frühstücken.«

»Yeah«, machte Colin. »Ich bin neugierig, ob er den Mumm hat, ins Lokal zu kommen.«

»Er tankt jetzt. Bis wir fertig sind, ist der fünfzig Meilen weiter auf der Turnpike.«

Als sie etwa eine Stunde später wieder herauskamen, waren die Parkplätze vor dem Restaurant alle besetzt. Ein neuer Cadillac, zwei alterslose Volkswagen, ein leuchtendroter Triumphsportwagen, ein zerbeulter, schlammbespritzter alter Buick, ihr eigener schwarzer Thunderbird und ein Dutzend weitere Fahrzeuge standen alle mit den Schnauzen nach vorne am Randstein wie eine Reihe unterschiedlicher Tiergattungen, die ein und denselben Trog miteinander teilten. Der Lieferwagen war weit und breit nicht zu sehen. »Wahrscheinlich hat er seine Vorgesetzten angerufen, während wir beim Essen saßen – und herausgefunden, daß er die falschen Leute verfolgt«, sagte Alex.

Colin runzelte die Stirn. Er schob die Hände tief in die Jeanstaschen und blickte an der Reihe von Fahrzeuge auf und ab, als würde er vermuten, der Chevrolet stünde in irgendeiner raffinierten Verkleidung auch da. Jetzt mußte er sich wohl ein völlig neues Spiel ausdenken.

Und das war, soweit es Doyle betraf, auch gar nicht so schlecht. Höchst unwahrscheinlich, daß selbst Colin *zwei* Spiele mit eingebautem Vorwand dafür erfinden konnte, jede Viertelstunde den Sitzgurt anzuschnallen.

Sie gingen langsam zum Wagen zurück. Doyle genoß die frische Morgenluft, und Colins Blick schweifte über den Parkplatz, in der Hoffnung, den Lieferwagen zu entdecken.

Als sie vor dem Wagen standen, sagte der Junge: »Ich wette, der parkt auf der anderen Seite des Restaurants.«

Ehe Doyle es ihm verbieten konnte, sprang Colin wieder auf den Gehweg zurück und rannte mit laut auf dem Betonboden klatschenden Tennisschuhen um das Gebäude herum.

Alex stieg ein, ließ den Wagen an und schaltete die Klimaanlage höher, um die während des Frühstücks stickig gewordene Luft aus dem Wagen zu blasen.

Als er dann angeschnallt war, kam Colin zurück. Der Junge öffnete die Tür auf der Beifahrerseite und stieg ein. Er wirkte niedergeschlagen. »Dort hinten ist er auch nicht.« Er schloß die Tür, sperrte sie ab, ließ sich tief in den Sitz sinken und faltete die dünnen Ärmchen über der Brust.

»Sitzgurt.«

Alex legte den Gang ein und fuhr rückwärts aus dem Parkplatz.

Murrend legt Colin den Gurt an.

Sie fuhren über die Asphaltfläche zur Tankstelle und hielten dort an, um aufzutanken.

Der Mann, der herausgeeilt kam, um sie zu bedienen, war Mitte der Vierzig, ein vierschrötiger Bauerntyp mit gerötetem Gesicht und knorrigen Händen. Er kaute Tabak, was in Philly oder San Francisco nicht gerade ein vertrauter Anblick war, und schien höchst vergnügt . »Kann ich was für euch tun, Leute?«

»Bitte mit Normal volltanken«, sagte Alex und reichte seine Kreditkarte durchs Fenster. »Der Tank ist wahrscheinlich noch halb voll.«

»Geht klar.« Auf der Hemdtasche waren vier Buchstaben – CHET – aufgestickt. Chet beugte sich vor und sah an Alex vorbei zu dem Jungen hinüber. »Wie geht's denn, Chief?«

Colin sah ihn mit ungläubiger Miene an. »G-g-g-gut«, stammelte er.

Chet ließ einen Mund voll braun gefärbter Zähne sehen. »Freut mich, das zu hören.« Dann ging er nah hinten, um Benzin einzufüllen.

»Warum hat er mich Chief genannt?« fragte Colin. Er hatte seine Verblüffung jetzt überwunden und war eher verlegen.

»Vielleicht hält er dich für einen Indianer«, sagte Alex.

»Na klar.«

»Oder den Boss der Feuerwehr.«

Colin kauerte sich in den Sitz und musterte ihn etwas mißmutig. »Ich hätte mit Courtney fliegen sollen. Fünf Tage werde ich deine schlechten Witze nicht ertragen können.«

Alex lachte. »Du bist einfach schrecklich.« Er wußte, daß Colin sowohl in Bezug auf seine Auffassungsgabe als auch auf seinen Wortschatz seinen Jahren weit voraus war und hatte sich schon lange an den manchmal verblüffenden Sarkasmus des Jungen und seine gelegentlich brillanten Formulierungen gewöhnt. Aber im Augenblick wirkte sein frühreifes Wortgeplänkel eher gezwungen. Colin mühte sich bewußt ab, erwachsen zu sein. Er kämpfte darum, die Kindheit hinter sich zu lassen, mit Willenskraft und zusammengebissenen Zähnen die Zeit der Pubertät zu überstehen und ein Erwachsener zu werden. Doyle war mit dieser Einstellung durchaus vertraut, denn er selbst hatte sich ganz ähnlich verhalten, als er in Colins Alter gewesen war.

Chet kam zurück und reichte Doyle die Kreditkarte und den Kassenzettel auf einem kleinen Plastiktablett. Während Alex den Kugelschreiber herauszog und seinen Namen hinkritzelte, sah der Tankwart Colin wieder an. »Hast wohl noch 'ne lange Reise vor dir, Chief?«

Colin war auch diesmal so verlegen wie das erste Mal, als Chet in angesprochen hatte. »Kalifornien«, sagte er und blickte auf seine Knie.

»Na«, meinte Chet. »Wenn das nichts ist! Du bist jetzt in einer Stunde der zweite, der nach Kalifornien will. Ich frag die Leute immer, wo sie hinfahren. Dann habe ich das Gefühl, ich würde ihnen dabei behilflich sein, verstehst du? Vor einer Stunde dieser Bursche, der nach Kalifornien wollte, und jetzt ihr. Alle fahren nach Kalifornien, bloß ich nicht.« Er seufzte.

Alex gab ihm das Tablett zurück und verstaute die Kreditkarte wieder in seiner Brieftasche. Er sah zu Colin hinüber und stellte fest, daß der Junge eifrig damit beschäftigt war, sich mit einem Fingernagel einen anderen zu säubern, für den Fall daß Chet den Wunsch verspüren sollte, ihr einseitiges Gespräch fortzusetzen. »So, das war's dann«, meinte Chet und reichte Alex die Quittung. »Bis an die Küste?« Er ließ den Kautabakpriem von der linken Backe in die rechte wandern.

»Stimmt.«

»Brüder?« fragte Chet.

»Wie bitte?«

»Sind Sie Brüder?«

»Oh, nein«, entgegnete Alex. Er wußte, daß es weder einen Anlaß gab, noch genügend Zeit dafür vorhanden war, um seine und Colin verwandtschaftliche Beziehung darzulegen. »Er ist mein Sohn.«

»Sohn?« Chet schien das Wort zum ersten Mal zu hören.

»Ja.« Auch wenn er nicht Colins Vater war, kam er sich doch alt genug vor, um es zu sein.

Chet sah Doyles Haar an, das ihm über den Kragen fiel, und musterte dann kritisch Doyles buntgemustertes Hemd mit den großen Holzknöpfen. Fast war Alex dem Mann dankbar dafür, daß er offensichtlich dachte, er sei nicht alt genug, um einen Sohn in Colins Alter zu haben – und dann begriff er. Der Mann wollte gar nicht sagen, daß Doyle zu jung war, um einen elfjährigen Sohn zu haben, sondern vielmehr, daß man als Vater ein besseres Beispiel geben solle. Als Colins Bruder konnte Doyle sich so seltsam kleiden und aussehen wie er wollte, aber wenn er Colins Vater war, dann gehörte sich das einfach nicht – wenigstens schien Chet dieser Meinung zu ein.

»Ich dachte, Sie wären zwanzig oder einundzwanzig«, sagte Chet und bearbeitete seinen Priem mit der Zunge.

»Dreißig«, entgegnete Alex und wunderte sich selbst darüber, daß er Antwort gab.

Der Tankwart musterte den gepflegten schwarzen Wagen. Plötzlich wurde sein Blick unfreundlich. Offenbar fand er, daß es zwar durchaus in Ordnung gewesen wäre, wenn Doyle einen Thunderbird fuhr, der seinem Vater gehörte, daß es aber eine völlig andere Sache war, wenn Doyle selbst der Besitzer des Wagens war. Wenn ein Mann, der wie Doyle aussah, sich einen Luxuswagen und Reisen nach Kalifornien leisten konnte, während jemand aus der Arbeiterklasse, der fast doppelt so alt war wie er, das nicht konnte – dann gab es keine Gerechtigkeit auf der Welt.

»Nun«, sagte Alex, »einen schönen Tag noch.«

Chet trat neben die Benzinpumpe zurück, ohne ihnen eine gute Fahrt zu wünschen. Er sah den Wagen mit gerunzelter Stirn an, und als dann der elektrische Fensterheber die Scheibe leise summend nach oben fahren ließ, vertieften sich die Furchen auf seiner roten Stirn, so daß sie wie Wellblech aussah.

»So ein netter Mann.« Alex legte den Gang ein und fuhr los. Als sie auf der Fernstraße waren und wieder nach Westen rollten, lachte Colin plötzlich laut auf.

»Was ist denn so komisch?« fragte Alex. Innerlich kochte er vor Wut und ärgerte sich über Chet in einem Maß, das in überhaupt keinem Verhältnis zu dem stand, was der Mann getan hatte. Eigentlich hatte der Typ überhaupt nichts getan, sondern nur auf stille Art seine Vorurteile erkennen lassen.

»Als er sagte, daß du wie einundzwanzig aussiehst, dachte ich schon, er würde auch Chief zu dir sagen, wie zu mir«, sagte Colin. »Das wäre prima gewesen.«

»Und ob! Einen richtigen Lachanfall hätte ich dann gekriegt.«

Colin zuckte die Schultern. »Als er *mich* Chief genannte hat, hast du das aber ganz in Ordnung gefunden.«

Als Doyles Ärger anfing, sich zu legen, wurde ihm klar, daß seine Reaktion auf den stummen Unwillen des Tankwarts eigentlich nur eine mildere Form der Überreaktion war, die Colin auf die Freundlichkeit des Mannes gezeigt hatte. War der Junge schlau genug, Chets freundlich-biedere Art durchschaut und seinen gar nicht so biederen Kern erkannt zu haben? Oder war das nur seine übliche Schüchternheit gewesen? Eigentlich gar nicht so wichtig. Was auch immer der Fall war, es blieb unbestritten, daß man sie beide ungerecht behandelt hatte. »Ich muß dich um Entschuldigung bitten, Colin. Ich hätte den herablassenden Ton nicht dulden dürfen, den er dir gegenüber angeschlagen hat.«

»Er hat mich wie ein Kind behandelt.«

»Das ist eine dieser dummen Verhaltensweisen, die Erwachsene so an sich haben«, sagte Alex. »Aber richtig ist es trotzdem nicht. Wirst du meine Entschuldigung akzeptieren?«

Colin war besonders ernst. Er saß aufrecht und steif da, denn das war das erste Mal, daß ein Erwachsener in dieser Form ihn um Entschuldigung gebeten hatte. »Ich akzeptiere«, erklärte er schließlich würdevoll. Dann ließ ein breites Lächeln sein Jungengesicht aufleuchten. »Aber recht wäre es mir schon gewesen, wenn er auch zu *dir* Chief gesagt hätte.«

Mächtige Fichten und Ulmen mit schwarzen Stämmen drängten sich am Straßenrand und wiegten sich sanft im Frühlingswind.

Die Straße stieg jetzt fast eine Meile lang beständig an, und als sie dann die Anhöhe erreicht hatten, senkte sie sich nicht wieder, sondern führte über ein flaches Stück Land zu einer weiteren Steigung, die etwa eine Meile entfernt war. Links und rechts standen immer noch die hohen, geraden Fichten wie Wachtposten, und die gedrungen Ulmen, die wie Generäle aussahen, die ihre Truppen inspizierten.

Auf halbem Weg an dieser flachen Strecke gab es zur Rechten einen Rastplatz. Man hatte dort das Unterholz zwischen den Bäumen entfernt und ein paar Holztische auf Betonsockeln verankert, damit man sie nicht stehlen konnte, Abfallkörbe waren in größeren Abständen unter den vereinzelt stehenden Fichten angeordnet. Auf einer Tafel war zu lesen, daß es auch Toiletten gab.

Um diese frühe Stunde saß niemand an den Picknicktischen, aber am westlichen Ende dieses Miniaturparks am Rand der Einfädelspur wartete der Lieferwagen darauf, sich wieder in den Verkehr einzureihen.

AUTOMOVER
BEQUEM FÜR ALLE
DIE SELBER UMZIEHEN WOLLEN
RÜCKGABE AM ZIELORT

Es war ohne jeden Zweifel derselbe Lieferwagen.

»Da ist er wieder!« sagte Colin und preßte die Nase ans Fenster, während sie mit siebzig Meilen die Stunde vorbeibrausten. »Er ist es wirklich!«

Doyle sah in den Rückspiegel und beobachtete, wie der Lieferwagen auf den Fahrstreifen fuhr. Er beschleunigte schnell. In drei oder vier Minuten hatte er sie eingeholt und rollte jetzt in gleichmäßigem Abstand eine Viertelmeile hinter ihnen her. Doyle wußte, daß es nur ein Zufall war. Colins Spiel hatte keinen Bezug zur Wirklichkeit. Es war ebenso ein Hirngespinst wie all die anderen Spiele, die er in der Vergangenheit mit dem Jungen gespielt hatte. Niemand auf der ganzen Welt hatte etwas gegen sie. Niemand auf der ganzen Welt hatte Anlaß, ihnen mit bösen Absichten zu folgen. Zufall ...

Trotzdem lief es ihm kalt über den Rücken.

## 2

George Leland fuhr den gemieteten sechs Meter langen Chevroletlieferwagen, als würde er einen Kinderwagen dirigieren; von den Möbeln und Haushaltsgegenständen, die man im Laderaum hinter der Fahrerkabine verstaut hatte, war nicht einmal ein Klappern zu hören. Die Landschaft fegte vorbei, die Straße dröhnte unter ihm dahin, und Leland hatte alles unter Kontrolle.

Er war mit Trucks und anderen großen Maschinen aufgewachsen und besaß ein besonderes Talent, sie so funktionieren zu lassen wie ihre Konstrukteure und Erbauer dies gewollt hatten. Auf der Farm in der Nähe von Lancaster hatte er schon mit dreizehn einen Heutraktor über die Felder seines Vaters gefahren und hatte die Ballen bei den verschiedenen Sammelstelle aufgeladen. Ehe er die High School absolviert hatte, war er mit Mähmaschine, Egge, Pflug und all den anderen Geräten vertraut, die auf einer Farm für den Kreislauf von der Aussaat über die Ernte bis zur erneuten Aussaat eingesetzt wurden. Als er dann aufs College ging, hatte er sich einen Teil der Studiengebühren damit verdient, daß er einen Lieferwagen ganz ähnlich dem fuhr, mit dem er jetzt quer durch Pennsylvania rollte. Später, als Erwachsener, lenkte er zwei Sommer lang einen ausgewachsenen Lastzug für eine Treibstoffgesellschaft und hatte in der ganzen Zeit weder seinem Lastzug noch irgendeinem anderen Auto auch nur einen winzigen Kratzer zugefügt. Nach dem zweiten Sommer hatte die Ölgesellschaft ihm eine feste Stelle angeboten, aber die hatte er natürlich abgelehnt. Ein Jahr später, als er sein Ingenieurdiplom erhielt und seinen ersten *richtigen* Job annahm, sprang er oft auf eine der gigantischen Erdbewegungsmaschinen und arbeitet damit– nicht weil er Angst hatte, seinen Job nicht halten zu können, sondern weil es ihm Spaß machte, die Maschine zu benutzen und zu wissen, daß er sie jederzeit beherrschte.

Jetzt war früher Montagnachmittag, und er hatte den gemieteten Lieferwagen den ganzen Tag über nach Westen gesteuert. Dauernd hielt er dabei denselben Abstand hinter dem schwarzen Thunderbird. Wenn der Wagen langsamer fuhr, verlangsamte er ebenfalls seine Fahrt, wenn er beschleunigte, holte er schnell auf. Aber die meiste Zeit hielt der Thunderbird präzise siebzig Meilen die Stunde. Leland wußte, daß das Spitzenmodell der T-Bird-Reihe über einem Tempomat verfügte, was dem Fahrer

Fernfahrten wesentlich erleichterte. Wahrscheinlich hatte Doyle das Gerät eingeschaltet. Aber das hatte nichts zu bedeuten. Mühelos und geschickt hielt George Leland Stunde um Stunde die automatisch geregelte Geschwindigkeit des anderen Fahrzeugs ein, fast als wäre er selbst eine Maschine.

Leland war groß und kräftig, einen Meter achtundachtzig und über neunzig Kilo schwer. Er war einmal zehn Kilo schwerer gewesen, hatte aber in letzter Zeit Gewicht verloren, weil er immer häufiger einfach darauf vergaß, regelmäßige Mahlzeiten einzunehmen. Seine breiten Schultern waren jetzt etwas nach vorne gebeugt, und seine schmalen Hüften schienen noch schmaler. Er hatte ein kantiges, von blondem, fast weißem Haar eingerahmtes Gesicht, blaue Augen und, abgesehen von ein paar Sommersproßen um die breite Nase, reine Haut. Sein Nacken bestand nur aus harten Muskeln und Sehnen. Wenn er mit seinen großen Händen das Steuer gepackt hielt, so daß sein Bizeps anschwoll, dann sah er aus, als wäre er mit dem Fahrzeug verschweißt und als könne ihn nichts von der Stelle bewegen.

Er schaltete das Radio nicht ein.

Er blickte nicht auf die Landschaft hinaus.

Er rauchte nicht, kaute keinen Kaugummi und führte auch keine Selbstgespräche.

Meile für Meile galt seine ganze Aufmerksamkeit der Straße, dem Wagen vor sich und der Maschine, deren zufriedenes Summen ihn umgab. Kein einziges Mal dachte er in jenen ersten Stunden der Reise bewußt an den Mann und den Jungen in dem Thunderbird. Soweit er sich nicht auf das Fahren konzentrierte, waren seine wirren Gedanken vage und ziellos. In erster Linie erfüllte ihn ein breitgefächerter, schier hypnotischer Haß, der aber noch kein ausgeprägtes Ziel hatte. Irgendwie würde der Wagen vor ihm einmal jenes Ziel werden. Das wußte er. Aber für den Augenblick folgte er ihm nur wie eine Maschine.

Von Harrisburg fuhr der Thunderbird in westliche Richtung auf den Turnpike, wechselte dann auf die Interstate 70 und überquerte den Nordzipfel von West Virginia. Hinter Wheeling, gerade innerhalb der Grenzen des Bundesstaates Ohio, verkündete der Blinker des Wagens, daß der Fahrer die Absicht hatte, in eine Zone mit Tankstellen, Motels und Restaurants zu fahren. Kaum daß Leland das Blinkersignal wahrnahm, bremste er schon und ließ den Lieferwagen eine gute Meile zurückfallen. Als er eine Minute nach dem Thunderbird die Ausfahrt nahm, war der große schwarze Wagen nirgends zu sehen. Unten an der Ausfahrtsrampe angelangt, zögerte Leland nur eine Sekunde und bog dann nach Westen, wo sich am meisten Dienstleistungsbetriebe befanden. Er fuhr langsam, hielt nach dem Wagen Ausschau und fand ihn bald vor einem rechteckigen Gebilde, das wie ein altmodischer Eisenbahnwaggon aussah und eine Imbißstätte beherbergte. Der T-Bird kühlte im Schatten einer großen Tafel mit der Aufschrift HARRY'S FINE FOOD ab.

Leland fuhr weiter, bis er Breen's, die letzte Imbißstation in dem Dschungel aus Chrom, Plastik, simuliertem Stein und Neonröhren erreicht hatte. Er parkte den Chevrolet auf der der Straße abgewandten Seite des kleinen Gebäudes, so daß man ihn von Harry's Fine Food, das fünfhundert Meter entfernt lag, nicht sehen konnte. Ohne Hast stieg er aus, sperrte den Lieferwagen ab und ging hinein, um selbst etwas zu Mittag zu essen.

Breen's sah von außen dem Restaurant, in dem Doyle und der Junge saßen, ziemlich ähnlich. Das Bauwerk war fünfundzwanzig Meter lang und glich einem röhrenförmigen Eisenbahnwaggon, mit einer langen, schmalen Fensterreihe, die zwei Seiten des Gebäudes einnahm, und einem kleinen Häuschen, das vorne als Eingang angeklebt worden war, so als hätte der Erbauer erst nachträglich die Idee dazu gehabt.

Drinnen war die Wand an den Fenstern von einzelnen

Nischen mit Sitzbänken gesäumt, deren Plastiküberzüge meistens gesprungen waren. Jede Nische war mit einem zersplitterten Aschenbecher, einem zylindrischen Zuckerspender aus Glas, gläsernen Salz- und Pfefferstreuern, einem Serviettenständer aus rostfreiem Stahl und einer Wähltastatur für die Musikbox ausgestattet, die man neben dem Eingang zu den Toiletten am Ostende des Restaurants angebracht hatte. Ein breiter Gang trennte die Nischen von der Theke, die von einem Ende des Lokals bis zum andern führte.

Leland bog hinter dem Eingang nach rechts, ging bis ans Ende der Theke und setzte sich dort an eine Stelle, wo er gelegentlich zum Fenster hinaussehen und den Thunderbird bei Harry's beobachten konnte.

Weil es das letzte Restaurant in der Anlage war und weil es bereits halb drei Uhr nachmittags war, hielt sich kaum noch jemand bei Breen's auf. In einer Nische dicht hinter der Tür mühte sich ein Paar in mittleren Jahren in wechselseitig eisigem Schweigen mit zwei Roastbeef-Sandwiches ab. Ein Lieutenant der Ohio State Police saß in der Nische hinter ihnen und war mit einem Cheeseburger und Pommes frites beschäftigt. In der Nische am anderen Ende des Raumes hockte eine ziemlich schlampig wirkende Kellnerin mit blondiertem Haar, rauchte eine Zigarette und starrte ausdruckslos auf die vergilbte Fliesendecke.

Sonst war nur noch die Thekenbedienung im Raum, die jetzt zu Leland trat, um sich nach seinen Wünschen zu erkundigen. Sie war vielleicht neunzehn, eine etwas vorlaut wirkende hübsche Blondine mit Augen, die genauso blau wie die Lelands waren. Ihre Uniform kam von der Stange eines Discounters, aber sie hatte ihr eine persönliche Note verliehen. Der Rock war zwanzig Zentimeter über ihren wohlgeformten Knien mit einem Bund eingesäumt. Auf einer Rocktasche schlug ein kleines aufgesticktes Eichhörnchen Kapriolen, auf der anderen ein Hase. Die ursprünglich weißen Knöpfe der Uniform hatte sie gegen rote vertauscht. Auf ihrer linken Brust war ein Vogel eingestickt, auf der rechten in schwungvoller Schrift ihr Name: *Janet.* Und darunter ein fröhlicher Gruß: *Hallo, Du!* Sie zeigte ein reizendes Lächeln und hatte eine ganz besonders nette Art, den Kopf etwas zur Seite zu legen – offensichtlich war sie leicht zu haben.

»Speisekarte?« fragte sie. Ihre Stimme klang kehlig und kindhaft zugleich.

»Kaffee und ein Cheeseburger«, sagte Leland.

»Pommes frites auch? Ich habe welche fertig.«

»Na gut, okay«, sagte er.

Sie schrieb es auf und zwinkerte ihm dann zu. »Bin gleich wieder da.«

Er sah ihr nach, wie sie hinter der Theke in den Küchenbereich ging. Ihre schlanken Beine waren ein erfreulicher Anblick; die enganliegende Uniform wölbte sich einladend über ihrem Hintern. Plötzlich war sie, obwohl die Verwandlung natürlich unmöglich war, splitternackt. Vor seinen Augen verschwanden ihre Kleidungsstücke, als wären sie nie dagewesen. Er sah ihre langen Beine, die beiden Halbkugeln ihrer Kehrseite, die sanfte Krümmung ihres Rückens …

Schuldbewußt sah er auf die Theke, als er spürte, wie sich etwas bei ihm regte; plötzlich war er verwirrt, desorientiert. In diesem Augenblick hätte er nicht einmal sagen können, wo er sich befand.

Janet kam mit dem Kaffee zurück und stellte ihn vor ihn hin. »Sahne?«

»Ja, bitte.«

Sie griff unter die Theke, brachte einen fünf Zentimeter hohen Pappbehälter zum Vorschein, der wie eine Milchflasche geformt war, legte ihm das Besteck hin, inspizierte ihre Arbeit und war damit sichtlich zufrieden. Aber statt ihn seinem Kaffee zu überlassen stützte sie die Ellbogen auf die Theke, legte das Kinn auf die Hände und lächelte ihn an. »Wo ziehen Sie denn hin?« fragte sie.

Leland runzelte die Stirn. »Woher wissen Sie denn, daß ich umziehe?«

»Ich habe Sie vorfahren sehen. Den Automover. Lassen Sie sich hier in der Gegend nieder?«

»Nein«, sagte er und goß Sahne in seinen Kaffee.»Kalifornien.«

»Oh. Mann!« sagte sie. »Klasse! Palmen, Sonne, Surfen ...«

»Yeah«, murmelte er und wünschte, sie würde weggehen.

»Ich würde gerne Surfen lernen«, sagte sie. »Ich mag das Meer. Im Sommer nehm ich immer zwei Wochen Urlaub in Atlantic City, leg mich an den Strand und werde richtig braun. Ich werde schnell braun – in einem klitzekleinen Bikini damit ich am ganzen Körper braun bin.« Sie lachte mit gespielter Sittsamkeit. »Nun ... *fast* am ganzen Körper. Noch *kleinere* Bikinis sind in Atlantic City nicht erlaubt.«

Leland sah sie über den Rand seiner Kaffeetasse an. Sie erwiderte seinen Blick und sah nicht weg, bis er wieder die Augen senkte.

»Burger und Frites!« rief der Koch aus dem Fenster, das Restaurant und Küche verband.

»Für sie« sagte sie leise, ging weg, holte das Essen und stellte es ihm hin. »Sonst noch etwas?«

»Nein«, sagte er.

Sie lehnte sich wieder an die Theke und redete, während er aß, wobei sie sich große Mühe gab, das Unschuldslamm zu spielen. Er entschied für sich, daß sie fünf Jahre älter war, als er ursprünglich angenommen hatte.

»Könnte ich noch eine Tasse Kaffee haben?« fragte er schließlich, bloß um sie ein paar Minuten loszuwerden.

»Na klar«, sagte sie, nahm eine leere Tasse und ging zu der großen verchromten Kaffeemaschine.

Als er ihr nachsah, spürte Leland, wie etwas in ihm seltsam zu vibrieren begann – und dann sah er sie wieder ohne Kleider wie vorher. Aber vor seinem inneren Auge malte er sich nicht nur aus, wie sie nackt aussehen würde. Er *sah* sie tatsächlich ebenso deutlich wie den Rest des Lokals. Ihre langen Beine und runde Pobacken waren straff, als sie sich auf Zehenspitzen reckte, um den Filter in der Maschine zu überprüfen. Als sie sich umdrehte, wippten ihre Brüste, und ihre Brustwarzen schwollen vor seinen Augen an.

Leland schloß die Augen und versuchte verzweifelt, das Bild zu verdrängen. Aber als er sie wieder aufschlug, sah er, daß es dageblieben war. Und je länger es dablieb, um so seltsamer fühlte er sich.

Seine Hand schloß sich um das Messer, das sie ihm gegeben hatte. Er hob das Messer, hielt es vor sein Gesicht und betrachtete die blitzende, gezackte Schneide. Dann verschwamm die Klinge, während er über sie hinweg das nackte Mädchen ansah, das langsam auf ihn zuschritt, auf ihn zukam, als würde es durch Sirup waten, und dabei wogten ihre bloßen Brüste sinnlich ... Er dachte daran, wie es sein würde, ihr das Messer zwischen den Rippen zu treiben, tief zwischen die Rippen und es dann hin und her zu drehen, bis sie zu schreien aufhörte und das starre Grinsen des Todes ihm entgegenlachte ...

Und dann, als sie schon fast bei ihm stand, die bis an den Rand gefüllte Kaffeetasse in den beiden schmalen Händen balancierend, wurde Leland bewußt, daß jemand ihn beobachtete. Er drehte sich halb auf seinem Barhocker herum und sah das Paar mittleren Alters in der Nische neben der Tür an. Der Mann hatte den Mund voll Essen, kaute aber nicht. Mit aufgeblasenen Wangen beobachtete er Leland, fixierte Lelands angespannten Gesichtsausdruck und das Messer, das er wie eine Fackel in der Hand hielt. In der zweiten Nische hatte der Polizist ebenfalls zu essen aufgehört und sah Leland scharf an. Seine Stirn war etwas gerunzelt, als wüßte er nicht recht, was er von dem Messer halten sollte.

Leland legte das Messer weg und rutschte vom Hokker, als die Bedienung mit der Kaffeetasse vor ihm stand. Er griff nach seiner Geldbörse und warf zwei Dollar auf die Theke.

»Sie gehen doch nicht schon, wie?« fragte sie. Ihre Stimme kam aus so weiter Ferne und klang so eisig, daß Leland dabei fröstelte.

Er gab ihr keine Antwort, sondern ging schnell zur Tür und nach draußen. Als er zu seinem Lieferwagen eilte, kam ihm das Licht besonders grell vor.

Endlich hinter dem Steuer des Chevrolets hörte er, wie sein Herz wie wild gegen seinen Brustkasten trommelte. Er sog den Atem in großen, würgenden Zügen ein und zitterte dabei wie ein frierender, nasser Hund.

Obwohl sie jetzt nicht mehr vor ihm stand und obwohl er die Augen fest zugepreßt hatte, konnte Leland die junge Kellnerin immer noch sehen: ihren schlanken Körper, ihre langen, nackten Beine, ihre weit auseinanderstehenden Brüste ... Er konnte sich sehen, wie er sich mit dem Messer über sie beugte, wie ihre helle Haut auseinanderklaffte, konnte sich sehen, wie er über die Theke kletterte und sie auf dem Boden nahm. Niemand hätte ihn aufgehalten, alle hätten sie Angst gehabt, selbst der Bulle. Er hätte die Kellnerin dort hinter der Theke auf die schmutzigen Fliesen drücken können und sie sooft vergewaltigen, wie er wollte ...

Das Messer und das Blut und die Brüste des Mädchens und wie ihr Körper sich an dem seinen rieb ... Deutlich sah er alles vor sich. Und dann fiel die Stimmung allmählich wieder von ihm ab. Sein Herzschlag wurde langsamer. Sein Atem ging nicht mehr so stoßweise wie vorher.

Er hob den Kopf und sah überrascht sein eigenes Bild in dem breiten Rückspiegel außen an seiner Tür. Er blickte in seine eigenen Augen, und für einen Moment wußte er, wo er war und was er tat. Plötzlich überkam ihn völlige Klarheit, und er begriff, weshalb er dem Thunderbird folgte und was er mit seinen Insassen vorhatte. Und er wußte, daß das alles falsch war. Er war krank, verwirrt, desorientiert.

Mühsam riß er den Blick von seinen eigenen Augen los. Ekel erfüllte ihn über das, was er in ihnen sah. Dann stellte er fest, daß der Polizist aus dem Lokal gekommen war und jetzt auf den Lieferwagen zuging. Eine innere Stimme sagte ihm gegen jede Vernunft, daß der Polizist alles wußte. Der Polizist wußte irgendwie, was Leland gerne mit dem Mädchen gemacht hätte und was er mit den beiden in dem Thunderbird vorhatte. Der Polizist wußte es.

Leland ließ den Motor an.

Der Polizist rief ihm etwas zu.

Leland konnte nicht hören, was der Mann sagte und war ganz sicher, daß er es auch gar nicht hören *wollte,* und so legte er den Gang ein und trat aufs Gaspedal. Der Bulle schrie etwas.

Der Lieferwagen machte einen Ruck, rutschte zur Seite und wirbelte den Kies auf. Leland nahm den Fuß etwas vom Gaspedal, driftete aus dem Parkplatz und wurde immer schneller, als er die letzten Motels und Tankstellen hinter sich ließ.

Sein Atem ging wieder schwer. Er wimmerte.

Am Ende der Anlage fuhr er viel schneller als eigentlich zulässig war die Einfahrt hoch. Er achtete nicht auf den Verkehr, sondern fuhr rücksichtslos auf die Schnellstraße. Zum Glück waren beide Fahrstreifen leer.

Obwohl Leland bewußt war, daß diese Straße von Radar überwacht wurde, ließ er die Tachonadel immer höher steigen. Als sie die Hundertmeilenmarke erreicht hatte, zitterte der Lieferwagen und brauste dann mit Höchstgeschwindigkeit dahin.

Im Laderaum polterte das Mobiliar und krachte gegen die Wände. Eine Tischlampe fiel klirrend herunter.

Leland starrte in den Rückspiegel. Der Polizist hatte

entweder seine Verfolgung nicht aufgenommen oder war zu langsam gewesen. Die Straße hinter ihm war jedenfalls leer.

Trotzdem hielt er das Tempo von hundert Meilen. Die Straße dröhnte, das flache Land fegte an ihm vorbei wie schnell wechselnde Theaterkulissen. Und langsam, ganz langsam legte sich die Panik in ihm. Allmählich wurde er das Gefühl los, daß alle ihn beobachteten, daß jeder die Hand gegen ihn hob, daß er gnadenlos von Kräften verfolgt wurde, die mit jenem Polizisten in Verbindung standen.

Doch dann, während er in westlicher Richtung über den Highway raste, wurde er schnell wieder zu einem Teil seiner Maschine, die er mit sicherer Hand lenkte. Als er sieben oder acht Meilen zurückgelegt hatte, ließ er die Geschwindigkeit langsam wieder auf das erlaubte Maß absinken, und obwohl seit dem Verlassen des Lokals erst Minuten verstrichen waren, konnte er sich bald kaum mehr daran erinnern, was ursprünglich die Panik in ihm ausgelöst hatte ...

Doch dafür erinnerte er sich plötzlich an Doyle und Colin. Der Thunderbird war irgendwo hinter ihm, im Osten. Vielleicht parkte er immer noch im Schatten jener riesigen Tafel vor Harry's Fine Food? Und selbst wenn er inzwischen weitergefahren war, würden Doyle und der Junge meilenweit hinter ihm sein, für ihn unsichtbar. Und das gefiel Leland überhaupt nicht.

Er ließ die Geschwindigkeit weiter absinken. Und als er zu erkennen begann, daß jetzt *sie ihm* folgten, nahm seine allgegenwärtige Angst vertraute Formen an. Die graue Straße erschien ihm plötzlich wie ein Tunnel, wie eine Falle mit nur einem Ausgang und keiner Möglichkeit, umzukehren.

Dann tauchte vor ihm zur Rechten ein weiterer Rastplatz auf, den eine doppelte Reihe von Fichten vom Highway abschirmte. Leland bremste, fuhr über eine kleine Erhebung auf den Rastplatz und parkte auf dem rechteckigen, mit Kies bestreuten Platz mit Blick zum Highway, um so zwischen den dicken braunen Baumstämmen den vorüberfließenden Verkehr beobachten zu können.

Er brauchte jetzt nur noch zu warten und die Straße im Auge zu behalten. Wenn der Thunderbird vorüberfuhr, konnte er sich hinten anhängen und in zwei oder drei Minuten aufschließen. Erleichtert atmete er tief durch.

Der Polizist stieg aus dem Streifenwagen, bevor George Leland auch nur bemerkt hatte, daß er auf den Rastplatz gefahren war. Leland hatte den Highway fünf Minuten lang beobachtet, und der helle Sonnenschein und der nach Westen fließende Verkehr mußten hypnotische Wirkung auf ihn ausgeübt haben. Gerade hatte er noch geglaubt, alleine zu sein – und jetzt sah er den Streifenwagen der Ohio State Police neben dem Van stehen. Halb im Schatten der Fichten, halb von den schräg einfallenden Sonnenstrahlen beleuchtet, sah der Wagen unwirklich aus. Das Blaulicht blinkte, aber die Sirene war nicht eingeschaltet. Der Polizist, der aus dem Wagen stieg, war Anfang der Dreißig, ernst und mit kantigem Unterkiefer. Es war derselbe Mann, der bei Breen's zu Mittag gegessen und der Leland vor dem kleinen Lokal nachgerufen hatte.

Leland erinnerte sich jetzt an die Gründe, die seine Panik ausgelöst hatten. Wieder war ihm, als würde die Welt um ihn herum enger werden, auf ihn hereinbrechen. Dunkelheit kroch am Rande seines Sichtfeldes in die Höhe wie Tintenflecken, die nach innen flossen. Er fühlte sich eingeengt und in Gefahr, ein leicht auszumachendes Ziel für die, die ihm Böses wollten. Seit einer Weile schienen alle es auf ihn abgesehen zu haben; beständig war er auf der Flucht.

Er kurbelte sein Fenster herunter, als der Beamte näherkam.

»Sind Sie alleine?« fragte der Lieutenant und hielt sich genügend weit von dem Lieferwagen entfernt, um nicht von der Tür getroffen zu werden, falls Leland sie plötzlich aufreißen sollte. Seine rechte Hand ruhte auf dem Kolben seines Revolvers, der noch im Halfter steckte.

»Alleine?« fragte Leland. »Yes, Sir.«

»Warum haben Sie dann nicht angehalten, als ich Sie angerufen habe?«

»Mich angerufen?«

»Vor dem Restaurant«, sagte der Lieutenant, und seine Stimme wirkte hart und kälter, als man das bei seinem glatten Gesicht erwartet hätte.

Leland blickte verdutzt. »Ich habe Sie nicht gesehen. Sie haben mich angerufen?«

»Zweimal.«

»Tut mir leid«, sagte Leland. »Das habe ich nicht gehört.« Er runzelt die Stirn. »Habe ich etwas falsch gemacht? Ich bin für gewöhnlich ein vorsichtiger Fernfahrer.«

Der Beamte musterte ihn einen Augenblick lang bedächtig, registrierte seine blauen Augen, sein von der Sonne gebräuntes Gesicht und das sorgfältig geschnittene Haar und entspannte sich. Er nahm die Hand von der Waffe und ging die letzten paar Schritte auf den Lieferwagen zu. »Es geht nicht darum, wie Sie fahren«, sagte er. »Trotzdem würde ich mir gerne Ihren Führerschein und den Mietvertrag für den Lieferwagen ansehen.«

»Natürlich«, sagte Leland. »Stets zu Diensten.« Er machte eine Bewegung, als wolle er die Brieftasche herausziehen und holte dabei die 32er Pistole aus der Schachtel mit den Papiertaschentüchern, die neben ihm auf dem Sitz stand. Mit einer fließenden Bewegung riß er sie hoch, hob sie ans Fenster, richtete den Lauf auf das Gesicht des Beamten und drückte ab. Der Schuß hallte von den Fichten hinter dem Van wider und peitschte scharf über den Highway.

Leland saß ein paar Minuten wie erstarrt da und beobachtete den Verkehr auf der Straße, ehe ihm klar wurde, daß er die Leiche verstecken mußte. Jeden Augenblick konnte jemand auf den Rastplatz kommen, den Bullen zwischen dem Streifenwagen und dem Lieferwagen am Boden liegen sehen und davonfahren, um Hilfe zu holen. Seit einiger Zeit waren alle hinter ihm her. Er hatte es nur deshalb geschafft, solange am Leben zu bleiben, weil er ihnen immer einen Schritt voraus war. Jetzt mußte er ganz klar und folgerichtig denken, für etwas anderes war keine Zeit.

Er stieß die Tür auf und stieg aus.

Der Polizeibeamte lag mit dem Gesicht nach unten im Kies. Rings um seinen Kopf hatte sich eine dunkle Blutlache gebildet. Er sah jetzt viel kleiner aus, fast wie ein Kind. Im letzten Jahr, nachdem er erkannt hatte, daß da eine Verschwörung gegen ihm im Gange war, hatte Leland sich gefragt, ob er wohl imstande sein würde, einen anderen Menschen zu töten, um sich selbst zu schützen. Er wußte, daß es dazu kommen würde. Töten oder getötet werden. Und bis zu diesem Augenblick war er sich nicht sicher gewesen. Jetzt konnte er nicht mehr begreifen, wie er je hatte zweifeln können. Wenn es darum ging, zu töten oder getötet zu werden, mußte selbst ein sonst nicht gewalttätiger Mann handeln, um die eigene Haut zu retten.

Mit ausdrucksloser Miene beugte Leland sich herunter, packte den Toten an den Fußgelenken und zerrte ihn zur offenen Tür des Streifenwagens. Das Kurzwellenradio am Armaturenbrett gab knackende Geräusche von sich. Leland stemmte die Leichte in den Wagen und ließ sie über das Steuer sinken. Aber so war das nicht gut. Selbst aus der Ferne sah der Mann wie ein Toter aus. Er würde ihn also richtig verstecken müssen, und deshalb schob Leland die Leiche über den mit Vinyl bezogenen Sitz und stieg hinter ihm in den Wagen. Er berührte das

Lenkrad, ohne sich dessen bewußt zu sein, daß er damit Fingerabdrücke hinterließ.

Und er berührte die Rückenlehne.

Ohne auf das bereits gerinnende Blut zu achten, beugte er den Kopf des Toten bis zu seinen Knien herunter und schob die zusammengedrückte Leiche vor dem Beifahrersitz auf den Boden.

Dabei berührte er, ohne es zu wollen, das Fenster auf der Beifahrerseite, preßte alle fünf Finger fest gegen das Glas.

Er mußte einigen Druck auf die Leiche ausüben, um sie unter das Armaturenbrett zu zwängen. Aber als er das geschafft hatte, war er sicher, daß niemand die Leiche entdecken würde, solange man nicht die Tür des Wagens öffnete.

Er stieg aus und berührte dabei die Sitzfläche des Vordersitzes.

Auch das Steuerrad berührte er wieder.

Als er die Tür schloß, hinterließ er dabei Abdrücke auf dem verchromten Türgriff.

Der Gedanke, einen Lappen zu nehmen und alles, was er berührt hatte, abzuwischen, kam ihm kein einziges Mal. Er hatte den Toten, den er vor den Beifahrersitz des Streifenwagens gezwängt hatte, schon wieder fast vergessen.

Ruhig ging er zum Lieferwagen zurück, stieg ein und schloß die Tür. Auf dem Highway floß der Verkehr vorbei, die Straße war eingehüllt in einen goldenen Widerschein der reflektierten Nachmittagssonne. Fast zehn Minuten lang beobachtete Leland die Straße und wartete darauf, daß der Thunderbird vorbeirollte.

Während er sich konzentrierte, ließ er seinen Gedanken freien Lauf, bis sie schließlich wieder zu der jungen Kellnerin zurückwanderten, die ihn in dem Lokal bedient hatte, dem Mädchen mit den Eichhörnchen und Häschen auf der Uniform. Jetzt war ihm klar, warum sie ihn so verwirrt und zugleich geärgert hatte. Mit ihrem langen, platinblonden Haar und den feingeschnittenen Gesichtszügen erinnerte sie ein wenig an Courtney. Nicht sehr, aber etwas. Und deshalb hatte sie diesen Anfall in ihm ausgelöst. Er wußte jetzt, daß er das Messer nicht in sie bohren wollte, daß er das nie gewollt hatte. Er hatte sie auch nicht vergewaltigen wollen. Nein, er interessierte sich überhaupt nicht für das Mädchen. Er war im strikten Sinne ein monogamer Mann. Ihm lag nur etwas an seiner reizenden Courtney.

So schnell wie seine Gedanken von der Kellnerin zu Courtney gewandert waren, trieben sie ihn weiter von Courtney zu Doyle und dem Jungen. Plötzlich erschreckte ihn der Gedanke, daß der Thunderbird vorbeigefahren war, während er den toten Polizisten in den Streifenwagen gezwängt hatte. Vielleicht waren sie schon vor zwanzig Minuten vorbeigekommen. Sie konnten bereits meilenweit vor ihm sein …

Und was, wenn Doyle die geplante Route geändert hatte? Wenn er nicht die Strecke fuhr, die auf seiner Landkarte markiert war?

Leland spürte, wie ein dicker Kloß der Angst in seiner Kehle aufstieg.

Wenn er Doyle und den Jungen aus den Augen verlor, würde er dann nicht auch Courtney verlieren? Und wenn er Courtney verlor, von seinem Weg zu Courtney abkam, hatte er dann nicht alles verloren?

Plötzlich standen ihm trotz der Klimaanlage dicke Schweißtropfen auf der Stirn. Er legte den Rückwärtsgang ein und setzte den Chevrolet ein Stück zurück, ehe er aus dem Rastplatz rollte. Das Blaulicht des Streifenwagens kreiste immer noch, aber das merkte Leland nicht. Außer der Straße vor ihm und dem Thunderbird, der ganz sicher im Begriff war, ihm zu entkommen, gab es keine Realität für ihn.

# 3

Als sie nach ihrer Mittagspause fünfzehn Minuten unterwegs waren und der Chevroletlieferwagen immer noch nicht im Rückspiegel aufgetaucht war, hörte Doyle auf, nach ihm auszuschauen. Zunächst hatte ihn beunruhigt, daß der Wagen nach ihrer Frühstückspause in der Nähe von Harrisburg wieder hinter ihnen erschienen war, aber das war natürlich nur ein Zufall gewesen. Seltsam zwar, daß er quer durch ganz Pennsylvania hinter ihnen hergefahren war und dann noch durch ein Stück von West Virginia bis hinein nach Ohio ... Nun, wahrscheinlich einfach deshalb, weil er denselben Interstate Highway nach dem Westen benutzte wie sie. Der Fahrer des Lieferwagens, wer auch immer das sein mochte, hatte seine Route nach der Landkarte ausgewählt, so wie Doyle das auch getan hatte, und natürlich nichts Bösartiges im Sinn gehabt. Etwas spät wurde Alex klar, daß er sich am Vormittag jederzeit dadurch hätte Beruhigung verschaffen können, daß er einfach an den Straßenrand gefahren wäre und den Lieferwagen vorbeigelassen hätte. Er hätte warten können, bis der andere einen Vorsprung von fünfzehn Minuten hatte, und damit wäre die ganze verrückte Idee, daß man sie verfolgte, sofort erledigt gewesen. Nun, das war jetzt ohne Belang. Der Lieferwagen war verschwunden, fuhr irgendwo weit vor ihnen.

»Ist er wieder da?« fragte Colin.

»Nein.«

»Mist.«

»Mist?«

»Ich würde wirklich gerne wissen, was er vorhatte«, sagte Colin. »Jetzt werden wir es wohl nie erfahren.«

Alex lächelte. »Ja, da hast du wahrscheinlich recht.«

Im Vergleich zu Pennsylvania war Ohio beinahe bretteben. Zu beiden Seiten des Highway dehnte sich grünes Weideland, nur gelegentlich von einer schäbig wirkenden

Ortschaft, einer sauberen Farm oder einer fast routinemäßig schmutzig wirkenden Fabrik unterbrochen. Die Gleichförmigkeit, die sich unter einem ähnlich konturenlosen Himmel bis zum Horizont erstreckte, langweilte und deprimierte zugleich. Der Wagen schien mit einem Viertel seiner wahren Geschwindigkeit dahinzukriechen.

Sie hatten noch nicht einmal zwanzig Minuten auf der Straße zurückgelegt, als Colin hin- und herzurutschen begann. »An diesem Sitzgurt stimmt etwas nicht«, sagte er zu Doyle.

»So?«

»Ich glaube, er ist zu eng.«

»Er kann gar nicht zu eng sein. Außerdem kann man ihn anpassen.«

»Ich weiß nicht ...« Colin zog mit beiden Händen daran.

»Du kannst dir eine noch so schlaue Ausrede ausdenken, du wirst ihn doch nicht los.«

Colin blickte auf die offenen Felder und eine Herde fetter Kühe, die auf einem Hügel hinter einer weißgetünchten Scheune mit rotem Dach grasten. »Ich hätte nie gedacht, daß es auf der Welt so viele Kühe gibt. Seit wir von zuhause weg sind, habe ich überall, wo ich hinsehe, Kühe entdeckt. Wenn ich noch eine sehe, muß ich kotzen.«

»Nein, das wirst du nicht«, sagte Alex. »Sonst müßtest du nämlich saubermachen.«

»Wird der Rest des Landes auch so sein?« fragte Colin und wies mit seiner schmalen Hand auf die eintönige Landschaft.

»Du weißt ganz genau, daß das nicht der Fall ist«, sagte Doyle geduldig. »Du wirst den Mississippi sehen, die Wüsten, die Rocky Mountains ... Schließlich hast du doch in deiner Fantasie genügend Reisen um die Welt gemacht, um sie viel besser zu kennen als ich.«

Als Colin sah, daß ihm das nichts einbrachte, hörte er

auf, an seinem Sitzgurt zu zerren. »Bis wir diese *interessanten* Orte erreichen, ist mein Hirn vielleicht schon abgestorben. Wenn ich zuviel von diesem *Nichts* sehe, werde ich zu einem Zombie. Weißt du, was ein Zombie ist?« Er zog ein Gesicht wie ein Zombie: offener Mund, den Unterkiefer herunterhängend, die Augen weit geöffnet, aber ausdruckslos.

Doyle mochte Colin zwar und amüsierte sich über ihn, aber zugleich war er beunruhigt. Er wußte, daß das hartnäckige Bemühen des Jungen, von dem Sitzgurt befreit zu werden, ebenso ein Ausdruck echten Unbehagens war wie eine Probe im Hinblick auf Doyles Talent, Disziplin durchzusetzen. Ehe Alex mit Courtney verheiratet gewesen war, hatte der Junge dem Verehrer seiner Schwester ebenso gehorcht wie vielleicht seinem eigenen Vater, und selbst als die beiden aus den Flitterwochen nach Hause gekommen waren und angefangen hatten, ihre Zelte in Philadelphia abzubrechen, hatte Colin keine Schwierigkeiten gemacht. Aber jetzt, wo er mit Doyle alleine war und seine Schwester einen Kontinent weit entfernt wußte, stellte er ihre neue Beziehung auf die Probe. Wenn er die Chance sah, bei irgend etwas seinen Willen durchzusetzen, würde er das auch tun. In der Beziehung unterschied er sich durch nichts von anderen Jungen seines Alters.

»Hör zu«, sagte Alex, »wenn du heute abend mit Courtney telefonierst, dann möchte ich nicht, daß du dich über deinen Sitzgurt und die langweilige Landschaft beklagst. Sie und ich, wir waren beide der Meinung, daß diese Fahrt für dich gut sein würde. Ich kann dir ja ruhig sagen, daß wir auch der Ansicht waren, daß du und ich, wenn wir eine Woche lang aufeinander angewiesen sind, uns besser aneinander gewöhnen würden. Und deshalb will ich nicht, daß du dich beklagst und jammerst, wenn wir sie von Indianapolis aus anrufen. Sie ist in San Francisco voll damit beschäftigt, Leute dazu zu bringen, die Teppiche zu legen, die Vorhänge zu befestigen, die Möbel zu liefern ... Bestimmt hat sie schon genug um die Ohren, und möchte sich nicht auch noch um dich sorgen müssen.«

Colin dachte über das nach, was er gehört hatte, während sie westwärts auf Columbus zurollten. »Okay«, sagte er schließlich. »Ich ergebe mich. Du bist mir neunzehn Jahre voraus.«

Alex sah den Jungen an, der ihm einen schüchternen Blick aus zusammengekniffenen Augen zuwarf, und lachte leise. »Wir beide kommen schon klar miteinander. Das habe ich mir gleich gedacht.«

»Sag mir eines«, meinte der Junge.

»Was denn?«

»Du bist mir neunzehn Jahre voraus. Und Courtney sechs?«

»Stimmt.«

»Machst du auch Courtney Vorschriften und legst für sie die Spielregeln fest?«

»*Niemand* macht Courtney Vorschriften und legt Spielregeln für sie fest«, entgegnete Doyle.

Colin verschränkte seine dünnen Arme über der Brust und nickte selbstgefällig. »Das stimmt hoffentlich. Ich bin froh, daß du sie verstehst. Ich würde dieser Ehe keine sechs Monate geben, wenn du denken würdest, du könntest Courtney befehlen einen *Sitzgurt* anzulegen.«

Beiderseits dehnten sich die endlosen Felder. Kühe grasten. Vereinzelte Wolken zogen wie Wattebäusche über den weiten Himmel.

Nach einer Weile begann Colin wieder: »Ich wette mit dir um einen halben Dollar, daß ich abschätzen kann, wieviele Autos uns in den nächsten fünf Minuten entgegenkommen – und daß ich die richtige Zahl bis auf zehn genau errate.«

»Einen halben Dollar?« fragte Alex. »Einverstanden.«

Der Uhrzeiger am Armaturenbrett legte die fünf Minuten zurück, während sie die in östlicher Richtung fahrenden Autos zählten, jedes einzelne laut ausriefen. Colin hatte sich nur um drei verschätzt.

»Doppelt oder nichts?«fragte der Junge.

»Was hab' ich schon zu verlieren?« entgegnete Alex und grinste. Er war jetzt wieder voll Zuversicht, was die Reise und den Jungen anging.

Sie wiederholten das Spiel. Colins Schätzung lag diesmal um nur vier Autos daneben, und er gewann wieder. »Doppelt oder nichts?« fragte er noch einmal und rieb sich die Hände mit langen Fingern.

»Lieber nicht«, meinte Alex argwöhnisch. »Wie hast du das fertiggebracht?«

»Ganz einfach. Ich habe sie eine halbe Stunde lang nur für mich gezählt, bis ich wußte, wie der Durchschnitt für fünf Minuten war. Dann habe ich dir die Wette vorgeschlagen.«

»Vielleicht sollten wir einen kleinen Abstecher nach Las Vegas machen«, knurrte Alex. »Ich werde mich in den Casinos einfach dir anschließen und das tun, was du mir sagst.«

Das Kompliment freute Colin so, daß er nichts darauf zu sagen wußte. Er schlang die Arme wieder um sich und ließ den Kopf sinken. Dann sah er zum Seitenfenster hinaus und grinste sein Spiegelbild mit gefletschten Zähnen an.

Obwohl der Junge das nicht merkte, konnte Doyle das Spiegelbild sehen, als er einmal kurz zu Colin hinüberschaute, um herauszubekommen, warum er plötzlich so still geworden war. Er grinste verständnisvoll und entspannte sich auf dem Fahrersitz; der letzte Rest Nervosität fiel von ihm ab. Offensichtlich hatte es ihm nicht nur ein Mensch, sondern hatten es ihm zwei angetan. Er mochte diesen hageren, überintellektuellen Jungen fast genauso, wie er Courtney liebte. Und diese Erkenntnis verjagte die letzte Unsicherheit und die beunruhigende Angst des Vormittags.

Vor Antritt der Reise hatte Doyle den Leuten im Lazy Time Motel mitgeteilt, daß er und Colin am Montagabend zwischen sieben und acht Uhr eintreffen würden. Um halb acht, exakt in der Mitte dieser geschätzten Zeitspanne, fuhr er auf den Parkplatz des Motels, das ein Stück östlich von Indianapolis lag, und parkte neben der Rezeption.

Sie hatten für die ganze Reise Zimmer vorherbestellt. Doyle war nicht scharf darauf, sechshundert Meilen zu fahren und dann die halbe Nacht mit der Suche nach einem freien Zimmer zu verbringen.

Er schaltete die Scheinwerfer ab und zog dann den Schlüssel aus dem Zündschloß. Die Stille, die sie umgab, war unheimlich. Nur allmählich drang der Verkehrslärm von Interstate Highway zu ihm wie verwehte Schreie am frühen Abend. »Na, ist das ein Zeitplan?« fragte Colin. »Eine heiße Dusche, ein gutes Abendessen ... und dann rufen wir Courtney an. Anschließend geht's auf acht Stunden in die Klappe.«

»Prima«, sagte Colin. »Aber könnten wir zuerst essen?«

Ein ungewöhnlicher Vorschlag, denn Colin war kein großer Esser, genau wie Doyle das in seinem Alter auch nicht gewesen war. Bei der heutigen Mittagspause hatte Colin an einem Stück Hühnchen herumgenagt, ein wenig Salat gegessen, dann an einem kleinen Eis geschleckt und schließlich eine Cola getrunken – und erklärt, er sei jetzt ›zum Platzen voll‹.

»Nun«, meinte Doyle, »so schmutzig sind wir auch nicht, daß sie uns nicht ins Restaurant lassen werden. Aber zuerst will ich unsere Zimmer sehen.« Er öffnete die Tür auf der Fahrerseite und ließ die kühle, ein wenig feuchte Nachtluft ins Wageninnere strömen. »Warte du hier auf mich.«

»Klar«, sagte Colin. »Wenn ich jetzt nur aus dem Sitzgurt rauskomme.«

Alex lächelte und löste seinen eigenen Gurt. »Ich hab' dir wohl wirklich Angst gemacht?«

Colin lächelte ihn schief an. »Wenn du es so sehen willst.«

»Okay, okay«, sagte Doyle. »Nimm deinen Sitzgurt ab, Colin, mein Junge.«

Als er aus dem Wagen stieg und sich streckte, sah er, daß das Lazy Time Motel genau das war, was der Reiseführer versprochen hatte: sauber, angenehm, aber preisgünstig. Es war wie ein großes L gebaut; das Büro mit seinen Neonleuchten befand sich dort, wo die beiden Flügel aneinanderstießen. Vierzig oder fünfzig Türen, alle gleich und so regelmäßig angeordnet wie die Staketen an einem Zaun, waren in einförmige rote Ziegelmauern eingelassen. Vor beiden Flügeln gab es einen Gehweg aus Beton und darüber ein Wellblechvordach, das alle drei Meter von schwarzen Eisenpfeilern gestützt wurde. Vor der Tür des Büros stand ein Verkaufsautomat für kalte Getränke, der leise vor sich hinsummte.

Das Büro war klein mit hellgelb gestrichenen Wänden und einem sauberen, auf Hochglanz polierten Fliesenboden. Doyle ging an die Theke und betätigte die Klingel, weil niemand im Raum war.

»Augenblick! « rief eine Frau hinter einem Bambusvorhang auf der anderen Seite.

Neben der Theke stand ein Verkaufsständer mit Zeitschriften und Taschenbüchern. Über dem Verkaufsständer hing eine Tafel mit der Aufschrift: WAS HALTEN SIE DAVON; SICH HEUTE NACHT IN DEN SCHLAF ZU LESEN? Während Doyle auf die Angestellte wartete, betrachtete er die Bücher, obwohl er nach einem ganzen Tag hinter dem Steuer nichts brauchte, um gut einschlafen zu können.

»Tut mir leid, daß Sie warten mußten«, sagte eine Frau schob mit der Schulter den Bambusvorhang auseinander. »Ich war ...« Auf halbem Weg vom Vorhang zu der Theke bekam sie Doyle das erste Mal zu Gesicht und verstummte. Sie starrte ihn genauso an, wie Chet an der Tankstelle ihn angestarrt hatte. »Ja?« Ihre Stimme hatte sich plötzlich um zehn Grad abgekühlt.

»Sie haben eine Reservierung für Doyle«, sagte er. Jetzt war er doppelt froh, daß er vorausbestellt hatte. Er war ziemlich sicher, daß sie ihn weggeschickt hätte, obwohl er sehen konnte, daß nicht vor jeder Tür ein Wagen stand und obwohl das *Zimmer frei*-Zeichen eingeschaltet war.

»Doyle?« fragte sie.

»Doyle.«

Sie legte die letzten Meter bis zur Theke zurück, und dann hellte ihr Gesicht sich auf, als sie nach den Karteikarten neben dem Hotelregister griff. »Oh, der Vater mit seinem Sohn aus Philadelphia!«

»Das stimmt«, sagte Doyle und versuchte zu lächeln. Sie war Mitte Fünfzig, eine gutaussehende Frau, obwohl sie etwa zehn Kilo Übergewicht hatte. Das Haar trug sie im Stil der fünfziger Jahre hochgesteckt und aus der Stirn gekämmt mit kleinen Löckchen an den Ohren. Ihr Strickkleid wölbte sich über einem vollen, matronenhaften Busen. An der Taille und den Hüften zeichnete sich ein Korsett ab.

»Das war eines von unseren siebzehn Dollar Zimmern«, sagte sie.

»Ja.«

Sie holte die Karteikarte aus dem grünen Kasten, musterte sie eine Weile und schlug dann das Registrierbuch auf. Sorgfältig füllte sie ein Formular aus, das ein Drittel der Seite ausmachte, drehte das Buch dann herum und hielt ihm den Kugelschreiber hin. »Wenn Sie hier unterschreiben würden ... Oh«, sagte sie dann, als er nach dem Stift griff. »Vielleicht sollte Ihr Vater unterschreiben. Das Zimmer ist auf seinen Namen reserviert.«

Doyle sah sie verständnislos an, bis er begriff, daß sie

Chet ähnlicher war, als er zunächst gedacht hatte. »Ich *bin* der Vater. Ich bin Alex Doyle.«

Sie runzelte die Stirn, und als sie den Kopf etwas zur Seite legte, schien ihre komplizierte Frisur Anstalten zu machen, in einem einzigen, mit Haarspray zusammengehaltenen Schwall über ihr Gesicht zu rutschen. »Aber hier steht doch ...«

»Mein Junge ist elf.« Er nahm den Kugelschreiber und kritzelte seine Unterschrift auf das Formular.

Sie musterte den Namenszug, als wäre er ein häßlicher Fleck auf ihren neuen Bettbezügen. Gleich würde sie wegrennen, ein Lösungsmittel holen und alles wieder wegreiben.

»Welches Zimmer haben wir?« fragte Alex und schien damit ihre Qual zu verstärken.

Sie betrachtet erneut seine Frisur und seine Kleidung. So etwas war er aus Städten wie Philadelphia und San Francisco gewöhnt und ärgerte sich über ihr Verhalten.

»Nun«, sagte sie, »Sie wissen ja, daß Sie ...«

»Im Vorausbezahlen müssen«, fiel er ihr ins Wort. »Ja, wie dumm von mir, nicht daran zu denken.« Er zählte ihr zwölf Dollar auf das Hotelregister. »Sie erinnern sich wahrscheinlich, daß ich Ihnen fünf Dollar als Anzahlung geschickt habe.«

»Aber da ist noch die Steuer«, sagte sie.

»Wieviel?«

Nachdem sie es ihm gesagt hatte, holte er das Kleingeld aus der Tasche seiner ausgebeulten dunkelgrauen Jeans.

Sie zählte das Geld in die Registrierkasse, obwohl sie vor einer Minute zugesehen hatte, wie er es hinzählte. Dann nahm sie widerstrebend einen Schlüssel vom Brett und gab ihn ihm. »Zimmer siebenunddreißig«, sagte sie und starrte dabei den Schlüssel an, als wäre ein wertvolles Schmuckstück, das sie seiner Obhut anvertraute. »Das ist ganz unten am langen Flügel.«

»Danke«, sagte er und hoffte, daß er sich beherrschen könnte. Er ging durch das saubere, hellbeleuchtete Büro zur Tür zurück.

»Das Lazy Time hat sehr hübsche Zimmer.« rief sie ihm nach, als er die Tür erreicht hatte.

Er sah sich um. »Ja, das kann ich mir gut vorstellen.«

»Wir möchten auch, daß sie so bleiben«, sagte sie.

Er nickte grimmig und sah zu, daß er hinauskam.

Obwohl er den Thunderbird aus den Augen verloren hatte, begann George Leland, sich zu beruhigen. Fünfzehn Minuten jagte er den Lieferwagen mit Höchstgeschwindigkeit über die Straße und suchte den Verkehr vor sich nach dem großen Wagen ab. Aber seine Vertrautheit mit Maschinen jeder Art wirkte wie ein Beruhigungsmittel. Die Angst ließ ihn los. Er verlangsamte sein Tempo. Plötzlich zuversichtlich, daß er den Thunderbird einholen würde, fuhr er nur wenige Meilen schneller als zulässig. Als befände er sich in einem leichten Trancezustand, beschränkte sich seine Wahrnehmung auf die Straße und das gleichmäßige Dröhnen unter der Motorhaube des Chevy, und das beruhigte ihn sehr.

Zum ersten Mal an diesem Tag lächelte Leland. Und dann wünschte er sich zum ersten Mal seit langer Zeit, jemanden zu haben, mit dem er reden könnte …

»Du wirkst so glücklich«, sagte sie und erschreckte ihn.

Er wandte den Blick von der Straße. Sie saß auf dem Beifahrersitz, nur einen halben Meter von ihm entfernt. Aber wie war das möglich?

»Courtney«, flüsterte er, und seine Stimme war nicht viel mehr als ein trockenes Wispern. »Ich …«

»Es ist schön, dich so glücklich zu sehen«, sagte sie. »Normalerweise wirkst du so ernst.«

Verwirrt sah er wieder auf die Straße.

Aber im nächsten Augenblick wandte sein Blick sich

wie von einem Magneten angezogen erneut ihr zu. Die Sonnenstrahlen fielen durch die Windschutzscheibe und gingen durch sie hindurch, als wäre sie ein Gespenst. Sie berührten ihr goldenes Haar und ihre Haut, und trotzdem konnte er auf der anderen Seite von ihr die Türverkleidung sehen, konnte er durch ihr reizendes Gesicht das Fenster hinter ihrem Kopf und die Landschaft außerhalb des Fensters erkennen – als ob sie durchsichtig wäre. Das begriff er nicht. Wie konnte sie hier sein? Wie konnte sie wissen, daß er Doyle und den Jungen verfolgte?

Eine Hupe blökte ganz in der Nähe.

Leland blickte auf und stellte überrascht fest, daß er von der rechten Fahrbahn abgekommen war und fast mit einem Pontiac kollidiert wäre, der ihn zu überholen versuchte. Er riß das Steuer nach rechts herum und brachte den Lieferwagen wieder auf seine Spur.

»Wie ist's dir denn ergangen, George?« fragte sie.

Er sah sie an und sah dann schnell wieder auf die Straße. Sie war genauso angezogen wie beim letzten Mal, wo er sie gesehen hatte: klobige Schuhe, ein kurzer weißer Rock, eine hübsche rote Bluse mit einem langen Spitzenkragen. Als er ihr vor einer Woche zum Flughafen gefolgt war und zugesehen hatte, wie sie an Bord der 707 ging, hatte ihr Anblick in dem einfachen, aber hübschen Kostüm ihn so erregt, daß er verrückter nach ihr gewesen war als jemals zuvor nach einer anderen Frau. Fast hätte er sich auf sie gestürzt – aber dann war ihm klar geworden, daß es ihr seltsam vorgekommen wäre, daß er ihr folgte.

»Wie ist's dir denn ergangen, George?« wiederholte sie.

Sie hatte sich wegen seiner Probleme Sorgen gemacht, bevor ihm klar geworden war, daß er überhaupt Probleme hatte. Ja, sogar bevor er bemerkte hatte, daß alles schiefging. Nachdem sie ihre zwei Jahre alte Beziehung beendet hatte und nur noch bereit war, am Telefon mit ihm zu sprechen, hatte sie ihn immer noch zweimal im

Monat angerufen und gefragt, wie er zurechtkäme. Natürlich hatte sie nach einer Weile dann ganz aufgehört, ihn anzurufen. Sie hatte ihn völlig vergessen.

»Oh«, sagte er, ohne den Blick von der Straße zu wenden. »Mir geht's ganz gut.«

»Du siehst aber nicht so aus.« Ihre Stimme drang wie aus weiter Ferne zu ihm, hohl und unnatürlich, hatte kaum Ähnlichkeit mit ihrer wirklichen Stimme. Und doch saß sie am hellichten Tag hier neben ihm im Wagen.

»Mir geht es wirklich sehr gut«, versicherte er ihr.

»Du hast abgenommen.«

»Das war auch gut so.«

»Aber doch nicht so viel.«

»Es kann nicht schaden.«

»Und du hast Ringe um die Augen.«

Er nahm eine Hand vom Steuer und betastete seine verfärbten, aufgedunsenen Augenlider.

»Hast du nicht genug Schlaf bekommen?« fragte sie.

Er gab keine Antwort. Dieses Gespräch war ihm unangenehm. Er konnte es nicht leiden, wenn sie ihn wegen seiner Gesundheit bedrängte und behauptete, seine Probleme im Umgang mit anderen Leuten müßten ihre Ursache in einer *physischen* Krankheit haben. Sicher, die Probleme waren ganz plötzlich aufgetreten, aber das war nicht seine Schuld, das war die Schuld anderer Leute. In letzter Zeit hackten alle auf ihm herum.

»George, waren die Leute seit unserem letzten Gespräch netter zu dir?«

Er bewunderte ihre langen Beine. Sie waren jetzt nicht mehr durchsichtig; ihr Fleisch war fest, schimmerte golden und wunderschön. »Nein, Courtney. Ich habe wieder eine Stelle verloren.«

Jetzt, da sie aufgehört hatte, an seiner Gesundheit herumzunörgeln, fühlte er sich besser. Er wollte ihr alles sagen, und wenn es auch noch so peinlich war. Sie würde ihn verstehen. Er würde den Kopf in ihren Schoß legen und weinen, bis keine Tränen mehr kamen. Und dann würde er sich besser fühlen ... Er würde weinen, und sie würde ihm über das Haar streichen, und wenn er sich dann aufsetzte, würde er wieder so wenig Probleme haben wie damals vor mehr als zwei Jahren, ehe diese Geschichte angefangen und ehe die Leute angefangen hatten, häßlich zu ihm zu sein.

»Wieder eine Stelle?« fragte sie. »Wieviele Arbeitsplätze hast du denn in den letzten zwei Jahren gehabt?«

»Sechs«, sagte er.

»Und weshalb hat man dich diesmal entlassen?«

»Das weiß ich nicht«, sagte Leland, und seine Stimme klang elend. »Wir haben ein Bürogebäude gebaut – zwei Jahre Arbeit. Ich kam mit allen gut zurecht. Und dann fing mein Boss, der Chefingenieur damit an, auf mir herumzuhacken.«

»Auf dir herumzuhacken?« fragt sie wie aus weiter Ferne, er konnte ihr Stimme durch das Summen der breiten Reifen kaum hören. »Wie denn?«

Er rutschte verlegen hinter dem Steuer herum. »Du weißt schon, Courtney. Es war so wie jedesmal. Er fing an hinter meinem Rücken über mich zu reden, hetzte die anderen gegen mich auf. Wenn ich eine Anordnung gab, dann widerrief er sie. Preston zum Beispiel, der für die Stahlarbeiten zuständig war, hat er dazu animiert ...«

»Das hat er alles hinter deinem Rücken getan?« fragte sie.

»Ja. Er ...«

»Wenn das alles hinter deinem Rücken geschehen ist, wie kannst du dann überhaupt wissen, daß er etwas gesagt hat?« Er konnte das Mitgefühl in ihrer Stimme nicht ertragen. Es klang zu sehr wie Mitleid. »Hast du gehört, wie er es gesagt hat? Du hast ihn doch nicht selbst gehört, oder, George?«

»Du sollst nicht so mit mir reden. Versuch nicht, mir einzureden, daß ich mir das alles nur eingebildet habe.«

Sie verstummte.

Er sah nach rechts hinüber, ob sie noch da wäre. Sie lächelte ihn an, wirkte jetzt sogar wesentlich greifbarer als vor ein paar Minuten.

Die untergehende Sonne, den Highway vor sich nahm er nur noch ganz entfernt wahr. Ihre magische Präsenz hatte ihn so aus dem Gleichgewicht gebracht, daß er den Lieferwagen jetzt nicht mehr mit so sicherer Hand steuerte, wie das sonst bei ihm üblich war. Er schlingerte auf der rechten Fahrspur hin und her und geriet hie und da sogar auf den Kiesstreifen am Straßenrand.

Nach einer Weile sagte er: »Hast du gewußt, daß ich damals fast den Verstand verloren habe? Damals, als ich dich anrief, um mich mit dir zu treffen, nachdem ich herausgefunden hatte, daß du bereits seit drei Wochen verheiratet warst. Ich bin dir eine Woche tagaus, tagein gefolgt und habe dich die ganze Zeit beobachtet. Hast du das gewußt? Du hattest gesagt, du würdest nach Frisco fliegen – dieser Mann, dieser Doyle, und dein kleiner Bruder wollten in einer Woche nachkommen. Und du hast gesagt, du glaubtest nicht, daß du je wieder nach Philly zurückkehren würdest. Das hat mich beinahe umgebracht, Courtney. Alles war für mich schiefgegangen. Ich erinnerte mich, wie gut wir es einmal hatten. Also rief ich an, um zu fragen, ob wir es vielleicht noch einmal versuchen könnten. Ich wollte mich mit dir treffen. Hast du das gewußt? Ich wette, du hast es nicht gewußt. Ich hatte mich fest darauf eingestellt, dich um ein Treffen zu bitten … und dann finde ich heraus, daß du verheiratet bist und nach Frisco gehen willst.« Seine Stimme wurde hart, kalt, klang jetzt fast bösartig. Er hielt inne, um seine Gedanken zu sammeln. »Du warst mein ganzes Glück – vor zwei, drei, vier Jahren. Wenn wir zusammen waren, war alles gut. Und jetzt wirst du für mich unerreichbar sein – aus den Augen, aus dem Sinn. Ich weiß aber, daß ich in deiner Nähe bleiben muß, Courtney. Als ich dir zum

Flughafen folgte und sah, wie du wegflogst, wußte ich, daß ich Doyle und Colin folgen mußte, um herauszufinden, wo du wohnst.«

Sie sagte nichts.

Er fuhr und redete weiter, hoffte auf eine positive Reaktion von ihr, hatte aufgehört sich über ihr plötzliches Auftauchen zu wundern. »Ich hatte wieder meine Stellung verloren. Es gab nichts, was mich in Philly festhielt. Natürlich hatte ich kein Geld, um einen Umzugstransport zu bezahlen wie dieser Doyle. Ich mußte meine Sachen selbst zusammenpacken und sie quer durchs Land kutschieren. Deshalb fahre ich diesen schwerfälligen Lieferwagen mit seiner armseligen Klimaanlage und nicht einen schicken Thunderbird. Ich habe nicht soviel Glück wie dieser Doyle. Die Leute behandeln mich nicht so gut, wie sie ihn behandeln. Aber ich wußte, daß ich ohnehin nach Kalifornien gehen mußte, um in deiner Nähe zu sein. Um in deiner Nähe zu sein, Courtney ...«

Da saß sie, hübsch, ohne sich zu bewegen, die schlanken Hände über dem Schoß gefaltet und den Kopf in eine Art Heiligenschein aus den letzten Strahlen der untergehenden Sonne gehüllt.

»Es war nicht leicht, auf ihrer Spur zu bleiben«, erklärte er ihr. »Ich mußte es geschickt anstellen. Als sie frühstückten, wurde mir klar, daß sie eine markierte Landkarte im Wagen haben mußten, etwas, das mir zeigen würde, welche Route sie einschlagen wollten. Ich habe nachgesehen.« Er warf ihr einen kurzen Blick zu, grinste, sah wieder auf die Straße. »Ich habe einen Draht durch die Scheibenabdichtung geschoben und das Schloß aufgemacht. Die Karten lagen auf dem Sitz. Und dazu ein Adreßbuch. Dein Doyle ist äußerst effizient. Er hat sich die Namen und Adressen der Motels aufgeschrieben, wo er Zimmer reserviert hatte. Ich habe die Adressen abgeschrieben und die Karten studiert, weiß jetzt jede Straße, die sie nehmen werden und kenne jedes Motel zwischen hier und San Francisco, wo sie übernachten wollen. Jetzt kann ich sie nicht mehr verlieren. Ich werde einfach hinter ihnen herfahren. Im Augenblick habe ich sie nicht vor mir, aber später erwische ich sie schon wieder.« Er redete jetzt sehr schnell, so daß die einzelnen Wörter ineinanderflossen. Ihm war es sehr wichtig, ihr begreiflich zu machen, welche Mühe es ihn gekostet hatte, in ihre Nähe zu kommen.

Sie überraschte ihn. »George, hast du je wegen deiner Kopfschmerzen und wegen deiner anderen Probleme einen Arzt aufgesucht?«

»Ich bin nicht krank, verdammt nochmal!« schrie er. »Ich habe einen gesunden Verstand, ein gesundes Hirn und einen gesunden Körper! Ich bin prima in Form und will nichts mehr davon hören. Vergiß es einfach.«

»*Warum* fährst du hinter ihnen her?« fragte sie und wechselte damit, so wie er das verlangt hatte, das Thema.

Der Schweiß rann ihm in gleichmäßigen Bächen von der Stirn, fette Kristalltropfen, die ihn an den Wangen und am Hals juckten. »Habe ich dir das nicht gerade gesagt? Ich will herausbekommen, wo du wohnen wirst. Ich möchte in deiner Nähe sein.«

»Aber wenn du dir die Adressen aus Alex Buch abgeschrieben hast, dann hast du doch auch unseren neue Anschrift in San Francisco. Du brauchst ihnen nicht zu folgen, um mich zu finden. Du weißt doch bereits, wo ich wohne, George.«

»Nun ...«

»George, *warum* verfolgst du Alex und Colin?«

»Das habe ich dir gesagt.«

»Das hast du nicht.«

»Halt den Mund!« sagte er. »Mir gefällt nicht, was du da andeutest. Ich will mir das jetzt nicht länger anhören. Ich bin gesund. Ich bin nicht krank. Mit mir ist alles in Ordnung. Verschwinde also. Laß mich in Ruhe. Ich will dich nicht mehr sehen.«

Als er wieder hinschaute, war sie nicht mehr da. Sie war verschwunden.

Obwohl ihr unerwartetes und unerklärliches Auftauchen ihn einen Augenblick lang verwirrt hatte, überraschte ihn ihr Verschwinden überhaupt nicht. Er hatte ihr ja *gesagt*, daß sie weggehen solle. Gegen Ende ihrer Beziehung, vor zwei Jahren, hatte Courtney gesagt, er mache ihr Angst, die düstere Stimmung, in die er immer wieder geriete, beunruhige sie. Sie hatte immer noch Angst vor ihm. Wenn er sagte »Geh weg«, ging sie. Sie wußte, daß es keinen Sinn hatte, sich mit ihm zu streiten. Dieses gefühllose Miststück hatte ihn verraten, hatte diesen Doyle geheiratet, und jetzt würde sie alles tun, um ihn freundlich zu stimmen.

Er lächelte und blickte auf die dunkler werdende Straße.

Das letzte Licht des Tages hüllte das Land in einen fast unheimlichen orangeroten Schein, als Officer Eric James Coffey von der Ohio State Police von der Interstate 70 auf einen Rastplatz am rechten Straßenrand einbog. Er fuhr die kurze Steigung zu der von Fichten umgebenen Lichtung hinauf und sah den leeren Streifenwagen sofort. Das Blaulicht kreiste immer noch und ließ die Bäume ringsum gespenstisch fahl erscheinen.

Seit sechzehn Uhr, als Lieutenant Richard Pulham seine Schicht bereits eine Stunde überschritten und den Streifenwagen immer noch nicht in die Garage zurückgebracht hatte, waren mehr als zwanzig seiner Kollegen unterwegs, um die Interstate und alle Zufahrtsstraßen abzusuchen. Und jetzt hatte Coffey den Wagen gefunden – die Nummer auf der Fahrertür identifizierte ihn – und dies am äußersten westlichen Ende von Lieutenant Pulhams Streifenbezirk.

Coffey wünschte, er wäre nicht derjenige gewesen, der ihn fand, weil er bereits ahnte, was er entdecken würde.

Einen toten Kollegen. Eine andere Möglichkeit konnte Coffey sich nicht vorstellen.

Er griff nach dem Mikrophon und drückte den Sendeknopf. »Hier 166, Coffey. Ich habe unseren Streifenwagen gefunden.« Er wiederholte die Durchsage und gab seine Position an. Seine Stimme war belegt und zitterte.

Dann stellte er widerstrebend den Motor ab und stieg aus.

Kühle Abendluft umfing ihn. Im Nordwesten war Wind aufgekommen.

»Lieutenant Pulham. Rich Pulham!« schrie er. Das Echo warf ihm seine eigene Stimme zurück. Sonst erhielt er keine Antwort.

Resigniert ging Coffey zu Pulhams Wagen, beugte sich vor und starrte durch das Fenster auf der Beifahrerseite ins Wageninnere. Da die Sonne bereits untergegangen war, erfüllten Schatten den Wagen.

Er öffnete die Tür. Die Innenbeleuchtung schaltete sich ein, aber nur schwächlich und unzulänglich, weil das Blaulicht auf dem Wagendach die Batterie schon fast geleert hatte. Aber das eintrocknende Blut und den brutal von den Beifahrersitz gezwängten Leichnam konnte man trotzdem erkennen.

»Diese Schweine«, sagte Coffey leise. »Diese Schweine, diese Schweine, diese Schweine.« Seine Stimme wurde jedesmal lauter. »Polizistenkiller!« rief er in die ihn umgebende Dunkelheit hinaus. »Aber wir werden diese Dreckskerle schon kriegen!«

Ihr Zimmer im Lazy Time Motel war groß und bequem. Die Wände waren in einem gedämpften Weißton gehalten, die Decken einen guten halben Meter höher, als das in Motels der Fall war, die man seit Ende der fünfziger Jahre gebaut hatte. Das Mobiliar war schwer und zweckmäßig, aber keineswegs spartanisch. Die zwei Lehnsessel schienen gut gepolstert, und der Schreibtisch war zwar mit Plastik furniert, aber dafür war er ausreichend groß. Die zwei Doppelbetten machten einen stabilen Eindruck, die Laken waren frisch und dufteten nach Seife und Weichspüler. Auf dem zerkratzten Nachttisch zwischen den zwei Betten stand ein Telefon, und daneben lag eine Gideon Bibel.

Doyle und Colin saßen sich auf den zwei Betten gegenüber. Sie hatten sich darauf geeinigt, daß Colin zuerst mit seiner Schwester sprechen dürfe. Er hielt den Hörer mit beiden Händen. Seine dicke Brille war ihm bis zur Nasenspitze gerutscht und drohte jeden Augenblick herunterzufallen. Aber das schien der Junge gar nicht zu bemerken. »Man hat uns seit Philadelphia verfolgt«, verkündete er Courtney, als sie sich gemeldet hatte.

Alex schnitt eine Grimasse. »Ein Mann in einem Chevy-Lieferwagen«, sagte Colin. »Nein. Wir haben ihn nicht zu sehen bekommen. Dazu war er viel zu schlau.« Er erklärte ihr seine Theorie über den hypothetischen FBI-Mann. Als das Thema dann nichts mehr hergab, schilderte er, wie er von Doyle einen Dollar gewonnen hatte, hörte ihr einen Augenblick lang zu und lachte dann. »Das habe ich versucht, aber er wollte nicht mehr wetten.«

Wie er dem Jungen so zuhörte, überkam Doyle einen kurzen Augenblick lang so etwas wie Eifersucht auf die warme, intime Beziehung, die zwischen Courtney und Colin herrschte. Sie redeten ganz locker miteinander, und weder Courtney noch der Junge brauchten Zuneigung zu heucheln oder zu verbergen. Dann legte sich der Neid, als Doyle erkannte, daß seine eigene Beziehung zu Courtney ganz genauso war – und daß er und der Junge einander bald so nahestehen würden, wie sie jetzt beide Courtney nahestanden.

»Sie sagt, ich würde dich zuviel Geld kosten«, sagte Colin und reichte Doyle den Hörer.

Er nahm ihn entgegen. »Courtney?«

»Hi, Liebling.« Ihre Stimme klang warm und angenehm. Sie hätte ebensogut hier neben ihm sitzen können und nicht am anderen Ende von zweieinhalbtausend Meilen Telefondraht.

»Alles klar?«

»Einsam«, sagte sie.

»Nicht mehr lange. Was macht das Haus?«

»Die Teppiche sind alle gelegt.«

»Keine Probleme?«

»Erst wenn die Rechnung kommt«, sagte sie.

»Die Maler?«

»Sind schon wieder aus dem Haus.«

»Dann mußt du dich jetzt nur noch um die Möbel kümmern.«

»Ich kann's kaum *erwarten,* bis unser Schlafzimmer geliefert wird.«

»Die größte Sorge einer jeden Braut«, sagte er.

»Das habe ich nicht gemeint, du Macho. Es ist nur so, daß ich in diesem verdammten Schlafsack Rückenschmerzen bekomme.«

Er lachte.

»Und außerdem«, sagte sie. »Hast du je versucht, mitten in einem mit dickem Teppichboden ausgelegten vierzig Quadratmeter großen Schlafzimmer zu campen? Das ist unheimlich.«

»Vielleicht hätten wir alle fliegen sollen«, entgegnete Alex. »Vielleicht wäre ein Haus ohne Möbel in Gesellschaft leichter zu ertragen.«

»Nein«, sagte sie. »Ist schon in Ordnung. Ich jammere bloß so. Wie kommt ihr beiden miteinander klar?«

»Großartig«, sagte er und sah zu, wie der Junge seine Brille hochschob.

»Was ist mit diesem Burschen, der euch in dem Automover verfolgt?« fragte sie.

»Nichts, gar nichts.«

»Eines von Colins Spielchen?«

»Ja, sonst nichts«, versicherte er ihr.

»Hey, hat er dir wirklich einen Dollar abgenommen?«

»Das hat er. Ein ganz heimtückischer Bursche ist das. Er ist ganz wie du.«

Colin lachte.

»Wie fährt sich der Wagen?« fragte Courtney. »Sind dir sechshundert Meilen am Tag nicht zu viel, ganz alleine, meine ich?«

»Überhaupt nicht«, sagte er. »Mir tut der Rücken wahrscheinlich bei weitem nicht so weh wie dir. Wir werden unseren Plan genau einhalten.«

»Das freut mich zu hören. Ich kann's kaum erwarten, dich in dieses neue Bett zu kriegen.«

»Ganz meinerseits«, sagte er und lächelte.

»Ich hatte jetzt ein paar Nächte lang Zeit, die Aussicht aus diesem blöden Schlafzimmerfenster zu bewundern«, sagte sie. »Heute ist der Blick noch grandioser als letzte Nacht. Man kann die Lichter der Stadt in der Bucht glitzern sehen …«

»Ich krieg schon richtig Heimweh nach einem Haus, in dem ich noch nie geschlafen habe«, meinte Doyle. Außerdem sehnte er sich nach ihr, und der Klang ihrer Stimme machte es noch schlimmer.

»Ich liebe dich«, sagte sie.

»Ebenso.«

»Sag es.«

»Ich habe Gesellschaft«, murmelte Doyle und sah Colin an. Der Junge hörte fasziniert zu.

»Colin ist das überhaupt nicht peinlich«, sagt sie. »Liebe ist für ihn nichts peinliches.«

»Okay«, sagte er. »Ich liebe dich.«

Colin grinste und schlang die eigenen Arme um sich.

»Ruf morgen abend wieder an.«

»Wie geplant«, versprach er.

»Sag Colin für mich Gute Nacht.«

»Das werde ich.«

»Wiedersehen, Liebling.«

»Wiedersehen, Courtney.«

Er vermißte sie sehr. Fast tat es so weh, den Hörer aufzulegen, als würde er sich mit einer scharfen Klinge ins eigene Fleisch schneiden.

Als George Leland den Chevroletlieferwagen auf den asphaltierten Parkplatz vor dem Lazy Time Motel steuerte, leuchtete das BESETZT-Zeichen in großen, grünen Neonlettern. Das machte ihm nichts aus, er hatte ohnehin nicht vorgehabt, dort abzusteigen. Schließlich war er nicht so reich wie Alex Doyle und auch nicht so glücklich. Er konnte sich nicht einmal die Preise des Lazy Time leisten, also fuhr er einfach an dem kurzen Flügel des Hotels entlang und noch ein Stück weiter, bis er den Thunderbird sah.

Dann lächelte er, mit sich selbst zufrieden. »Ganz genau wie in dem Adreßbuch«, murmelte er. »Doyle, man kann wirklich nicht sagen, daß du nicht effizient bist.«

Langsam fuhr er weiter, um nicht gesehen zu werden; ein Stück die Straße hinunter an zwei Dutzend weiteren Motels vorbei, von denen einige so wie das Lazy Time waren und andere noch ein gutes Stück vornehmer. Schließlich erreichte er ein schäbig aussehendes Motel mit Sperrholzwänden und einem nüchternen Neonschriftzug über den Eingang: DREAMLAND, vor dessen Eingang ein ›*Zimmer frei*‹ – Schild hing. Es sah wie eine Achtdollarspelunke aus. Er fuhr auf den Parkplatz und hielt dicht beim Büro.

Dort kurbelte er das Fenster herunter und drehte den Rückspiegel etwas herum, um sich selbst betrachten zu könnten. Als er den Kamm aus der Tasche holte, bemerkte er ein paar dunkle Schmierer in seinem Gesicht. Er rieb daran, schnüffelte und leckte an den Fingern. Blut. Überrascht öffnete er die Tür und betrachtete sich im Schein der Innenbeleuchtung. Seine Hosen und sein kurzärmeliges Hemd waren über und über mit eingetrocknetem

Blut beschmiert. Die weißen Härchen an seinem linken Unterarm waren von getrocknetem Blut steif und braun.

Wo kam es her?

Was war geschehen?

Er wußte, daß er sich nicht verletzt hatte, konnte aber nicht begreifen, wessen Blut das war, wenn nicht das seine. Einen Moment dachte er darüber nach und fühlte, wie sich einer seiner schlimmen Migräneanfälle zusammenbraute. Dann regte sich in den hintersten Tiefen seines Bewußtseins etwas Häßliches und wälzte sich herum; und obwohl er sich immer noch nicht daran erinnern konnte, mit wessen Blut er bespritzt worden war, wußte er, daß er es nicht riskieren durfte, ein Zimmer für die Nacht zu mieten, solange diese Spuren an ihm zu sehen waren.

Hoffentlich würden seine Kopfschmerzen ihn noch eine Weile verschonen. Er bog den Spiegel wieder zurecht, schloß die Tür, ließ den Motor an und fuhr weiter. Nach einer halben Meile parkte er vor einer verlassenen Tankstelle, öffnete seinen Koffer und entnahm ihm frische Kleidung. Er zog sich aus, rieb sich Gesicht und Hände mit Papiertaschentüchern und etwas Spucke ab und zog dann Hemd und Hose an.

Noch immer war er müde, und seine Kopfschmerzen hatten sich verstärkt. Nun, jetzt konnte er sich in dem Motel sehen lassen.

Eine Viertelstunde später befand er sich in seinem Zimmer im Dreamland. Es war nicht gerade ein Luxuszimmer. Neun Quadratmeter groß mit einer winzigen, eingebauten Badekabine wirkte es mehr wie ein Ort, an den man *gebracht wurde* und nicht einer, den man freiwillig aufsuchte. Die Wände waren schmutziggelb, bedeckt von zahllosen Fingerabdrücken, und an der Decke hingen Spinnweben. Der Lehnsessel war neu und zweckmäßig und schien doch uralt. Der Schreibtisch bestand aus grünem Stahlrohr mit einer Kunststoffplatte und wies eine Vielzahl schwarzer Brandflecken von Zigaretten auf. Das Bett war schmal und weich und die Wäsche geflickt.

George Leland nahm den Zustand des Zimmers kaum wahr. Für ihn war es einfach ein Ort wie viele andere Orte.

Im Augenblick war er damit beschäftigt, gegen die Kopfschmerzen anzukämpfen, die sich, wie er spürte, hinter seinem rechten Auge aufbauten. Er ließ den Koffer am Fußende des durchgesackten Bettes fallen und zog sich aus. In der kahlen Duschkabine des winzigen Badezimmers stellte er sich unter den heißen Wasserstrahl, um die Müdigkeit abzuspülen. So stand er eine Ewigkeit da und ließ sich das Wasser angenehm auf Kopf und Hals trommeln, weil er festgestellt hatte, daß er auf diese Weise gelegentlich einen sich anbahnenden Migräneanfall mildern, ja sogar kurieren konnte.

Aber diesmal half das Wasser nichts. Als er sich abtrocknete, waren all die warnenden Anzeichen der Migräne immer noch vorhanden. Schwindel, ein stecknadelkopfgroßer weißer Lichtpunkt, der hinter seinem rechten Auge im Kreis herumwirbelte und immer größer wurde, eine gewisse Unbeholfenheit und ein schwaches, aber hartnäckiges Gefühl der Übelkeit …

Er erinnerte sich daran, daß er nur ein leichtes Mittagessen zu sich genommen hatte. Vielleicht kamen die Kopfschmerzen vom Hunger? Er war nicht hungrig – wenigstens knurrte ihm der Magen nicht. Trotzdem zog er sich an, ging hinaus und holte sich aus dem Automaten neben den Telefonzellen im schlechtbeleuchteten Vorhof des Motels etwas zu essen. Seine Mahlzeit bestand aus zwei Flaschen Cola, einem Päckchen Erdnußbutterkekse und einer Tafel Mandelschokolade.

Aber die Kopfschmerzen stellten sich trotzdem ein. Ihr Pulsieren kam aus seinem innersten Kern heraus, rhythmische Schmerzwellen, die ihn zu völliger Reglosigkeit zwangen, um die Qual nicht unerträglich zu machen.

Selbst wenn er nur die Hand an die Stirn hob, löste das einen so donnernden Schmerz aus, daß es ihn an den Rand des Deliriums brachte. Er streckte sich auf dem Bett flach auf dem Rücken aus und krampfte beide Hände in die grauen Laken, doch nach einer Weile schwebte er nicht nur am Rand des Deliriums, sondern war mitten hineingesprungen. Mehr als zwei Stunden lag er starr wie eine Holzfigur da, und der Schweiß lief an ihm herunter wie Feuchtigkeit an einem eiskalten Wasserglas. Erschöpft, ausgepumpt, leise stöhnend wechselte er schließlich aus einem halbbewußten Trancezustand in gequälten, aber vergleichsweise schmerzlosen Schlaf über.

Wie jedesmal stellten sich Alpträume ein. Groteske Bilder flackerten wie Visionen auf dem Grund eines satanischen Kaleidoskops durch seinen zerschmetterten Verstand, jedes losgelöst von dem anderen, jedes einzelne eine winzige Miniatur, an die er sich später erinnern würde: Lange, schmale Messer, von denen das Blut in die hohlen Handflächen einer Frau tropfte; Maden, die in einer Leiche krochen; riesige Brüste, die ihn einhüllten und in einer warmen, lieblosen Umarmung erstickten; Zimmer voll herumhuschender Küchenschaben; Herden von rotäugigen Ratten, die darauf lauerten, ihn anzuspringen; blutige Liebende, die sich ekstatisch auf einem Marmorboden paarten; Courtney, nackt und sich auf einem blutigen Boden windend; ein Revolver, dessen Kugeln den schlanken Leib einer Frau zerfetzten …

Die Alpträume hörten auf. Kurz darauf endete auch der Schlaf. Leland stöhnte, setzte sich im Bett auf und hielt mit beiden Händen seinen Kopf. Der Schmerz war vergangen, aber die Erinnerung daran barg neue Agonie. Wenn die Alpträume vorbei waren, fühlte er sich immer bedrückend hilflos und verletzbar. Und einsam. Einsamer, als ein Mann das ertragen konnte.

»Fühl dich nicht einsam«, sagte Courtney. »Ich bin hier bei dir.«

Leland blickte auf und sah sie am Fußende des Bettes sitzen. Diesmal überraschte ihn ihre magische Materialisation überhaupt nicht. »Es war so schlimm, Courtney«, sagte er.

»Kopfschmerzen?«

»Alpträume.«

»Bist du je wieder zu Doktor Pennebaker gegangen?« fragte sie.

»Nein.«

Ihre sanfte Stimme erreichte ihn, als spräche sie vom anderen Ende eines Tunnels. Der hohle, ferne Klang stand in seltsamem Einklang zu dem schäbigen Zimmer. »Du hättest Doktor Pennebaker …«

»Ich will nichts von Pennebaker *hören!*«

Sie sagte nichts mehr.

Einige Minuten später stöhnte er: »Ich habe mich um dich gekümmert, als deine Eltern bei dem Unfall ums Leben kamen. Warum hast du dich nicht um *mich* gekümmert, als es so schlimm wurde?«

»Erinnerst du dich nicht, was ich dir damals gesagt habe, George? Ich hätte mich um dich gekümmert, wenn du bereit gewesen wärst, dir helfen zu lassen. Aber als du nicht zugeben wolltest, daß deine Kopfschmerzen und deine emotionalen Probleme vielleicht …«

»Herrgott nochmal, sei doch still! Sei still! Diese widerwärtige Nörgelei kann ich einfach nicht hören.«

Sie verschwand diesmal nicht, sagte aber auch nichts mehr.

Eine Weile später flüsterte er: »Wir könnten es wieder so gut haben, wie es einmal war. Bist du nicht auch der Meinung?« Daß sie ihm zustimmte, war ihm wichtiger als alles andere.

»Doch, George«, sagte sie.

Er lächelte. »Es könnte genauso sein, wie es einmal war. Das einzige, was zwischen uns steht, ist dieser Doyle. Und auch Colin. Du warst Colin immer näher als mir.

Wären Doyle und Colin tot, hättest du nur noch mich. Dann würdest du doch zu mir zurückkommen, oder?«

»Ja«, sagte sie, genau wie er das hören wollte.

»Dann werden wir wieder glücklich, oder?«

»Ja.«

»Du würdest wieder erlauben, daß ich dich anfasse?«

»Ja, George.«

»Mich wieder mit dir schlafen lassen?«

»Ja.«

»Mit dir zusammenleben?«

»Ja.«

»Und die Leute wären nicht mehr so gemein zu mir?«

»Ja.«

»Du bist mein Glücksstern, bist das immer gewesen. Wenn du wieder bei mir wärst, dann wäre es fast so, als ob es die letzten zwei Jahre überhaupt nicht gegeben hätte.«

»Ja«, sagte sie.

Aber es nützte nichts. Ihre Reaktion war nicht so warm und offen, wie er sich das gewünscht hätte. Vielmehr war es fast so, als würde er mit sich selbst reden, ganz seltsam, so als würde er masturbieren.

Er wandte sich verärgert ab und wollte nicht mehr mit ihr reden. Als er ein paar Minuten später aufsah, ob sie irgendwelche Anzeichen von Zerknirschung zeigte, stellte er fest, daß sie verschwunden war. Sie hatte ihn wieder verlassen. Immer verließ sie ihn. Immer ging sie zu Doyle oder Colin oder jemand anderem und ließ ihn allein. Er glaubte nicht, daß er diese Behandlung noch lang würde ertragen können.

Ein Streifenwagen der Polizei versperrte die Einfahrt zu dem Rastplatz an der Interstate 70, seine Warnlichter und das Blaulicht blinkten. Dahinter, in der Lichtung im Schutz der Fichten, parkten im Halbkreis ein halbes Dutzend Polizeifahrzeuge mit eingeschalteten Scheinwerfern und laufenden Motoren. Einige tragbare Scheinwerfer waren an Hilfsbatterien angeschlossen und in einem weiteren Halbkreis am Südrand der Lichtung aufgebaut worden; sie strahlten die Fahrzeuge an.

Und im Zentrum des Geschehens stand natürlich Lieutenant Pulhams Streifenwagen. Die Stoßstangen und die Chromteile blitzten im kalten, weißen Scheinwerferlicht. Die Windschutzscheibe war in der grellen Beleuchtung zum Spiegel geworden.

Detective Ernie Hoval, der die Ermittlungen leitete, sah zu, wie ein Labortechniker die fünf blutigen Fingerabdrücke fotografierte, die sich so deutlich innen an der Scheibe der Beifahrerseite abzeichneten, Hunderte von feinen roten Linien. »Sind das Pulhams Abdrücke?« fragte er den Techniker, als die letzte Aufnahme gemacht war.

»Ich werde gleich nachsehen.« Der Techniker war hager, blaß und fast kahl, seine Hände waren so weich und zart wie die einer Frau. Trotzdem ließ er sich offenbar von Hoval im Gegensatz zu allen anderen nicht einschüchtern. Hoval setzte sowohl seinen Rang als auch seine hundertzehn Kilo ein, um alle zu dominieren, die ihm unterstellt waren; er ärgerte sich offensichtlich darüber, daß der Techniker nicht von ihm beeindruckt war. Die weichen, weißen Hände verstauten die Kamera mit einer Sorgfalt und Gründlichkeit, die ihn wahnsinnig machte. Erst als alles verwahrt war, wie es sich gehörte, durchsuchten sie den übrigen Inhalt des ledernen Aktenkoffers neben dem Streifenwagen und brachten Kopien von Lieutenant Pulhams Fingerabdrücken zum Vorschein. Der Techniker hob das gelbe Blatt und hielt es neben die blutigen Fingerspuren am Wagenfenster.

»Nun?« fragte Hoval.

Der Labortechniker ließ sich eine ganze Minute Zeit, die beiden Abdrücke zu studieren. »Das sind nicht Pulhams Abdrücke«, sagte er schließlich.

»Verdammt gut«, knurrte Hoval und schlug sich mit der rechten Faust in die hohle linke Hand. »Das wird leichter, als ich gedacht habe.«

»Nicht unbedingt.«

Hoval blickte auf den blaßen, hageren Mann herunter. »So?«

Der Techniker richtete sich auf und rieb sich die Hände. Er stellte fest, daß im grellen Lichtschein weder er noch Hoval noch sonst einer einen Schatten warf. »Nicht jeder Bürger der Vereinigten Staaten ist mit seinen Fingerabdrücken irgendwo registriert«, sagte der Techniker. »Sogar wesentlich weniger als die Hälfte von uns.«

Hoval gestikulierte ungeduldig mit einer seiner mächtigen Pranken. »Wer auch immer das getan hat, ist registriert, glauben Sie mir das. Wahrscheinlich schon bei einem Dutzend verschiedener Protestmärsche verhaftet – vielleicht sogar wegen früherer Handgreiflichkeiten. Das FBI hat wahrscheinlich eine komplette Akte über den Kerl.«

Der Labormann strich sich mit der Hand übers Gesicht, als wollte er damit seine stets sorgenvoll wirkende Miene wegwischen. »Sie glauben, daß es ein Radikaler war, ein Linker, so etwas?«

»Wer denn sonst?« fragte Hoval.

»Vielleicht bloß ein Verrückter.«

Hoval schüttelte seinen kantigen Kopf mit dem langen Kinn. »Nein. Lesen Sie denn keine Zeitzungen? Heutzutage werden im ganzen Land Polizisten umgebracht.«

»Das liegt an ihrem Beruf«, sagte der Techniker. »Es war schon immer so, daß Polizisten in Ausübung ihres Berufes ums Leben kamen. Der Prozentsatz an Todesfällen ist immer noch der gleiche wie eh und je.«

Aber Hoval hielt an seiner Meinung fest, während er zusah, wie die anderen Laborleute und die uniformierten Beamten den Schauplatz des Mordes suchten. »Heutzutage gibt es eine organisierte Verschwörung im ganzen

Land, die es sich zum Ziel gesetzt hat, Polizisten umzubringen. Und jetzt versucht sie es auch bei uns. Warten Sie nur ab. Die Abdrücke von diesem Arschloch sind ganz bestimmt in den Akten. Und er wird genau der Typ von Dreckskerl sein, wie ich es vermute. Wir werden ihn binnen vierundzwanzig Stunden festgenagelt haben.«

»Aber sicher«, sagte der Techniker. »Das wäre fein.«

# DIENSTAG

## 1

Am zweiten Tag des Monats Mai standen sie früh auf, nahmen ein leichtes Frühstück zu sich, verließen das Lazy Time Motel und befanden sich um kurz nach acht wieder auf der Straße.

Der Tag war genauso hell und frisch wie der vorangegangene. Der Himmel wölbte sich hoch über ihnen und war völlig wolkenlos. Die Sonne, die wieder hinter ihnen stand, schien sie förmlich zur Küste hin zu schieben.

»Wird die Landschaft heute interessanter?« fragte Colin.

»Ein wenig«, sagte Alex. »Du wirst zum Beispiel den berühmten Gateway Arch in St. Louis zu sehen bekommen.«

»Wieviele Meilen sind es noch bis St. Louis?«

»Oh ... vielleicht zweihundertfünfzig.«

»Und vor diesem Gateway Arch gibt es nichts, worauf wir uns freuen können?«

»Nun ja ...«

»Du liebe Güte«, sagte der Junge und schüttelte sorgenvoll den Kopf, »das wird ein *endloser* Morgen.«

Die Interstate 70 führte sie in westsüdwestlicher Richtung zur Grenze von Illinois, eine schnurgerade, mehrspurige Avenue, die in das flache Land Amerikas geschnitzt war. Es war einfach eine bequeme, einigermaßen sichere kontrollierte Durchfahrtsstrecke, die für schnelles Reisen bestimmt war, gebaut für eine Nation, die es stets eilig hatte. Obwohl Doyle selbst auch in Eile war, begierig darauf, wieder mit Courtney zusammen zu sein, konnte er Colins Enttäuschung durchaus verstehen. Die Straße war zwar problemlos schnell, aber auch völlig charakterlos.

Felder mit Frühweizen, kurz, zart und grün, begannen die Flächen zu beiden Seiten des Highways zu füllen. Zuerst waren diese saftiggrünen Felder mit den komplizierten Rohranlagen, die zu ihrer Bewässerung dienten, einigermaßen interessant. Aber nach nicht sehr langer Zeit wurden die Felder langweilig und monoton.

Obwohl Colin sich bezüglich des langen Vormittags, der vor ihnen lag, recht pessimistisch geäußert hatte, war er doch besonders gesprächig und trug damit dazu bei, daß die zwei ersten Stunden auf der Straße angenehm und rasch verstrichen. Sie reden darüber, wie es wohl sein würde, in Kalifornien zu leben, unterhielten sich über Weltraumfahrt, Astronauten, Science Fiction, Rock'n Roll, Piraten, Segelschiffe und Graf Dracula – letzteres besonders deswegen, weil Colin heute ein grün- und schwarzgemustertes Graf Dracula T-Shirt trug und seine schmale Brust auf recht abstoßende Weise mit einem finsterblickenden und mit langen Fangzähnen bewehrten Christopher Lee dekoriert hatte.

Als sie die Grenze zwischen den Bundesstaaten Indiana und Illinois passierten, kam die Unterhaltung schließlich etwas ins Stocken. Mit Doyles Erlaubnis schnallte sich Colin auf kurze Zeit ab, um nach vorne zu rutschen und einen neuen Radiosender ausfindig zu machen.

Weil er sich vergewissern wollte, daß sich hinter ihnen nicht irgendeine gefährliche Situation aufbaute, während der Junge unangeschnallt auf der Sitzkante saß, beobachtete Alex im Rückspiegel den rege dahinfließenden Verkehr auf der breiten Fernstraße.

Und da entdecke er den Chevroletlieferwagen.

Er wandte den Blick schnell wieder ab und sah auf die Straße vor ihnen.

Zuerst wollte er nicht glauben, was er gesehen hatte, war überzeugt, daß seine Fantasie ihm einen Streich spielte. Dann versuchte er sich einzureden, daß es schließlich auf den Straßen Amerikas Tausend von Automovers gab und daß das aller Wahrscheinlichkeit nach *ein anderes* keineswegs dasselbe Fahrzeug war, das sie auf der ersten Etappe ihrer Reise beobachtet hatten.

Colin rutschte auf seinen Sitz zurück und schnallte sich wortlos wieder an. Während er sich sein T-Shirt zurechtzupfte, fragte er: »Ist die in Ordnung?«

»Wer?«

Colin drehte den Kopf zur Seite und starrte Doyle verwundert an. »Die Radiostation, natürlich, was denn sonst?«

»Sicher, ist schon gut.«

Aber Alex war so durcheinander, daß er gar nicht richtig wahrnahm, was für Musik der Junge ausgewählt hatte. Widerstrebend sah er ein zweites Mal in den Rückspiegel.

Der Automover rollte immer noch hinter ihnen her und war keines nur ein Produkt seiner überstrapazierten Fantasie, das man leicht abtun konnte. Er hielt sich etwa eine Viertelmeile hinter ihnen, deutlich als Silhouette im Licht der Morgensonne zu erkennen, aber dennoch finster und bedrohlich wirkend.

Ohne recht zu wissen, weshalb, mußte Doyle an den Tankwart denken, mit dem sie in der Nähe von Harrisburg zu tun gehabt hatten, und dann an den beleibten Anachronismus hinter der Theke des Lazy Time Motel. Jener vertraute, unkontrollierbare Schauder, die Ängste seiner Kindheit, die er nicht ganz abgelegt hatte, fing an, sich in seinen Eingeweiden breit zu machen und eine stille, wahrscheinlich unvernünftige Angst in ihm zu erzeugen. Trotzdem gestand sich Doyle in seinem tiefsten Inneren ein, was er zum erstenmal vor mehr als zwanzig Jahren an sich hatte erkennen müssen: er war durch und durch ein Feigling. Sein Pazifismus basierte nicht etwa auf irgendwelchen moralischen Vorstellungen, sondern ganz schlicht auf der Angst vor jeglicher Gewalt. Wenn man einmal richtig darüber nachdachte – welche Gefahr verkörperte dieser Lieferwagen eigentlich? Was hatte er ihnen getan oder womit hatte er sie bedroht? Wenn er bedrohlich wirkte, so lag die Schuld daran ganz und gar in seinem eigenen Kopf. Seine Angst war nicht nur irrational, sie war auch voreilig und primitiv. Er hatte ebensowenig Anlaß, sich vor dem Chevrolet zu fürchten, wie er Anlaß gehabt hatte, sich von Chet oder der Frau im Lazy Time Angst einjagen zu lassen.

»Er ist wieder hinter uns, nicht war?« sagte Colin.

»Wer?«

»Jetzt stell dich doch nicht dumm«, entgegnete der Junge.

»Nun, es ist *tatsächlich* ein Automover hinter uns.«

»Dann ist er es auch.«

»Könnte auch ein anderer sein.«

»Das wäre aber ein großer Zufall«, sagte Colin, der sich seiner Sache ziemlich sicher schien.

Doyle schwieg einen langen Augenblick. Dann sagte er: »Ja, ich fürchte du hast recht. Es wäre ein zu großer Zufall. Er ist tatsächlich wieder hinter uns.«

## 2

»Ich werde an den Rand fahren und am Seitenstreifen anhalten«, sagte Alex und trat leicht auf die Bremse.

»Warum?«

»Weil ich sehen will, was er macht.«

»Meinst du, daß er hinter uns anhalten wird?« fragte Colin.

»Vielleicht.« Doyle hoffte von ganzem Herzen, daß er das nicht tun würde.

»Das wird er nicht. Wenn er wirklich ein FBI-Mann ist, dann ist er viel zu schlau, um auf einen solchen Trick reinzufallen. Er wird einfach vorbeibrausen, als ob er uns überhaupt nicht bemerkt hätte, sich dann irgendwo auf die Lauer legen und uns später wieder verfolgen.«

Alex war zu angespannt, um auf das Spiel des Jungen einzugehen. Die Lippen zusammengepreßt, bremste er weiter ab, sah in den Rückspiegel und stellte fest, daß der Lieferwagen ebenfalls langsamer wurde. Mit wild schlagendem Herzen fuhr er auf den Seitenstreifen, hörte den Kies unter den breiten Reifen knirschen und kam dann ganz zum Stillstand.

»Nun?« fragte Colin, den diese neue Wendung sichtlich faszinierte.

Alex bewegte den Rückspiegel etwas und beobachtete, wie der Automover aus der Fahrspur bog und ziemlich genau eine Viertelmeile hinter ihnen anhielt. »Nun, dann ist er eben kein FBI-Mann.«

»Hey, Klasse!« sagte der Junge, den die unerwartete Wendung, die der Tag genommen hatte, sichtlich entzückte. »Was könnte er dann sein?«

»Darüber mag ich gar nicht nachdenken«, meinte Doyle.

»Ich schon.«

»Dann tu es leise.«

Er nahm den Fuß von der Bremse, fuhr wieder auf den Interstate zurück und reihte sich in den fließenden Verkehr ein. Zwei Wagen schoben sich zwischen ihn und den Automover und vermittelten ihm damit die Illusion von Sicherheit und Normalität. Aber innerhalb weniger Minuten überholte der Chevrolet die anderen Fahrzeuge und zwängte sich wieder hinter den Thunderbird.

»Was er nur will?« fragte sich Doyle.

Es war beinahe, als wüßte der Fremde hinter dem Steuer des Lieferwagens irgendwie um Doyles geheime Feigheit und triebe damit sein Spiel.

Das Land war jetzt noch ebener als vorher, wie ein riesiges Spielbrett, und die Straße war noch gerader und wirkte noch hypnotischer.

Sie hatten die Ausfahrt nach Effingham passiert. Jetzt kündigten sämtliche Tafeln lange im voraus die bevorstehende Abzweigung nach Decatur an und wiesen gleichzeitig darauf hin, wie weit es noch bis St. Louis war.

Alex fuhr fünf Meilen schneller als es zulässig war und überholte den größten Teil des langsameren Verkehrs, hielt sich aber im wesentlichen auf der rechten Fahrspur.

Der Lieferwagen ließ sich nicht abschütteln.

Zehn Meilen nach dem ersten Halt verlangsamte er die Fahrt wieder, bog erneut auf den Seitenstreifen und sah zu, wie der Chevrolet es ihm gleichtat. »Was zum Teufel *will der*?« fragte Doyle.

»Darüber habe ich auch nachgedacht«, entgegnete Colin und runzelte die Stirn, »aber ich komme einfach nicht dahinter.«

Als Doyle den Wagen wieder auf die Fahrspur lenkte, sagte er: »Wir können schneller fahren als ein solcher Lieferwagen. Viel schneller. Hängen wir ihn doch ab.«

»Genau wie im Kino!« jubelte Colin und klatschte in die Hände. »Gib Vollgas!«

Obwohl ihm die Aussicht auf eine Verfolgungsjagd bei Höchstgeschwindigkeit bei weitem nicht so zusagte wie Colin, trat Doyle das Gaspedal allmählich ganz durch. Er spürte, wie der große Wagen vehement beschleunigte und nach vorn schoß. Trotz der guten Isolierung des Thunderbird drangen jetzt die Reifengeräusche zu ihnen durch: ein dumpfes, immer lauter werdendes Dröhnen, das den Rhythmus des Motors und den schrillen Protestschrei des Fahrtwindes übertönte.

Als der Tachometer hundert Meilen pro Stunde anzeigte, sah Alex wieder in den Rückspiegel. Es war kaum zu glauben, aber der Chevrolet hielt mit ihnen Schritt. Er war das einzige Fahrzeug, das sich jetzt mit ihnen auf der linken Fahrspur bewegte.

Der Thunderbird steigerte sein Tempo: einhundertzehn – die Straßengeräusche waren jetzt wie ein Wasserfall, der rings um sie in die Tiefe krachte –, einhundertfünfzehn … dann absolute Höchstgeschwindigkeit; der Zeiger pendelte jenseits der letzten Ziffern auf dem Tachometer, und ihr Tempo nahm immer noch zu …

Die Pfosten auf dem Mittelstreifen rasten jetzt so an ihnen vorbei, daß sie ineinander verschwammen, eine Wand aus grauem Stahl bildeten. Hinter jener Wand huschten Autos und Lastwagen in entgegengesetzter Richtung so schnell vorüber, als würden sie aus einer Kanone geschossen.

Der Lieferwagen fiel zurück.

»Jetzt kommen wir wirklich voran!« rief Colin, in dessen Stimme sich Entzücken und blankes Entsetzen mischten.

»Und er kommt nicht mehr mit!« sagte Alex.

Der Lieferwagen schrumpfte hinter ihnen zusammen und verschwand schließlich ganz.

Vor ihnen war der Highway verlassen. Doyle nahm den Fuß nicht vom Gaspedal.

Sie rasten weitere fünf Minuten mit Höchstgeschwindigkeit quer durch Illinois, erschreckten die Fahrer der anderen Fahrzeuge, die sie überholten, lösten ein wildes Hupkonzert aus und legten Meilen zwischen sich und den Fremden in dem Lieferwagen. Die Aufregung der Verfolgungsjagd hatte sie gepackt und erzeugte in ihnen eine Mischung von kindlichem Vergnügen und Panik.

Aber jetzt, wo der Chevrolet nicht mehr zu sehen war und damit das Gefühl, verfolgt zu werden, etwas abflaute, wurde Doyle bewußt, welches Risiko er einging, indem er selbst bei diesem geringen Verkehr mit so hoher Geschwindigkeit fuhr. Wenn ein Reifen platzte …

Mit lauter Stimme, um das Pfeifen des Windes und das Dröhnen der Reifen auf dem Asphalt zu übertönen, sagte Colin: »Wie steht's mit Radarfallen?«

Wenn man sie wegen Übertretung der Geschwindigkeitsbegrenzung anhielt, würde dann ein vernünftig denkender Streifenpolizist glauben, daß sie vor einem geheimnisvollen Mann in einem gemieteten Automover auf der Flucht waren? Auf der Flucht vor einem Mann, den sie nicht einmal kannten, dem sie nie begegnet waren – ja den sie nicht einmal zu Gesicht bekommen hatten? Auf der Flucht vor einem Mann, der ihnen nie etwas zuleide getan oder auch nur gedroht hatte, ihnen etwas zuleide zu tun? Flucht vor einem völlig Fremden, den Alex nur fürchtete – nun, nur weil er immer vor allem Angst gehabt hatte, was er nicht richtig begreifen konnte? Nein, eine solche Story würde ihm niemand abkaufen, man würde ihn für einen Lügner, die Story für einen plumpen Vorwand halten. Sie war zu fantastisch und zugleich auch zu weit hergeholt. Einen Polizisten würde so etwas nur auf die Palme bringen. Widerstrebend nahm Doyle das Tempo zurück. Die Nadel des Tachometers fiel schnell schnell auf die Marke Hundert, zitterte dort eine Weile und sank dann noch tiefer.

Doyle sah in den Spiegel.

Der Lieferwagen war nirgends zu sehen. Mindestens ein paar Minuten lang würde der Fahrer des Chevrolet sie nicht beobachten können.

»Er holt wahrscheinlich schnell auf«, sagte Colin.

»Genau.«

»Was werden wir tun?«

Unmittelbar vor ihnen lag die Ausfahrt zur Route 51 und Hinweisschilder, auf denen die Entfernung nach Decatur angegeben war.

»Wir werden den Rest des Tages Landstraßen benutzen«, sagte Alex. »Soll er uns doch auf der Route 70 suchen, wenn er Lust hat.«

Er trat zum ersten Mal seit langer Zeit wieder auf die Bremse des Thunderbird und nahm die Ausfahrt hinaus ins flache Land.

# 3

Von Decatur aus fuhren sie auf die Route 36 in westlicher Richtung bis an die Grenze des Bundesstaates und weiter nach Missouri. Das Land war jetzt noch flacher als am Morgen; die vielgerühmten Prärien boten ein eintöniges Schauspiel. Kurz nach zwölf Uhr nahmen Alex und der Junge in einem sauberen Café mit weißgestrichenen Bretterwänden ein kleines Mittagessen ein und fuhren dann weiter.

Unweit der Abzweigung von Jacksonville sagte Colin: »Was denkst du denn?«

»Worüber?«

»Über den Mann in dem Chevrolet.«

Die tief am westlichen Horizont hängende Sonne blendete sie.

»Was ist mit ihm?« fragte Doyle.

»Wer könnte er sein?«

»Ist er denn nicht vom FBI?«

»Das war doch nur ein Spiel.«

Zum erstenmal wurde Alex bewußt, wie sehr der geheimnisvolle, immer wieder auftauchende Lieferwagen den Jungen beunruhigt hatte. Wenn Colin kein Interesse mehr an seinen Spielchen hatte, dann mußte er wirklich sehr besorgt sein und verdiente deshalb eine klare Antwort.

»Wer auch immer er ist«, sagte Doyle und rutsche mit seinen schmerzenden Gesäßbacken ein wenig auf dem Vinylsitz zur Seite, »er ist jedenfalls gefährlich.«

»Ist es jemand, den wir kennen?«

»Nein, ich glaube, er ist ein völlig Fremder.«

»Warum verfolgt er uns dann?«

»Weil er *irgendjemand* verfolgen muß.«

»Das ist keine Antwort.«

Doyle dachte über jene ganz besondere Spezies von Irren nach, die das vergangene Jahrzehnt hervorgebracht hatte; jener Dampfkessel, in dem das, was das Wesen der Gesellschaft ausmachte, bis zum Siedepunkt erhitzt worden war. Er dachte an Männer wie Charles Manson, Richard Speck, Charles Whitman, Arthur Bremer ... Selbst wenn Charles Whitman, der Turmschütze aus Texas, dem mehr als ein Dutzend unschuldiger Menschen zum Opfer gefallen waren, möglicherweise an einem von den Ärzten nicht erkannten Gehirntumor gelitten hatte, so konnte man bei den anderen jedenfalls keine körperliche Krankheit und keine rationale Erklärung für das Blutbad finden, das sie angerichtet hatten. Es gab wenigstens noch ein Dutzend weitere Namen, an die Doyle sich nicht mehr erinnern konnte, Männer, die sinnlos gemordet hatten, aber deren Untaten nicht aufsehenerregend genug gewesen waren, um ihnen die Unsterblichkeit zu verschaffen. Seit 1963 mußte ein Irrer entweder besonders geschickt in seinen Methoden sein oder so wählerisch, daß er sich Berühmtheiten als Opfer aussuchte, oder wenigstens ein Dutzend Menschen hinmetzeln, ehe man ihn für bemerkenswert hielt. Die Videoaufzeichnung eines Meuchelmordes und die allabendlichen Fernsehdarbietungen eines blutigen Krieges hatten Amerika unempfindlich gemacht. Ein vereinzelter mörderischer Impuls war viel zu selbstverständlich geworden, um auch nur der Erwähnung wert zu sein ...

Doyle versuchte, Colin diese Gedanken zu vermitteln und bemühte sich dabei, nach Möglichkeit besonders blutrünstige Formulierungen zu vermeiden.

»Du glaubst also, daß er verrückt ist?« fragte der Junge, als Doyle fertig war.

»Möglicherweise. Genaugenommen hat er ja bis jetzt noch nicht viel getan. Aber wenn wir auf dem Highway geblieben wären und ihm Gelegenheit gegeben hätten, uns weiter zu verfolgen, ihm Zeit gegeben hätten und die Möglichkeit, zuzuschlagen ... Wer weiß, was dann am Ende passiert wäre.«

»Das klingt alles para ...«

»Paranoid?«

»Das ist das Wort.«, sagte Colin und nickte zustimmend. »Es klingt sehr paranoid.«

»Heutzutage muß man ein wenig paranoid sein«, sagte Doyle. »Das ist für das Überleben fast notwendig.«

»Meinst du, daß er uns wieder finden wird?«

»Nein.« Doyle blinzelte, als die Sonne sich besonders grell in der Windschutzscheibe spiegelte. »Er wird auf dem Interstate Highway bleiben und sich alle Mühe geben, uns wieder einzuholen.«

»Über kurz oder lang wird ihm klar werden, daß wir den Highway verlassen haben.«

»Aber er wird nicht wissen, wo oder wann«, sagte Doyle.

»Und er kann auch nicht wissen, wo wir hinfahren.«

»Was, wenn er ein anderes Opfer findet?« fragte Colin. »Wenn er einfach nur deshalb angefangen hat, uns zu verfolgen, weil wir zufällig auf derselben Straße wie er nach Westen fuhren – wird er sich dann nicht irgendein anderes Opfer suchen, wenn er erkennt, daß wir ihm entkommen sind?«

»Und wenn er das tut?« fragte Doyle.

»Sollten wir nicht der Polizei Bescheid sagen?« fragte der Junge.

»Man braucht Beweise, ehe man jemanden beschuldigen kann«, sagte Doyle. »Selbst wenn wir Beweise hätten, unwiderlegbare Beweise dafür, daß der Mann in dem Chevrolet vorgehabt hat, uns Böses anzutun, könnten wir doch nichts damit anfangen. Wir wissen nicht, *wen* wir beschuldigen sollten, kennen seinen Namen nicht. Wir wissen nicht, wo er hinfährt, nur daß er in westlicher Richtung unterwegs ist. Wir haben die Nummer des Lieferwagens nicht, überhaupt nichts, das die Cops verwenden könnten.« Er sah Colin an und blickte dann wieder auf den Asphalt. »Wir können nur unserem guten Stern dafür danken, daß wir ihn losgeworden sind.«

»Ja, ich denke schon.«

»Bestimmt, es ist schon so.«

Viel später fragte Colin: »Als er uns verfolgte, hinter uns auf den Seitenstreifen fuhr und dann Gas gab, um uns einzuholen – hast du da Angst gehabt?«

Doyle zögerte nur eine Sekunde lang während er sich fragte, ob er sich vielleicht zu einer etwas weniger unmännlichen Reaktion bekennen sollte: Unbehagen, Unruhe, Besorgnis. Aber er wußte, daß man bei Colin mit Ehrlichkeit immer am weitesten kam. »Natürlich hatte ich Angst. Nicht sehr, aber ein wenig Angst schon. Dafür gab es auch Anlaß.«

»Ich habe auch Angst gehabt«, sagte der Junge, ohne verlegen zu sein. »Aber ich dachte immer, daß man, wenn man einmal erwachsen ist, vor nichts mehr Angst zu haben braucht.«

»Manche Ängste verliert man, wenn man älter wird«, sagte Doyle. »Zum Beispiel ...hast du Angst vor der Dunkelheit?«

»Ein wenig.«

»Nun, das ist eine Angst, die du ablegen wirst. Aber alle Ängste wird man nicht los. Und vielleicht gibt es dann neue Dinge, vor denen du dich fürchtest.«

Sie überquerten den Mississippi bei Hannibal anstatt bei St. Louis und bekamen so den Gateway Arch überhaupt nicht zu sehen. Vor der Abzweigung nach Hiawatha, Kansas, verließen sie die Route 36 und fuhren eine Weile auf ein paar miteinander verbundenen Highways, die sie in südlicher Richtung wieder auf den Interstate 70 brachten, auf dem sie um Viertel nach acht das Plains Motel in der Nähe von Lawrence, Kansas, erreichten, wo sie für die Nacht ein Zimmer gebucht hatten.

Das Plains Motel unterschied sich wenig vom Lazy Time, abgesehen davon, daß es nur aus einem langen Flügel bestand und aus grauen Hohlblocksteinen und Sperrholz anstatt aus Ziegeln erbaut war. Die Leuchtschriften flimmerten in demselben Orange und dem gleichen Grün. Der Colaautomat neben dem Eingang zum Büro hätte gut während des Tages vom Lazy Time in der Nähe von Indianapolis hierher gebracht worden sein können; die Luft rings um den Automaten war kühl und von Betriebsgeräuschen erfüllt.

Alex fragte sich, ob ihn hinter der Empfangstheke eine korpulente Frau mit einer Bienenwabenfrisur begrüßen würde.

Aber vor ihm stand ein Mann in Doyles Alter. Er war glattrasiert, hatte ordentlich gestutztes Haar und ein kantiges, ehrliches, *amerikanisches* Gesicht, perfekt für die Plakate, auf denen Army und Navy für Rekruten warben. Mit Fernsehwerbung für Pepsi, Gillette, Cornflakes und ganzseitigen Anzeigen für Camelzigaretten hätte er bestimmt ein Vermögen verdienen können.

»Ich habe gesehen, daß sie das ›Besetzt‹-Zeichen eingeschaltet haben«, sagte Doyle. »Hoffentlich konnten sie unsere Reservierung aufrechterhalten? Wir sind eine Stunde später dran, aber ...«

»Heißen Sie Doyle?« fragte der Mann und ließ dabei perfekte weiße Zähne aufblitzen.

»Ja.«

»Sicher, das Zimmer ist bereit.« Er nahm ein Formular von seinem Schreibtisch.

»Hey, das ist eine gute Nachricht! Wahrscheinlich sind Sie schon unruhig geworden, daß Sie auf dem Zimmer sitzenbleiben ...«

»Überhaupt nicht, Mr. Doyle. Wenn Sie das Zimmer nicht reserviert hätten, dann hätte ich es an diese dreckigen Waschbären vermieten müssen.«

Doyle war nach der langen Fahrt müde und begriff nicht, was der Mann meinte. »Waschbären?«

»Nigger«, erklärte der Angestellte. »Dreimal sind sie

dagewesen. Wenn Ihre Reservierung nicht vorgelegen hätte, dann wäre ich verpflichtet gewesen, einem von diesem Pack die zweiundzwanzig für die Nacht zu geben. Und das tue ich nicht gerne. Lieber würde ich ein Zimmer die ganze Nacht leerstehen lassen, als an einen von denen zu vermieten.«

Doyle hatte das Gefühl, als würde er das Verhalten des Mannes unterstützen, während er den Meldezettel unterschrieb. Er fragte sich kurz, wie es eigentlich kam, daß er, so wie er gekleidet war und sein Haar trug, einen besseren Eindruck als die Schwarzen machte, die vor ihm dagewesen waren.

Der gutaussehende junge Mann gab Doyle den Zimmerschlüssel und fragte: »Wieviel braucht denn der T-Bird?«

Eigentlich hatte Alex damit gerechnet, daß der Mann fortfahren würde, über Nigger herzuziehen, deshalb überraschte ihn der Themenwechsel. »Wieviel ich brauche? Weiß ich nicht. Hab' nie nachgesehen.«

»Ich spare auf einen solchen Wagen. Saufen mächtig Sprit, aber ich mag sie einfach. Mit einem solchen Wagen weiß jeder, was für ein Kerl man ist. Wenn man einen Mann in einem T-Bird sieht, weiß man, daß er es geschafft hat.«

Alex blickte auf den Zimmerschlüssel, den er in der Hand hielt. »Zweiundzwanzig? Wo ist das?«

»Rechts, ganz am Ende. Hübsches Zimmer, Mr. Doyle.«

Alex ging zum Wagen hinaus. Er wußte, warum der Mann ihn akzeptiert hatte. Der Thunderbird war für ihn ein Symbol, das die Realität verdeckte. Ein solcher Wagen verwandelte einen Freak aus der Aussteigerszene in einen ganz normalen Exzentriker. Und das bedrückte Alex. Er hatte nicht erwartet, daß hier, im Herzen Amerikas, ein Mann nur dann etwas galt, wenn er das richtige Auto fuhr.

George Leland verbrachte die Nacht in einem billigeren Etablissement drei Meilen westlich des Plains Motel. Obwohl es nur ein winziges Einzelzimmer war, blieb er nicht immer allein. Courtney war oft da. Manchmal sah er sie mit dem Rücken zur Wand in einer Ecke stehen. Dann saß sie wieder auf dem Fußteil des Bettes oder in dem Sessel mit der zerschlissenen Polsterung neben der Badezimmertür. Er wurde ein paarmal ärgerlich und forderte sie auf, wegzugehen. Sie verschwand dann ebenso lautlos, wie sie aufgetaucht war. Aber dann fehlte sie ihm wieder, er sehnte sich nach ihr – und sie kehrte zurück. Worauf ihm das billige Motelzimmer wieder luxuriös und großartig vorkam.

Er schlief unruhig.

Zwei Stunden vor der Morgendämmerung konnte er einfach nicht mehr schlafen; er stand auf, duschte und zog sich an. Auf dem Bett sitzend, vor sich ein paar Landkarten ausgebreitet, studierte er die Route für Mittwoch und fuhr sie immer wieder mit seinen dicken Fingern nach.

Leland wußte, daß er irgendwo auf diesen sechshundert Meilen Doyle und den Jungen würde erledigen müssen. Er brauchte die Wahrheit nicht länger vor sich selbst zu verbergen. Courtney hatte ihm dabei geholfen, sich das einzugestehen. Er mußte sie töten, genau wie er den Streifenpolizisten auf dem Highway getötet hatte, der sich zwischen ihn und Courtney hatte stellen wollen. Es war viel zu gefährlich, diese Sache noch länger aufzuschieben. Bis morgen nacht würden sie mehr als die Hälfte der Strecke nach San Francisco zurückgelegt haben, und wenn Doyle beschloß, auf der letzten langen Etappe der Reise eine andere Route einzuschlagen, könnte Leland sie für immer aus den Augen verlieren.

Also morgen. Irgendwo zwischen Lawrence in Kansas und Denver. Dann würde Leland endlich gegen *sie* zurückschlagen können, gegen alle, die diese letzten zwei

Jahre gegen ihn gearbeitet und ihm Schwierigkeiten gemacht hatten. Dies war der neue Anfang. Von nun an würde er sich nicht mehr herumschubsen lassen. Er würde jedem beibringen, ihn zu respektieren. Und dann würde das Glück wieder bei ihm einziehen. Sobald er Doyle und den Jungen aus dem Weg geschafft hatte, würden er und Courtney gemeinsam ihr neues wunderbares Leben beginnen. Dann würde er für sie alles sein, was sie noch hatte, und sie würde sich an ihn klammern.

Ein paar Minuten nach sechs am Dienstag abend kam ein Anruf vom Polizeilabor. Detective Ernie Hoval nahm das Gespräch in seinem spärlich möblierten Büro im Obergeschoß des Hauptquartiers entgegen. »Geht es um den Fall Pulham?« fragte er, ehe der Mann am anderen Ende der Leitung etwas sagen konnte. »Wenn nicht, dann sprechen Sie mit jemand anderem. Ich kümmere mich um den Pulham Fall, bis er gelöst ist, und um nichts anderes.«

»Dann wird Sie das interessieren«, sagte der Laborangestellte. Seine Stimme klang wie die des hageren, kahlköpfigen Manns mit dem gelben Gesicht, der sich von Detective Hoval in der letzten Nacht nicht hatte einschüchtern lassen. »Wir haben den Bericht über die Fingerabdrücke aus Washington. Ist gerade über Telex reingekommen.«

»Und?«

»Nicht registriert.«

Hoval lehnte sich über seinen großen Schreibtisch, der angesichts seiner mächtigen Statur winzig erschien, den Hörer fest in einer Hand, die andere Hand zur Faust geballt auf der Schreibunterlage. Die Fingerknöchel traten weiß hervor.

»Nichts?«

»Ich sagte Ihnen doch, daß es so sein könnte«, sagte der Techniker, fast als würde ihm Hovals Enttäuschung Spaß machen. »Mit jeder Minute, die verstreicht, kommt mir das mehr wie die Tat eines Verrückten vor.«

»Nein, das ist etwas Politisches«, beharrte Hoval, und dabei öffnete und schloß sich seine Faust die ganze Zeit. »Organisierter Polizistenmord.«

»Da bin ich anderer Ansicht.«

»Haben Sie irgendwelche Beweise für Ihre Theorie?« fragte Hoval zornig.

»Nein«, räumte der Techniker ein. »Wir sind immer noch mit dem Wagen beschäftigt, aber es scheint hoffnungslos. Wir haben Lackproben von jedem noch so kleinen Kratzer genommen. Aber wer weiß schon, ob die Kratzer vom Fahrzeug des Mörders stammen?«

»Haben Sie den Streifenwagen innen gründlich untersucht?« fragte Hoval.

»Selbstverständlich«, entgegnete der Techniker. »Wir haben ein paar Haare gefunden, Scham- und Kopfhaar. Fingernägelabschnitte. Verschiedene Arten von Erde. Grashalme. Essenreste. Das meiste hat nichts mit dem Killer zu tun, und selbst wenn es das täte – das Haar, ein paar abgerissene Fäden, die wir vom Türmechanismus aufgepickt haben – können wir nicht viel damit anfangen, solange wir keinen Verdächtigen haben.«

»Im Labor wird sich dieser Fall nicht lösen lassen«, pflichtete Hoval ihm bei.

»Was für andere Hinweise haben Sie denn?«

»Wir versuchen gerade, Pulhams Schicht zu rekonstruieren«, sagte Hoval. »Angefangen mit dem Augenblick, in dem er den Streifenwagen aus der Garage geholt hat.«

»Und?«

»Das sind eine ganze Menge Minuten, die es zu überprüfen gilt, und eine Menge Leute, mit denen zu reden ist«, sagte Hoval. »Aber wir werden schon etwas finden.«

»Ein Verrückter«, sagte der Techniker.

»Und ich sage Ihnen, daß Sie sich irren.« Hoval legte auf. Vor zwanzig Jahren war Ernie Hoval zur Polizei gegangen, weil das ein Beruf, eine Lebensstellung war, nicht nur ein Job; es war Arbeit, die einem Mann Ehre und Respekt eintrug. Es war harte Arbeit, unzureichend bezahlt und anstrengend, mit vielen Überstunden, aber eine Arbeit, die einem die Gelegenheit gab, etwas für die Gemeinschaft zu leisten. Das Drumherum der Polizeiarbeit – die Dankbarkeit der Nachbarn und der Respekt der eigenen Kinder – waren wichtiger als das Gehalt. So war es bisher wenigstens gewesen ..., aber heutzutage, dachte Hoval, war ein Cop nicht viel mehr als eine Zielscheibe. Alle hatten es auf die Polizei abgesehen. Schwarze, Liberale, Itaker, Demonstranten für den Frieden, die Frauenbewegung – sämtliche verrückten Randgruppen machten sich einen Spaß daraus, die Polizei als ein Rudel Blödmänner hinzustellen. Heutzutage sah man in einem Cop bestenfalls so etwas wie einen Hanswurst. Im schlimmsten Fall bezeichnete man ihn als Faschistenschwein, und diese revolutionären Gruppen, um die sich außer den anderen Polizisten niemand zu scheren schien, wollten jedem Cop an den Kragen.

Alles hatte 1963 angefangen, mit Kennedy und Dallas. Und während des Krieges war es noch viel, viel schlimmer geworden. Hoval wußte das, obwohl er nicht begreifen konnte, weshalb die Morde und der Krieg so viele Menschen so grundlegend verändert hatten. Es gab andere politische Morde in der amerikanischen Geschichte, alle ohne besonders weitreichende Auswirkung auf die Nation. Und es hatte auch andere Kriege geben, die aber hatten die Moral eher noch verstärkt. Dieser Krieg dagegen war von genau entgegengesetzter Wirkung gewesen. Er konnte nicht sagen, warum das so war – konnte nur darauf hinweisen, daß die Kommunisten und andere revolutionäre Kräfte schon lange nach einem Vorwand gesuchte hatten –, aber er wußte, daß es stimmte.

Wieder dachte er über Pulham nach, das letzte Opfer dieses Wandels, und ballte seine zwei mächtigen Pranken zu Fäusten. Es *war* eine politische Sache. Und über kurz oder lang würden sie diese Dreckskerle schon kriegen.

# MITTWOCH 7 Uhr – DONNERSTAG 7 Uhr

## 1

Der Morgen drohte mit Regen. Sanft wogende Felder aus zarten, frischen Weizenhalmen reichten bis an die Grenze des Horizonts; ein grüner Teppich unter der niedrigen, grauen Decke schnell dahinziehender Wolken. Hier und dort stachen aus der zum-verrückt-werden-ebenen Landschaft gewaltige Getreidesilos aus Beton wie gigantische Blitzableiter hervor, als wollten sie sich dem bevorstehenden Sturm entgegenstellen.

Colin gefiel das. Immer wieder deutete er auf die Getreidesilos und die vereinzelt sichtbaren skelettartigen Öltürme, die wie Gefängniswachttürme in der Ferne aufragten. »Großartig, nicht wahr?«

»Dieses Land ist genauso flach wie das in Indiana und Missouri«, sagte Doyle.

»Aber hier spürt man die *Geschichte.*« Heute trug der Junge ein schwarzrotes Frankenstein T-Shirt. Es war ihm aus den Cordhosen gerutscht, aber er achtete jetzt nicht darauf.

»Geschichte?« fragte Doyle.

»Hast du nie vom Old Chisholm Trail gehört? Oder dem Santa Fe Trail? All die berühmten alten Städte des Wilden Westens liegen hier«, sagte der Junge erregt. »Abilene und Fort Riley, Fort Scott, Pawnee Rock, Wichita, Dodge City und der alte Boot Hill.«

»Ich wußte gar nicht, daß du ein Fan von Cowboyfilmen bist.«

»Bin ich auch nicht, wenigstens nicht so sehr. Trotzdem ist es aufregend.«

Alex blickte auf die endlose Ebene hinaus und versuchte, sie sich vorzustellen, wie sie früher einmal gewesen war: Sanddünen, Staub, Kakteen, eine schroffe, unwirtliche Landschaft, der der Mensch kaum seinen Stempel aufgedrückt hatte. Ja, früher mußte es hier einmal romantisch gewesen sein.

»Hier gab es Indianerkriege«, sagte Colin. »Und John Brown hat 1856 einen kleinen Bürgerkrieg in Kansas ausgelöst, als er und seine Söhne bei Pottawatomie Creek fünf Sklavenbesitzer umgebracht haben.«

»Ich wette, du kannst das nicht fünfmal hintereinander ganz schnell sagen.«

»Einen Dollar?« fragte Colin.

»Geht in Ordnung.«

»Pottawatomie, Pottawatomie, Pottawatomie, Pottawatomie, Pottawatomie!« sagte er, am Ende völlig außer Atem. »Du schuldest mir einen Dollar.«

»Setz ihn auf meine Rechnung«, sagte Doyle. Er fühlte sich jetzt wieder locker und durch und durch wohl, jetzt, wo die Reise sich so entwickelte, wie sie das geplant hatten.

»Weißt du, wer sonst noch aus Kansas stammt?«

»Wer?«

»Carry Nation«, sagte Colin und kicherte. »Die Frau, die mit einer Axt herumgelaufen ist und Saloons demoliert hat.«

Wieder passierten sie einen Getreidesilo, der am Ende einer langen, schnurgerade Asphaltstraße stand.

»Wo hast du das denn alles gelernt?« fragte Doyle.

»Einfach aufgeschnappt«, sagte Colin. »Hier ein Stück und dort ein Stück.«

Gelegentlich kamen sie an brachliegenden Feldern vorbei, weiten Flächen fruchtbarer brauner Erde, die wie ordentlich auseinandergebreitete Tischtücher aussahen. Auf einem der Felder sog ein Wirbelwind den Staub in einer fast kompakt wirkenden Säule aus Frühlingsluft fünfzehn Meter hoch.

»Hier hat auch Dorothy gelebt«, sagte Colin und betrachtete den Staubwirbel.

»Welche Dorothy?«

»Das Mädchen in *Der Zauberer von Oz*. Erinnerst du dich, daß sie ein mächtiger Wirbelsturm nach Oz getragen hat?«

Alex wollte gerade antworten, als ihn das laute Plärren einer Autohupe dicht hinter ihnen erschreckte. Er sah in den Spiegel – und sog die Luft zwischen den Zähnen ein, als er den Chevroletlieferwagen sah. Er war keine zwei Meter von ihrer hinteren Stoßstange entfernt. Der unsichtbare Fahrer des Wagens schlug mit der Hand pausenlos auf den Hubring: Tut, tut, tut, tut, tut!

Doyle sah auf den Tachometer und stellte fest, daß sie über siebzig fuhren. Wenn die Hupe ihn so erschreckt hätte, daß er auf das Bremspedal getreten wäre, dann wäre der Chevrolet in sie hineingefahren. Und sie wären alle tot.

»Blödes Arschloch«, sagte er.

*Tut, tuuut, tuuut …*

»Ist das er?« fragte Colin.

»Ja.«

Der Lieferwagen fuhr jetzt noch dichter auf, so dicht, daß Doyle nicht einmal mehr seine Stoßstange oder den unteren Teil des Kühlergrills sehen konnte.

»Warum hupt er?« fragte Colin.

»Ich weiß nicht … ich denke, damit wir wissen, daß er wieder da ist.«

## 2

Die Hupe des Lieferwagens tönte monoton.

»Meinst du, daß er will, daß du anhältst?« fragte Colin, hielt sich beide Knie mit seinen schmalen Händen und beugte sich vor, als laste etwas auf seinen Schultern.

»Ich weiß nicht.«

»Wirst du anhalten?«

»Nein.«

Colin nickte. »Gut. Ich glaube auch nicht, daß wir anhalten sollten. Ich glaube, wir sollten weiterfahren, ganz gleich, was er macht.«

Doyle rechnete damit, daß der Fremde jeden Augenblick zu hupen aufhören und wieder auf seine übliche Distanz zurückfallen würde. Aber er blieb einfach hinter ihnen kleben, nicht einmal einen Meter von ihrem Heck entfernt, und das bei siebzig Meilen die Stunde und mit plärrender Hupe.

Ob der Mann in dem Lieferwagen nun wirklich so gefährlich wie Charles Manson oder Richard Speck war oder nicht, geistesgestört war er in jedem Fall. Es schien ihm Vergnügen zu bereiten, Leute, die ihm völlig fremd waren, zu terrorisieren. Und das war alles andere als normal. Mehr denn je zuvor war sich Doyle im klaren darüber, daß er diesem Mann nie von Angesicht zu Angesicht gegenübertreten und herausfinden wollte, wie weit sein Wahnsinn ging.

*Tut, tuut, tuut ...*

»Was können wir tun?« fragte der Junge.

Doyle warf einen Blick zu ihm hinüber. »Angeschnallt?«

»Natürlich.«

»Wir werden ihn wieder abhängen.«

»Und auf Nebenstraßen nach Denver fahren?«

»Yeah.«

»Dann wird er sich morgen früh wieder an uns dranhängen, wenn wir Denver auf dem Weg nach Salt Lake City verlassen.«

»Nein, das wird er nicht«, sagte Doyle.

»Wie kannst du da so sicher sein?«

»Er ist schließlich kein Hellseher«, sagte Doyle. »Er hat einfach Glück gehabt, das ist alles. Er ist zufällig jede Nacht in etwa der gleichen Gegend geblieben, wo wir auch geblieben sind – und ist ebenso zufällig jeden Morgen etwa um die gleiche Zeit wie wir weggefahren. Es ist ein reiner Zufall, daß er uns immer wieder einholt.« Er wußte, daß dies die einzig rationale Erklärung war, so schwach sie auch klingen mochte, das einzige, was einen Sinn ergab. Und doch glaubte er selbst kein Wort davon. »Man liest in den Zeitungen von Dutzenden von Zufällen, die noch viel verrückter sind. Oft genug.« Er redete jetzt nur, um den Jungen zu beruhigen. Seine ihm so vertraute, von ihm so gefürchtete Angst hatte sich erneut eingestellt, und er wußte, daß er erst dann wieder ruhig sein würde, wenn sie sicher in San Francisco waren.

Er trat das Gaspedal bis zum Anschlag durch.

Der Thunderbird machte einen Satz und eine Lücke öffnete sich zwischen ihnen und dem Chevrolet. Die Lücke wurde schnell größer, obwohl der Automover jetzt selbst Tempo zulegte.

»Du wirst viel länger fahren müssen, wenn wir wieder Landstraßen nehmen«, sagte der Junge mit einem Anflug von Unbehagen in der Stimme.

»Nicht unbedingt. Wir können nach Norden fahren und dann wieder auf die Route 36«, entgegnete Doyle und beobachtete wie der Lieferwagen im Rückspiegel langsam kleiner wurde. »Das ist eine ziemlich gute Straße.«

»Trotzdem bedeutet es sicher zwei Stunden zusätzlich. Gestern warst du richtig müde, als wir ins Motel kamen.«

»Ich komme schon klar«, sagte Doyle. »Mach dir um mich keine Sorgen.«

Sie nahmen die Route 77 in nördlicher Richtung bis zur Route 36 und fuhren dann ganz oben im Norden des Staates wieder nach Westen.

Colin fand die Felder, Getreidesilos, Öltürme und Staubwirbel jetzt nicht mehr sonderlich interessant. Er sah kaum auf die Landschaft hinaus, stopfte sich sein Frankenstein T-Shirt in die Hose und strich es glatt, spielte auf seinen knochigen Knien kleine Melodien, säuberte seine dicke Brille und schob sich dann das Hemd erneut zurecht. Die Minuten krochen dahin wie Schnekken.

Leland verlangsamte die Geschwindigkeit seines Lieferwagens auf siebzig und brachte damit das laute Klappern der Möbel und Haushaltsgegenstände im Laderaum wieder zum verstummen. Er sah zu dem goldenen, durchsichtigen Mädchen hinüber, das neben ihm saß. »Die müssen unterwegs irgendwo abgebogen sein. Wir werden sie erst wieder einholen, wenn wir heute abend nach Denver kommen.«

Sie sagte nichts.

»Ich hätte ein Stück hinter ihnen bleiben sollen, bis ich eine Chance gehabt hätte, sie von der Fahrbahn zu drücken. Es war falsch, sie gleich so unter Druck zu setzen.«

Sie lächelte nur.

»Nun«, sagte er, »wahrscheinlich hast du recht. Auf dem Highway ist zuviel Betrieb, um sie dort zu erledigen. Das wird heute abend im Motel besser gehen. Vielleicht schaffe ich es mit dem Messer, wenn ich mich an sie heranschleichen kann. Auf die Weise gibt es keinen Lärm. Und dort rechnen sie bestimmt nicht mit mir.«

Die Felder huschten vorbei. Der bleierne Himmel senkte sich tiefer, und Regentropfen klatschten auf die Windschutzscheibe. Die Scheibenwischer pochten hypnotisch, wie ein Knüppel, der immer wieder auf etwas Weiches einschlug.

# 3

Das Rockies Motor Hotel am Ostrand von Denver war ein riesiger, zweigeschoßiger Komplex mit vier in Kreuzform angeordneten Flügeln, von denen jeder hundert Zimmer hatte. Trotz seiner Größe – beinahe zwei Meilen offen daliegender Korridore mit Blechdächern und Betonfußböden – wirkte der ganze Bau klein, da er im architektonischen Schatten der Wolkenkratzer der Stadt und, was noch eindrucksvoller war, in Sichtweite der grandiosen, schneebedeckten Rocky Mountains dastand, die im Westen und Süden hochragten. Untertags spiegelte sich die Sonne in den präzise in Reih und Glied angeordneten Fensterscheiben und den Regenrohren, verwandelte die langen Korridordächer in Spiegel aus Wellblech und schimmerte auf den Wellen des riesigen Schwimmbeckens in der Mitte des Innenhofs. In der Nacht leuchteten hinter den Vorhängen der meisten Zimmer orangefarbene Lampen, und auch rings um den Pool und im Becken selbst gab es Licht. Vor dem Motel flammte eine wahre Farbensymphonie aus gelben, weiß und roten Lichtern, die in erster Linie dazu dienten, die Aufmerksamkeit auf das Büro, die Eingangshalle, das Restaurant und die Big Rockies Cocktail Lounge zu ziehen.

Aber um Mittwoch nacht um zehn Uhr wirkte das Motel düster und kahl. Obwohl die üblichen Lichter brannten, konnten sie den vom Himmel strömenden grauen Regen und den dünnen nächtlichen Nebel nicht verjagen, die noch an die winterliche Kälte mahnten, die die Stadt vor noch gar nicht so langer Zeit in ihrem Griff gehalten hatte. Der kalte Regen prasselte auf die Asphaltfläche des Parkplatzes, trommelte auf die Wagendächer und klatschte gegen die Glaswände der Lobby und des Restaurants. Unablässig trommelte er auf die Dächer und die Markisen herunter, die die Promenaden vor jedem Flügel bedeckten, ein angenehmes Geräusch, das die meisten Übernachtungsgäste schnell in tiefen Schlaf lullte. Der Regen schlug lärmend in das Schwimmbecken und sammelte sich in Pfützen unter den Kiefern und den anderen Nadelbäumen, die auf der gepflegten Anlage wuchsen. Er spritzte aus den Regenspeichern, wirbelte in den Abflußrinnen neben den Gehsteigen und erzeugte um die Abflußgitter kurzlebige Seen. Der Nebel erreichte das, wozu der Regen keinen Zugang fand, er perlte an den geschützten Fensterscheiben und auf dem glatten, roten Emaille der numerierten Zimmertüren ab.

In Zimmer 318 saß Alex Doyle auf der Kante eines der beiden Doppelbetten und lauschte dem Regen auf dem Dach und zugleich Colin, der mit Courtney telefonierte.

Der Junge erwähnte den Fremden in dem Lieferwagen nicht. Während des langen Nachmittags hatte der Mann sie nicht wieder eingeholt. Und er konnte unmöglich wissen, wo sie die Nacht verbrachten ... Selbst wenn dieses Spiel angefangen hatte, ihn so zu faszinieren, daß er sogar einen Umweg machte, um es in Gang zu halten, würde ihn doch das schlechte Wetter daran hindern und er würde auch ganz bestimmt nicht sämtliche Motels entlang der Fernstraße absuchen, in der Hoffnung, den Thunderbird zu finden – nicht in dieser Nacht, nicht bei diesem Regen. Es war nicht nötig, Courtney mit Einzelheiten einer Gefahr zu beunruhigen, die bereits vorübergegangen war und die, wie Doyle das jetzt sah, von Anfang an gar keine richtige Gefahr gewesen war.

Colin beendete sein Gespräch und reichte Doyle den Hörer.

»Wie hat *dir* Kansas gefallen?« fragte sie, als er Hello gesagt hatte.

»Recht lehrreich«, sagte Doyle.

»Mit Colin als Lehrer?«

»So könnte man es zusammenfassen.«

»Alex, hat er etwas?«

»Colin?«

»Ja.«

»Ich wüßte nicht. Warum fragst du?«

Sie zögerte. Es zischte in der Leitung wie ein gedämpftes Echo des kalten Regens, der auf das Moteldach prasselte. »Nun ... er ist nicht so aufgekratzt wie sonst immer.«

»Selbst Colin wird einmal müde«, sagte Doyle und zwinkerte dem Jungen zu.

Colin nickte grimmig. Er wußte, was seine Schwester fragte und was Alex ihr nicht sagen wollte. Als er mit ihr gesprochen hatte, war Colin bemüht gewesen, ganz natürlich zu reden. Aber seine gewohnte Geschwätzigkeit hatte es nicht geschafft, die Angst, die bei ihm auf Sparflamme vor sich hinkochte, seit der Lieferwagen am frühen Morgen hinter ihnen aufgetaucht war, zu überdecken.

»Ist das alles?« fragte Courtney. »Er ist bloß müde?«

»Was sonst?«

»Nun ...«

»Wir sind beide etwas reisemüde«, unterbrach sie Doyle. Er wußte, sie ahnte, daß da in Wirklichkeit noch etwas war. Manchmal hatte sie richtiggehend hellseherische Züge. »Man bekommt zwar auf einer solchen Überlandfahrt eine ganze Menge zu sehen – aber meistens ist es genau dasselbe, was man schon vor zehn Minuten gesehen hat und auch nicht viel anders wie das, was nochmal zehn Minuten davor an einem vorbeigezogen ist.« Er wechselte das Thema, ehe sie weiter auf Einzelheiten eingehen konnte. »Sind schon irgendwelche Möbel eingetroffen?«

»Oh, ja!« sagte sie. »Das Schlafzimmer.«

»Und?«

»Ganz genauso wie es in dem Ausstellungsraum aussah. Und die Matratze ist hart, aber sehr elastisch.«

»Wie kannst du so etwas feststellen«, fragte er gespielt

argwöhnisch, »wo dein Mann doch einen halben Kontinent von dir entfernt ist?«

»Ich bin fünf Minuten darauf herumgehüpft«, sagte sie und kicherte dabei. »Um sie auszuprobieren, weißt du?«

Er lachte und malte sich das schlanke, langhaarige Mädchen mit dem Elfengesicht aus, wie es vergnügt auf ihrem Bett herumhopste, als wäre es ein Trampolin.

»Und weißt du was, Alex?«

»Was?«

»Ich war ganz nackt, als ich es ausprobiert habe. Was sagst du dazu?«

Er hörte auf zu lachen. »Hört sich ja höchst einladend an.« Seine Stimme klang plötzlich belegt. Er merkte, daß er idiotisch grinste, obwohl Colin zuhörte und ihn beobachtete.

»Warum quälst du mich so?«

»Nun, ich denke die ganze Zeit, du könntest auf der Fahrt eine tolle Frau treffen und mit ihr durchbrennen. Ich will nicht, daß du mich vergißt.«

»Das könnte ich nicht«, sagte er und meinte jetzt nicht mehr nur den Sex. »Ich könnte dich nie vergessen.«

»Nun, ich gehe gerne auf Nummer Sicher. Und – hey, ich glaube, ich habe einen Job gefunden.«

»So schnell?«

»Hier fängt gerade ein neues Stadtmagazin an, und die brauchen eine Fotografin, die hauptberuflich für sie arbeiten kann. Keine langweiligen Layouts. Richtige Fotografie. Ich habe morgen einen Termin, um den Leuten meine Arbeiten zu zeigen.«

»Klingt ja prima.«

»Für Colin wäre das auch gut«, sagte sie. »Das ist kein Bürojob. Ich wäre in der ganzen Stadt unterwegs, um Aufnahmen zu machen. Damit könnte ich ihn den Sommer über ganz schön beschäftigen.«

Sie redeten noch ein paar Minuten und verabschiedeten sich dann. Als er den Hörer auflegte, schien das Trommeln des Regens plötzlich lauter zu werden.

Später, als sie im stockdunklen Zimmer lagen und darauf wartete, daß der Schlaf sich einstellte, seufzte Colin und sagte: »Nun, sie hat also gemerkt, daß etwas nicht in Ordnung ist?«

»Ja.«

»Courtney kann man nichts vormachen.«

»Jedenfalls nicht sehr lange«, sagte Doyle, starrte zu der dunklen Decke empor und dachte an seine Frau.

Die Finsternis schien anzuschwellen, zu schrumpfen und wieder anzuschwellen, sie pulsierte wie ein lebendes Wesen und preßte sich warm auf sie herab, wie eine Decke.

»Glaubst du wirklich, daß wir ihn abgehängt haben?« fragte der Junge.

»Klar.«

»Das haben wir aber schon einmal gedacht.«

»Aber diesmal bin ich ganz sicher.«

»Hoffentlich hast du recht«, sagte Colin. »Das ist ein echter Spinner, wer auch immer er sein mag.«

Das gleichmäßig prasselnde Trommeln des Frühlingsregens wiegte zuerst den Jungen und dann Doyle in den Schlaf …

Es regnete immer noch, als Colin ihn weckte. Er stand neben Doyles Bett, rüttelte an seiner Schulter und flüsterte eindringlich: »Alex! Alex, wach auf. Alex!«

Doyle fuhr hoch, er war benommen und wirr. Sein Gaumen und seine Zunge waren pelzig, er blinzelte und versuchte etwas zu sehen, bis ihm klar wurde, daß es mitten in der Nacht und das Zimmer immer noch stockdunkel war.

»*Alex, bist du wach?*«

»Yeah. Was ist denn los?«

»Da ist jemand an der Tür«, sagte der Junge.

Alex starrte in die Richtung, aus der die Stimme kam, konnte den Jungen aber nicht sehen. »An der Tür?« fragte er dümmlich, immer noch nicht ganz wach und unfähig zu begreifen, was sich hier abspielte?

»Es hat mich aufgeweckt«, wisperte Colin. »Ich lausche jetzt schon drei oder vier Minuten ... Ich glaube, jemand versucht, das Schloß aufzukriegen.«

Jetzt konnte auch Alex über das gleichmäßige Prasseln des Regens im Hintergrund hinweg die seltsam tastenden Geräusche auf der anderen Seite der Tür hören. In der warmen, engen, anonymen Dunkelheit schienen sie viel lauter, als sie in Wirklichkeit waren. Seine Angst funktionierte wie ein Verstärker.

»Hörst du ihn?« fragte Colin. Seine Stimme bekam zwischen den beiden letzten Worten gleichsam einen Sprung, wurde eine Tonlage schriller.

Doyle streckte die Hand aus, fand den Jungen und legte ihm die Hand auf die schmale Schulter. »Ich kann ihn hören, Colin«, flüsterte er und hoffte, daß seine eigene Stimme fest bleiben würde. »Das ist schon okay. Hier wird niemand reinkommen. Niemand wird dir etwas zuleide tun.«

»Aber das muß doch *er* sein.««

Doyle sah auf seine Armbanduhr, die einzige Lichtquelle in dem kleinen Zimmer. Die Leuchtziffern sprangen ihm scharf und klar entgegen: sieben Minuten nach drei Uhr morgens. Um diese Stunde hatte niemand einen rechtmäßigen Anlaß in einem Schloß herumzustochern ... Was dachte er da? Es gab überhaupt keinen rechtmäßigen Grund für so etwas, und zwar zu *keiner Stunde*, ob es nun Tag oder Nacht war.

»Alex, was ist, wenn er hereinkommt?«

»Sch ...«, machte Doyle, schob die Bettdecke zurück und glitt aus dem Bett.

»Was ist wenn er es doch tut?«

»Das wird er nicht.«

Doyle ging zur Tür und war sich dabei bewußt, daß Colin dicht hinter ihm war. Er beugte sich vor, um am Schloß zu lauschen. Metall kratzte auf Metall, klickte, klapperte, schabte wieder.

Er trat einen Schritt zur Seite an der einzige Fenster, das der Raum hatte, links neben der Tür. Vorsichtig, um ja kein Geräusch zu erzeugen, schob er die schweren Vorhänge beiseite und dann die kalte Jalousie nach oben. Er versuchte, nach rechts auf den überdachten Gang hinauszublicken, wo der Mann jetzt über das Schloß gebeugt dastehen mußte, stellte aber fest, daß das Glas mit einer feinen weißen Dunstschicht bedeckt war, die es völlig undurchsichtig machte. Er konnte überhaupt nichts erkennen, nur das vage, diffuse Leuchten von ein paar verstreuten Lampen, die die Dunkelhit draußen etwas weniger bedrückend machten, als die Finsternis, die im Innern des Raums herrschte.

Ebenso vorsichtig, wie er die Vorhänge vom Fenster geschoben hatte, ließ er die Jalousie wieder herunter und anschließend die Vorhänge zurückfallen. Er wußte eigentlich nicht, warum er sich weiter lautlos verhielt, tat es aber trotzdem, auch wenn er damit ein paar wertvolle Sekunden vergeudete … Dabei war ihm klar, daß jetzt jeden Augenblick die Zeit für ihn kommen würde, eine Entscheidung zu treffen, irgendwie zu reagieren – und doch wußte er nicht, ob er imstande sein würde, gegen den Unbekannten, der dort draußen im Schloß herumstocherte, etwas zu unternehmen.

Er ging zur Tür zurück.

Der Teppich fühlte sich unter seinen nackten Füßen rauh und grob an.

Colin war lautlos neben der Tür stehengeblieben, lautlos und unsichtbar in dem onyxfarbenen Schatten, vielleicht zu verängstigt, um sich zu bewegen oder etwa zu sagen.

Das eisige Geräusch des in dem Schloß herumstochernden Drahts war unverändert laut und durchdringend. Es erinnerte Alex an das Skalpell eines Chirurgen, das an einem Knochen entlangscharrt.

»Wer ist da?« fragte Doyle schließlich. Die Kraft und das Selbstbewußtsein in seiner Stimme überraschten ihn. Ja, es überraschte ihn sogar, daß er überhaupt einen Ton herausgebracht hatte.

Das Geräusch hörte auf.

»Wer ist da?« fragte Doyle noch einmal, diesmal lauter, aber mit weniger echtem Mut und mehr gespielter Tapferkeit.

Schnelle Schritte – hallten über den Betonboden und wurden schnell vom gleichmäßigen Brausen des Sturms verschluckt.

Sie warteten, lauschten angespannt. Aber der Mann war weg.

Alex tastete nach dem Lichtschalter an der Tür und fand ihn.

Einen Augenblick lang waren sie beide von dem plötzlichen grellen Lichtschein geblendet. Dann baute sich langsam die vertraute, nüchterne Umgebung des Motelzimmers um sie herum wieder auf.

»Er wird wiederkommen«, sagte Colin.

Der Junge stand neben dem Tisch, er trug lediglich Unterhosen und seine dicke Brille. Seine dünnen braunen Beine zitterten unkontrolliert, so daß die knochigen Knie fast aneinanderstießen. Doyle, der ebenfalls in Unterwäsche dastand, fragte sich, ob sein Körper vielleicht auch Rückschlüsse auf seine augenblickliche Verfassung zuließ.

»Vielleicht auch nicht«, sagte er. »Jetzt, wo er weiß, daß wir ihn bemerkt haben, wird er es kaum riskieren, wiederzukommen.«

Aber Colin blieb hartnäckig. »Doch.«

Doyle wußte, was jetzt zu tun war, scheute sich aber zu handeln. Er wollte einfach nicht in den Regen hinaus und nach dem Mann Ausschau halten, der versuchte hatte, ihr Schloß aufzubrechen.

»Wir könnten die Polizei rufen«, sagte Colin.

»So? Wir haben doch gar nichts, was wir denen sagen könnten, überhaupt keine Beweise. Die würden uns für verrückt halten.«

Colin ging zu seinem Bett zurück, setzte sich hin und hüllte sich in seine Decke, so daß er wie ein kleiner Indianer aussah.

Doyle tappte ins Badezimmer, ließ Wasser in ein Zahnputzglas laufen und trank es langsam, schluckte es mit einiger Mühe.

Als er dann das Glas ausspülte und auf das unechte Marmorbord neben dem Waschbecken stellte, sah er sein Gesicht im Spiegel. Er war bleich und sah abgehärmt aus. Die Furcht hatte sich in unübersehbaren Linien um seinen blutlosen Mund und um seine Augen eingegraben. Ihm gefiel sein Spiegelbild nicht, er konnte sich kaum selbst in die Augen sehen.

Herrgott, dachte er, verschwindet dieser verängstigte kleine Junge denn nie, wird denn nie ein Mann daraus? Wirst du niemals darüber hinwegkommen, Alex? Wirst du dir dein ganzes Leben lang so leicht Angst machen lassen? Jetzt, wo du eine Frau hast, die du beschützen mußt? Glaubst du, daß Colin vielleicht so schnell erwachsen sein wird, daß er sich um dich und Courtney kümmern kann?

Über sich selbst verärgert, von Schamgefühlen geplagt, aber nichtsdestoweniger voll Angst, wandte er sich dem Spiegel ab und ging ins Zimmer zurück.

Colin saß noch so mit der Decke über den Schultern auf dem Bett, wie er vorher dortgesessen hatte. Er sah Doyle an, und seine Brille vergrößerte seine Augen noch mehr und zugleich auch den Funken der Angst, der in ihnen flammte. »Was hätte der denn gemacht, wenn er es geschafft hätte hereinzukommen, ohne uns zu wecken?«

Doyle stand mitten im Zimmer da und war unfähig, auf die Frage zu antworten.

»Falls er hier zu uns hereingekommen wäre«, sagte der Junge, »was hätte er dann gemacht? Du hast doch gesagt, als das alles angefangen hat – daß wir nichts haben, was das Stehlen lohnt.«

Doyle nickte hilflos.

»Ich glaube, es ist schon so wie du gesagt hast«, fuhr der Junge fort. »Ich denke, er ist einer von diesen Leuten, von denen man immer wieder in der Zeitung liest. Ich glaube, er ist geistesgestört.« Seine Stimme war so leise geworden, daß Doyle ihn kaum verstehen konnte.

Obwohl er wußte, daß das keine richtige Antwort war und vermutlich nicht einmal stimmte, entgegnete Alex: »Nun ... jetzt ist er weg.«

Colin sah ihn nur an. Der Ausdruck des Jungen hätte alles möglich bedeuten können, vielleicht auch gar nichts ..., aber Alex sah darin den Anfang von Zweifeln und eine subtile Veränderung in seinem Verhalten. Er war sicher, daß der Junge jetzt anfing, ihn neu zu bewerten, das war für ihn ebenso deutlich, wie das monotone Prasseln des Regens auf dem Dach. Und obwohl Colin viel zu intelligent war, um jemanden nach absoluten Maßstäben zu qualifizieren, viel zu klug, um in Schwarzweißkategorien zu denken, war für Doyle doch sicher, daß Colins Meinung über ihn sich in diesem Augenblick verschlechterte, wenn auch vielleicht nur um eine Winzigkeit.

Aber, fragte sich Doyle, bedeutete ihm denn die Meinung eines Kindes wirklich soviel? Und dann gab er sich sofort selbst die Antwort darauf. Ja, wenn es *dieses* Kind war, dann war das wichtig für ihn. Sein ganzes Leben hatte Doyle Angst vor Leuten gehabt, war zu scheu und zu furchtsam gewesen, irgendjemandem zu nahe zu kommen. Er war seiner selbst zu wenig sicher gewesen, um das Risiko einzugehen, einen anderen Menschen zu lieben. Bis er Courtney begegnet war und Colin. Und jetzt war die Meinung, die die beiden von ihm hatten, für ihn wichtiger als alles andere auf der Welt.

Er hörte seine eigene Stimme, als käme sie von jemand anderem. »Ich denke, ich gehe jetzt besser hinaus und sehe mich um. Wenn ich entdecke, wenn ich die Zulassungsnummer seines Lieferwagens feststellen kann ..., dann wissen wir wenigstens etwas über unseren Feind. Dann ist er nicht mehr ganz so mysteriös – und wird uns weniger Angst machen.«

»Und wenn er irgendetwas Ernsthaftes gegen uns unternimmt«, sagte Colin, »haben wir eine Beschreibung für die Polizei.«

Doyle nickte benommen und ging dann an den Kleiderschrank, um die verschwitzten und zerdrückten Kleider herauszuholen, die er am vergangenen Tag getragen hatte. Er zog sich an.

Als er ein paar Minuten später an der Tür stand, sah er sich nach Colin um. »Kommst du hier allein klar?»

Der Junge nickte und zog die Decke noch enger um sich.

»Die Tür schließt automatisch, wenn ich hinausgehe ... den Schlüssel nehme ich nicht mit. Mach für niemanden außer mir auf, und auch für mich nur, wenn du ganz sicher bist, daß du meine Stimme erkannt hast.«

»Okay.«

»Ich werde nicht lange weg sein.«

Colin nickte erneut. Dann brachte er trotz aller Angst ein wenig Galgenhumor zustande. »Sei aber vorsichtig. Es wäre wirklich geschmacklos für einen Künstler, an einem so billigen, bedrückenden Ort wie diesem umgebracht zu werden.«

Doyle lächelte grimmig. »Keine Sorge.« Dann ging er hinaus, zog die Tür hinter sich zu und vergewisserte sich, daß das Schloß eingeschnappt war.

Etwas früher am Abend und fünfzehnhundert Meilen weiter östlich öffnete Detective Ernie Hoval die Haustür eines gepflegten Hauses im Ranchstil, das bestimmt dreißigtausend Dollar gekostet hatte, über drei Schlafzimmer verfügte und in einer gepflegten Wohnanlage zwischen Cambridge und Cadiz, Ohio, ein Stück abseits der Route 22 lag, und betrat einen über und über mit Blut bespritzten Eingangsflur. Zu beiden Seiten sah man lange rote Blutschmierer an den Wänden, wo die Hände eines Verzweifelten über die Tapete gerutscht waren. Dicke Blutstropfen schimmerten auf dem Teppichboden und dem mit gelben Brokat bezogenen Bänkchen neben dem Kleiderschrank.

Hoval schloß die Tür und betrat das Wohnzimmer, wo eine tote Frau halb auf dem Sofa und halb auf dem Boden lag. Sie war Ende der Vierzig gewesen, groß und dunkelhaarig und sah ziemlich gut aus, wenn sie auch keine Schönheit war. Von einer Ladung Schrot, die sie in den Bauch bekommen hatte, war sie getötet worden.

Zeitungsreporter und Polizeifotografen umkreisten sie wie Wölfe. Vier Labortechniker, ein stummes Quartett, krochen auf Händen und Knien in dem großen Raum herum und fertigten kartographische Aufzeichnungen der Blutspuren an, die bis in die entferntesten Winkel hineinreichten. Wahrscheinlich hatten sie alle Mühe, sich nicht zu übergeben.

»Du großer Gott«, sagte Hoval.

Er ging durchs Wohnzimmer und den daran anschließenden schmalen Flur ins erste Badezimmer, wo ein außergewöhnlich hübsches Mädchen im Teenageralter neben einer mit Blut besudelten Kommode auf dem Boden lag. Sie trug nur ein knappes blaues Höschen, sonst nichts, und hatte einen Schuß in den Hinterkopf erhalten. Das Badezimmer war noch blutiger als der Eingangsflur und das Wohnzimmer zusammengenommen.

Im kleinsten Schlafzimmer lag ein gutaussehender,

langhaariger, bärtiger junger Mann Anfang der Zwanzig auf dem Rücken im Bett, die Bettdecke bis zum Kinn hochgezogen, die Hände friedlich über der Brust gefaltet. Die pastellfarbene Decke war mit Blut durchtränkt und in der Mitte von Schrotkugeln zerfetzt. Das über dem Bett mit Reißzwecken an der Wand befestigte Plakat der Rolling Stones hatte rote Flecken und rollte sich an den Rändern vor Feuchtigkeit auf.

»Ich dachte, Sie würden sich nur um den Fall Pulham kümmern.«

Hoval drehte sich um und sah den unscheinbar wirkenden Labortechniker, der die Abdrücke des Killers aus Rich Pulhams Streifenwagen abgenommen hatte. »Ich habe den Bericht gehört und dachte, es gäbe vielleicht eine Verbindung. Irgendwie liegt hier eine Ähnlichkeit vor.«

»Es war eine Familiengeschichte«, sagte der Labormann.

»Gibt es schon einen Verdächtigen?«

»Es gibt bereits ein *Geständnis*«, sagte der Techniker und warf dem toten jungen Mann auf dem Bett einen desinteressierten Blick zu.

»Wer?«

»Ehemann und Vater.«

»Er hat seine eigene Familie umgebracht?« Für Hoval war dies nicht das erste Mal, daß er sich einer solchen Situation gegenübersah, aber der Schock, den ihm so etwas versetzte, war immer der gleiche. Seine eigene Frau und seine Kinder bedeuteten ihm zu viel, waren ein zu wichtiger Bestandteil seines Lebens, als daß er je hätte verstehen können, wie ein Mann es fertigbringen konnte, sein eigenes Fleisch und Blut hinzumorden.

»Er hat auf die Beamten gewartet, die ihn verhaften sollten«, sagte der Techniker. »Hat sie selbst angerufen.«

Übelkeit überkam Hoval.

»Etwas Neues in der Pulhamsache?«

Hoval lehnte sich an die Wand, erinnerte sich dann an die Blutflecken, richtete sich auf und sah nach, ob er sich schmutzig gemacht hatte. Aber die Wand hier war sauber. Er lehnte sich wieder an und spürte, wie es ihm eisig über den Rücken lief. »Wir meinen, daß wir etwas haben«, erklärte er dem Techniker. »Möglicherweise hat es in Breen's Cafe dort an der Kreuzung angefangen.« Er berichtete kurz, was sie von Janets Kinder, der Bedienung in dem Cafe, erfahren hatten, die einem unbekannten Spinner am Montagnachmittag das Essen serviert hatte. »Wenn Pulham hinter dem Mann hergefahren ist – und die Wahrscheinlichkeit dafür ist ziemlich groß – fährt unser Killer einen gemieteten Lieferwagen und ist nach Kalifornien unterwegs.«

»Das reicht ja kaum aus, um eine Fahndungsmeldung auszuschicken, oder?«

Hoval nickte bedrückt. »Wahrscheinlich sind wenigstens tausend Automover auf der Interstate 70 in westlicher Richtung unterwegs. Es wird Wochen dauern, sich die alle vorzunehmen, die Fahrer rauszukriegen und schließlich den Dreckskerl zu finden, der Pulham umgebracht hat.«

»Hat diese Bedienung eine Beschreibung geliefert?« fragte der Labormann.

»Yeah. Sie ist mannstoll, also erinnert sie sich ziemlich gut an den Typ.« Er wiederholte die Beschreibung, die sie von der Kellnerin bekommen hatten.

»Für mich sieht er nicht gerade wie ein linker Revoluzzer aus«, sagte der Labortechniker. »Eher wie ein ehemaliger Marine.«

»Das kann man heutzutage nie sagen«, meinte Hoval. »Die Sozis und manche von diesen anderen Verrückten schneiden sich die Haare, rasieren sich, baden sich und sehen ganz genauso wie anständige Durchschnittsbürger aus.« Diese blasse Gestalt ging ihm auf die Nerven, und er wollte nicht länger über das Thema reden; es war ganz offensichtlich, daß er und dieser Labortechniker nicht auf derselben Wellenlänge sendeten. Langsam löste er sich von der Wand und sah noch einmal in das blutbesudelte Schlafzimmer. »Warum?«

»Warum das hier passiert ist? Warum er seine eigene Familie umgebracht hat?«

»Ja.«

»Er ist sehr religiös«, sagte der Techniker und lächelte erneut.

Hoval begriff nicht und sagte das auch.

»Er ist Laienprediger. Sehr fromm, wissen Sie. Darauf erpicht, das Wort des Herrn zu verbreiten, liest jeden Abend eine Stunde in der Bibel ... und dann muß er mit ansehen, wie sein Junge immer mehr dem Rauschgift verfällt – oder wenigstens Marihuana raucht. Er glaubt, seine Tochter hätte lockere Moralbegriffe oder vielleicht überhaupt keine Moral, weil sie ihm nicht sagen will, mit wem sie ausgeht, oder weshalb sie abends so spät nach Hause kommt. Und die Mutter setzt sich dann zu sehr für die Kinder ein. Sie hat sie sozusagen zur Sünde ermuntert.«

»Und was hat schließlich dazu geführt, daß er ausgerastet ist?« fragte Hoval.

»Nichts besonderes. Er sagt, die alltäglichen Dinge hätten sich solange summiert, bis er es einfach nicht mehr ertragen konnte.«

»Und die einzige Lösung war Mord ...«

»Für ihn jedenfalls.«

Hoval schüttelte traurig den Kopf und dachte an das hübsche Mädchen, das im Badezimmer auf dem Boden lag. »Wo soll das mit dieser Welt noch hinführen?«

»Nicht alle sind so«, sagte der unscheinbare Labortechniker. »Jedenfalls nicht die *ganze* Welt.«

# 4

Es regnete heftig, schüttete, ein scheinbar ewig währender Wolkenbruch. Der Wind aus dem Osten peitschte das Unwetter in bösen, heftigen Böen über Denver hinweg. Der Regen strömte von den Schieferdächern der vier Motelflügel, gluckste einigermaßen freundlich durch die Dachrinnen und brauste die senkrecht verlaufenden Ablaufrohre herunter, um sich lautstark lärmend in die Abflußgitter zu ergießen. Überall tropfte es von den Bäumen und Sträuchern, und jede vom Regen berührte Fläche glitzerte dunkel. Schmutziges Wasser sammelte sich in Vertiefungen im Rasen. Die Tropfen zerfetzten die kristallklare Beschaulichkeit des Schwimmbeckens, tanzten auf den Natursteinplatten rings um den Pool und drückten das zähe Gras nieder, das am Rand der Steinplatten wuchs.

Der böige Wind trieb den Regen unter das Vordach und auf den Laufgang vor Doyles Zimmer. Im gleichen Augenblick, in dem er die Tür schloß und Colin damit ins Zimmer sperrte, peitschte ein Wirbelwind aus kaltem Wasser über den Gang und erfaßte ihn so, daß er auf der rechten Seite über und über naß wurde. Sein blaues Hemd und das rechte Bein seiner abgetragenen Jeans klebten unangenehm an seiner Haut.

Fröstelnd blickte er in südlicher Richtung zu der Treppe an anderen Ende des Ganges. Dichte Schatten hüllten alles ein. In keinem der Zimmer brannte Licht, und die schwachen Nachtlichter außen am Gang waren gute fünfzehn Meter voneinander entfernt. Der nächtliche Nebel machte die Orientierung noch schwieriger; er kräuselte sich um die Dachstützen und wallte um die Eingangstüren. Trotzdem war Doyle einigermaßen sicher, daß sich in der Richtung niemand aufhielt.

Zehn Meter nördlich, zwei Zimmer hinter ihrem eigenen, schnitt sich ein weiterer Flügel des Hotelbaus mit demjenigen, in dem sich ihr Zimmer befand, und bildete die nordöstliche Ecke des Hofes. Der nächtliche Störenfried war möglicherweise in diese Richtung gerannt und hatte höchstens eine Sekunde dazu gebraucht, sich schnell wegzuducken ... Alex zog den Kopf ein, um sein Gesicht vor dem Regen zu schützen, rannte los und spähte vorsichtig und die Ecke.

Aber in dem kurzen Korridor war nichts zu sehen, nur weitere rote Türen, nächtlicher Nebel, Dunkelheit und nasser Beton. Eine blaue Sicherheitsbirne, die hinter einem Schutzgitter aus Draht leuchtete, markierte eine Treppe, die ins Erdgeschoß führte, in diesem Fall zum Parkplatz, der die ganze Anlage umgab.

Der letzte Teil seines eigenen Ganges, der nach Norden führte, war ebenso verlassen wie der Rest des Ostwestflügels im Obergeschoß.

Er ging zu dem schmiedeeisernen Gitter zurück und blickte in den Innenhof hinunter, auf das Schwimmbecken und die Gartenanlage, die es umgab. Aber das einzige, was sich dort unten bewegte, waren vom Wind und Regen gepeitschte Büsche und Sträucher.

Plötzlich überkam Alex das unheimliche Gefühl, nicht nur hier draußen alleine – vielmehr die einzige lebende Seele im ganzen Hotel zu sein. Er hatte den Eindruck, als wären alle Zimmer leer, die Lobby leer, die Wohnung des Geschäftsführers leer, alles verlassen, wie auf der Flucht vor einer gewaltigen Katastrophe. Die drückende, nur vom monotonen Regen durchbrochene Stille und der düstere Anblick der Betonflure erzeugten und verstärkten dieses unheimliche Fantasiebild, bis es beunruhigend wirklich und belastend wurde.

Laß nicht zu, daß der verängstigte kleine Junge in dir wieder an die Oberfläche kommt, warnte sich Doyle. Bis jetzt hast du es gut gemacht. Paß auf, daß du nicht durchdrehst.

Nachdem er ein paar Minuten mit beiden Händen auf

das Eisengitter gestützt dagestanden und die Miniaturfichten und die sauber gestutzten Sträucher im Hof unter sich beobachtet hatte, war er sicher, daß sich dort niemand verbarg, daß die Schatten der Sträucher und Büsche nur ihre eigenen waren.

Die sich kreuzenden Gänge blieben still, verlassen.

Die Fenster waren alle dunkel.

Abgesehen vom gleichmäßigen Trommeln des Regens, das nur gelegentlich das Heulen des Sturmwinds übertönte, herrschte Grabesstille.

Alex war ungeschützt am Geländer gestanden und jetzt völlig durchnäßt. Sein Hemd und seine Hosen waren triefnaß. Das Wasser war sogar in seine Schuhe gedrungen, so daß seine Socken sich kalt und klebrig anfühlten. Er fröstelte. Die Nase lief ihm, und seine Augen tränten von der Anstrengung, in dem Regen und Nebel nach verdächtigen Bewegungen zu suchen.

Trotzdem fühlte Doyle sich zufriedener als seit langer Zeit. Obwohl er den Fremden nicht gefunden hatte, der sie jetzt seit Tagen peinigte, hatte er zumindest *versucht*, dem Mann gegenüberzutreten. Endlich hatte er mehr getan, als nur vor einer schwierigen Lage zu fliehen. Er hätte trotz Colins anklagendem Blick im Zimmer bleiben, hätte die Nacht abwarten können, ohne dieses Risiko einzugehen. Aber er hatte es schließlich doch riskiert und fühlte sich jetzt besser, war mit sich selbst zufrieden.

Natürlich gab es im Moment nichts, was er tun konnte. Wer auch immer der Fremde war und was auch immer er vorgehabt hätte, sobald es ihm gelungen wäre, ihr Schloß aufzubrechen … Ganz offenkundig war es ihm unheimlich geworden, als er bemerkt hatte, daß sie wach und auf ihrer Hut waren. In dieser Nacht würde er es nicht noch einmal versuchen. Vielleicht würden sie ihn überhaupt nicht mehr zu Gesicht bekommen, hier nicht und auch nicht anderswo.

Doch als er sich umdreht und den Weg zurück zu ihrem Zimmer antrat, war seine gute Stimmung ebenso plötzlich wieder dahin …

Fünfzig Meter von ihm entfernt, auf demselben Gang, den er beim Verlassen ihres Zimmers bereits gründlich untersucht hatte, auf einem Korridor, der völlig leer und sicher erschienen war, trat ein Mann aus einer Nische vor einer Tür und eilte zu der Treppe in der südöstliche Ecke, hastete zwei Stufen auf einmal nehmend, nach unten. Der Nebel, der Regen und die Finsternis machten ihn beinahe unsichtbar. Doyle konnte ihn nur als eine schemenhafte Gestalt, ein schattenartiges Phantom wahrnehmen … Aber das Hallen seiner Schritte auf den offenen Treppenstufen bewies, daß er aus Fleisch und Blut war und nicht nur ein Produkt seiner Fantasie.

Doyle ging ans Geländer und blickte nach unten.

Ein großer Mann in dunkler Kleidung, dem die Nacht und der Sturm alle anderen erkennbaren Merkmal genommen hatten, hastete über den Rasen und die Natursteinplatten am Swimmingpool. Er duckte sich unter den Gang des Obergeschosses, der zugleich als Dach für den Zugang zu den Zimmern im Erdgeschoß diente.

Ohne sich darüber klar zu sein, was er eigentlich tat, setzte Alex zur Verfolgung an. Er rannte zur Treppe, eilte hinunter und erreichte den von Wind und Regen gepeitschten Rasen.

Der Fremde war nicht mehr in dem Gang, wo Doyle ihn zuletzt gesehen hatte, er schien sich in Luft aufgelöst zu haben.

Doyle blickte von seinem neuen Standort zu den Fichten und Sträuchern, und dann wurde ihm plötzlich bewußt, daß der Fremde vielleicht umgekehrt war und jetzt hinter ihm auf ihn lauerte. Die schemenhaften Schatten wirkten drohend, gefährlich, undurchdringlich …

Im Schutz der gelben und grünen Lichter, die das Schwimmbecken säumten, und immer bemüht, den Schatten auszuweichen, überquerte Doyle den Innenhof, ohne daß irgend etwas passierte. Aber kaum hatte er die freie Fläche hinter sich gelassen, als er wieder Schritte hörte. Diesmal kamen sie aus dem hinteren Teil der Anlage, im Norden und bewegten sich wieder auf das Obergeschoß zu. Er folgte dem unheimlich dröhnenden *Wumm, wumm, wumm,* das vom Regen beinahe übertönt wurde.

Als er die Treppe erreichte, war sie verlassen, nichts als eine Folge nasser, graubraungefleckter Treppenstufen.

Er stand eine Minute lang davor, daß er wie eine Zielscheibe wirken würde, wenn er oben ankam. Ohne Möglichkeit zur Gegenwehr einem Messer oder einem Pistolenschuß ausgesetzt, oder auch nur einem schnellen Stop, der ihn wieder auf dem Weg, den er heraufgekommen war, nach unten befördern würde.

Trotzdem fing er an, die Treppe hinaufzusteigen, selbst ein wenig über seinen Mut überrascht. Heute nacht hatte er angefangen, in seiner alten Haut einen neuen Alex Doyle zu entdecken. Es gab einen Doyle, der dann, wenn er mit der Verantwortung für das Wohlergehen jener konfrontiert wurde, die er liebte, durchaus imstande war, seine Feigheit zu überwinden.

Niemand griff ihn an, als er die letzte Treppenstufe hinter sich gebracht hatte. Niemand wartete auf ihn. Nur stumpfe, lichtlose Fenster, Beton und rote Türen.

Wieder überkam ihn das seltsame Gefühl, er wäre der letzte lebende Mensch in dem Motel – ja sogar der letzte Mensch auf der Welt. Er wußte nicht, ob diese Fantasievorstellung in Paranoia wurzelte, aber das Gefühl der Isoliertheit war jedenfalls vollkommen.

Dann sah Alex den Fremden wieder. Formlos in Schatten gehüllt, von Nebel umgeben stand der Mann am äußersten Nordende der Promenade am Ansatz der Treppe, die zum Parkplatz hinter dem Motelkomplex nach unten führte. Eine blaue Sicherheitsbirne in einem Drahtkäfig trug wenig dazu bei, das Phantom zu beleuchten. Er machte einen Schritt, schien sich umzudrehen und sich nach Doyle umzusehen, machte einen zweiten Schritt, dann den dritten und verschwand erneut.

Es ist gerade, als *wollte* er, daß ich ihm folge, dachte Alex.

Er lief in nördlicher Richtung den Gang hinauf und dann die vom Regen überspülten Stufen hinunter.

## 5

Vier Quecksilberdampflampen beleuchteten die Parkfläche hinter dem Rockies Motor Hotel und ließen die Nacht darüber doppelt so dunkel erscheinen als anderswo, schafften es aber irgendwie, die Reihen von Fahrzeugen darunter zu beleuchten. Das irritierende, verwaschene, purpurfarbene Licht glitzerte stumpf in den herunterfallenden Regentropfen und den Wasserpfützen auf dem schwarzen Asphalt. Es erzeugte scharf abgegrenzte Konturen und saugte die Schatten aus allem, was es berührte, und verwandelte die sonst in bunter Vielfalt erstrahlenden Autos in deprimierend grünbraune Eintönigkeit.

Doyle, selbst von einem leichten purpurnen Hauch überzogen, stand unten an der Treppe und blickte nach rechts und links auf dem Parkplatz.

Der Fremde war nirgends zu sehen.

Natürlich konnte sich der Mann irgendwo zwischen zwei Autos versteckt halten, erwartungsvoll am Boden kauern ..., aber wenn aus der Verfolgungsjagd ein Versteckspiel auf einem mit zwei- oder dreihundert Wagen besetzten Parkplatz werden sollte, konnten sie die ganze Nacht damit verbringen, zwischen den stummen Fahrzeugen und den Schatten, die sie warfen, hin- und herzurennen.

Er nahm an, daß er damit am Ende angelangt war; diese Expedition würde also trotz allem nichts einbringen.

Er würde weder den Mann noch den gemieteten Automover zu Gesicht bekommen. Er würde nicht imstande sein, ihn zu beschreiben und auch keine Zulassungsnummer haben, die er der Polizei geben konnte – wenn es soweit kam. Deshalb konnte er ebensogut zu seinem Zimmer zurückkehren, die nassen Kleider ausziehen, sich abfrottieren und …

Aber so leicht wollte er sich der Herausforderung nicht entziehen. Wenn er auch nicht gerade vor Tatendurst und Tapferkeit barst, versetzte ihn doch der Respekt vor seinem eigenen Mut in eine Art Hochstimmung. Dieser nagelneue Alex Doyle, dieser Mann, der plötzlich bereit war, Verantwortung auf sich zu nehmen, dieser Doyle, der imstande war, seiner langgehegten Angst Herr zu werden, faszinierte und entzückte ihn ungeheuer. Er wollte sehen, wie weit diese bislang unbekannte, ja nicht einmal geahnte, aber ganz sicherlich willkommene Stärke ihn tragen würde, als wie mächtig sich diese Goldader erwies, auf die er gestoßen war.

Er machte sich daran den Fremden zu suchen.

Der Raum mit den Verkaufsautomaten hinter dem Motelkomplex hatte keine Türen an seinen zwei Eingängen. Kaltes, weißes Licht ergoß sich in zwei Halbkreisen aus den zwei schmalen Eingangsbögen und überlagerte das krankhaft wirkende purpurne Leuchten der Quecksilberdampflampen vom Parkplatz.

Doyle ging zu einem der Eingänge und sah hinein.

Der Raum war hell erleuchtet und schien leer. Aber die großen Automaten waren so verteilt, daß es wenigstens ein Dutzend Stellen gab, wo ein Mann sich verstecken konnte.

Er überschritt die Schwelle.

Der Raum maß etwa drei auf sechs Meter und enthielt zwölf Automaten, die an den beiden langen Wänden aufgereiht waren und einander wie zwei futuristische Teams von Schwergewichtsboxern gegenüberstanden, die darauf warteten, daß der Gong ertönte und der Kampf begann: Drei summende Limonadeautomaten, die sechs verschiedene Geschmackssorten von Erfrischungsgetränken in Flaschen und Dosen feilhielten; zwei niedrige Zigarettenautomaten; ein Automat mit Keksen; zwei ganz besonders auf einundzwanzigstes Jahrhundert getrimmte Automaten mit Schokoladeriegeln; ein Kaffee- und Kakaospender, der stilisierte Tassen mit dampfendbrauner Flüssigkeit auf der verspiegelten Fassade zeigte und darunter in Fettdruck die Aufschrift Sugar, Cream, Marshmallow; ein Spender für Erdnüsse, Kartoffelchips, Brezeln und Käsepopcorn sowie eine Eismaschine, die laut ratternd neue Eiswürfel in einen Vorratsbehälter aus rostfreiem Stahl spie.

Er ging langsam, flankiert von den murmelnden Verkaufsautomaten, durch den Raum und sah in die einzelnen Nischen dazwischen, rechnete damit, daß ihn jeden Augenblick jemand anspringen würde. Die Anspannung, unter der er stand, und seine Angst unterschieden sich gründlich von dem, was er in der Vergangenheit empfunden hatte; sie waren fast wohltuend, sauber, läuternd. Er kam sich fast wie ein kleiner Junge vor, der in der Halloweennacht durch einen unheimlichen verfallenen Friedhof geht, ein Bündel miteinander im Widerstreit stehender Empfindungen.

Aber der Fremde war nicht in dem Raum.

Doyle ging wieder in den Wind und den Regen hinaus. Um das schlechte Wetter kümmerte er sich längst nicht mehr – ein Mann, völlig gebannt von den Veränderungen, die in ihm vor sich gingen.

Er lief an den geparkten Fahrzeugen entlang und hoffte, den Fremden dort zu finden. Aber er durchquerte den ganzen Parkplatz vom einen Ende bis zum anderen, ohne die leiseste Bewegung oder auffällig Schatten wahrzunehmen.

Gerade wollte er Schluß machen, als er das schwache Licht bemerkte, das aus der halbgeöffneten Tür des Wartungsraumes fiel. Er war vor nicht einmal fünf Minuten auf dem Weg zu den Verkaufsautomaten hier vorbeigekommen, und da war die Tür nicht offen gewesen. Und der Motelhausmeister würde ganz bestimmt nicht um diese nächtliche Stunde seinen Dienst antreten …

Alex lehnte sich mit dem Rücken an die nasse Betonwand, den Kopf auf der dort in ordentlichen Buchstaben angebrachten Anschrift *Wartungs- und Geräteraum – Zutritt nur für Motelangestellte*, und lauschte, ob sich in dem Raum etwas bewegte.

Eine Minute schleppte sich lautlos dahin.

Vorsichtig streckte er die Hand aus und schob die schwere Metalltür auf. Sie schwang lautlos nach innen, und ein ebenso lautlos graues Licht drang ins Freie. Doyle sah hinein. Auf der anderen Seite des großen Raums gab es eine zweite Tür, ebenfalls aus Metall und von ähnlicher Größe wie die, die er aufgeschoben hatte; sie stand weit offen, so daß es hereinregnen konnte. Dahinter war eine Ausschnitt des Parkplatzes zu sehen. Gut. Der Fremde war also hiergewesen und weitergegangen.

Er trat in den Raum der etwas größer als der Verkaufsraum mit den Automaten war, und sah sich um. Hinten an der Wand standen Behälter mit Reinigungsmitteln: Seife, Wachs, Schmirgel, Möbelpolitur. Dann waren da auch ein paar Bohnermaschinen, ein ganzer Wald langstieliger Mops, Besen und Fensterputzgeräte zu sehen. Zwei Rasenmäher standen mitten im Raum, umgeben von einer Vielfalt von Gärtnerwerkzeugen und riesigen Rollen durchsichtiger grüner Plastikschläuche. Vorne, näher bei der Tür, waren die Werkbänke, Zimmermannswerkzeuge, eine Kreissäge und sogar eine kleine Holzdrehbank. Rechts von Doyle zog sich ein Werkzeugbrett die ganze Wand entlang; auf dem Brett waren die Umrisse von Dutzenden von Werkzeugen aufgemalt, die Werkzeuge selbst hingen über ihren eigenen schwarzen Konturen. Die Gärtneraxt fehlte, alles andere war sauber und hing genau an Ort und Stelle.

Die Behälter mit den Reinigungsmitteln standen zu weit auseinander und waren zu klein, um einem Mann Deckung zu bieten, ganz besonders einem so großen und breitschultrigen Mann wie dem, den er vorher über den Hof hatte laufen sehen.

Doyle ging weiter in den Raum hinein und hatte die Hälfte der Strecke zur zweiten Tür zurückgelegt, war nur noch fünf Meter von ihr entfernt, als ihm plötzlich klar wurde, was die fehlende Axt an dem Werkzeugbrett zu bedeuten hatte. Beinahe wäre er vor Schreck erstarrt, dann, als hätte ihn irgendein sechster Sinn gewarnt, duckte er sich und wirbelte schneller herum, als er sich je in seinem Leben bewegt hatte.

Direkt hinter ihm, alptraumhaft, groß, ragte ein blonder Mann mit irren Augen auf, hob beide Hände und schwang die Gärtneraxt.

## 6

In all den dreißig Jahren seines Lebens war Alex Doyle noch nie in einen Kampf verwickelt gewesen – keinen Boxkampf, keinen Ringkampf, ja nicht einmal eine jugendliche Rauferei. Er hatte nie jemanden körperlich angegriffen und war auch seinerseits noch nie körperlich angegriffen worden. Ob nun feige oder ernsthafter Pazifist oder beides – er hatte es immer geschafft, kontroversen Themen in beiläufigen Gesprächen aus dem Weg zu gehen, hatte einen weiten Bogen um alle Auseinandersetzungen gemacht und es vermieden, Partei zu ergreifen oder sich Situationen auszusetzen, die möglicherweise zu Gewaltanwendung hätten führen können. Er war ein zivilisierter Mann. Seine wenigen Freunde und Bekannten waren stets ebenso sanftmütig wie er gewesen, häufig sogar noch sanftmütiger. Er war deshalb nicht im geringsten darauf vorbereitet, sich mit einem Verrückten auseinanderzusetzen, der eine scharfe Gärtneraxt schwang.

Aber wo die Erfahrung fehlte, sprang helfend sein Instinkt ein. Fast so, als hätte er eine Kampfausbildung mitgemacht, warf Alex sich zurück, weg von der blitzenden Waffe, und rollte sich über der Zementboden, bis er an die zwei Rasenmäher stieß. Sein Körper reagierte automatisch viel schneller auf die Gefahr, als er sie geistig verarbeitete. Er hatte die Axt nur Zentimeter an seinem Kopf vorbeipfeifen hören und wußte, was passiert wäre, wenn sie ihr Ziel gefunden hätte ... und doch war für ihn unvorstellbar, daß jemand ihm nach dem Leben trachten könnte, ganz besonders auf solch blutrünstige Art. Er war Alex Doyle. Der Mann ohne Feinde. Der Mann, der stets sachte aufgetreten war und nie einen großen Stock getragen hatte – der Mann, der oft seinen Stolz geopfert hatte, um sich vor genau dieser Art von Wahnsinn zu bewahren.

Auch der Fremde bewegte sich blitzschnell.

Benommen wie er war, fast betäubt vor Überraschung über die Plötzlichkeit und die Brutalität des Angriffs, sah Alex den Mann auf sich zukommen.

Der Fremde hob die Axt.

»Nicht!« schrie Doyle. Er erkannte seine eigene Stimme kaum. Sein neuentdeckter Mut hatte ihn nicht ganz verlassen, aber jetzt wurde er reduziert von einer gesunden Angst, die ihn dennoch nicht völlig lähmte.

Das scharfe Blatt der Axt fuhr in die Höhe und erreichte den obersten Punkt seines Schwunges. In jenen kräftigen Händen wirkte die Axt wie ein Präzisionsinstrument. Scharfe Lichtblitze tanzten auf der Schneide. Die Schneide verhielt dort oben, hoch und kalt und fantastisch – und dann fiel sie herab.

Alex rollte sich zur Seite.

Die Axt sauste hinter ihm herunter, pfiff wieder durch die feuchtigkeitsgeschwängerte Luft und grub sich in den Vollgummireifen eines der Rasenmäher, den sie spaltete.

Doyle kam auf die Beine, und wieder verlieh ihm der Selbsterhaltungstrieb Kraft. Er flankte über eine Werkbank, und zwar mit viel größerer Behendigkeit, als er es je für möglich gehalten hätte; doch als er auf der anderen Seite der fast eineinhalb Meter breiten Werkbank aufkam, stolperte er und wäre fast flach aufs Gesicht gefallen.

Hinter ihm fluchte der Verrückte: Ein seltsam wortloses tiefes Grunzen, in dem Wut und Enttäuschung mitschwangen.

Doyle drehte sich um und rechnete damit, daß die Axt entweder seinen Kopf oder wenigstens die hölzerne Arbeitsplatte hinter ihm spalten würde. Endlich war ihm seine Lage in ihrer ganzen Tragweite klar geworden. Er wußte, daß es durchaus möglich war, daß er hier sterben würde.

Neben dem Rasenmäher spannten sich die mächtigen Schultermuskeln des Fremden und er riß die Axt aus dem Vollgummireifen, in dem sie sich verkeilt hatte. Seine nassen Schuhe scharrten mit einem unangenehmen Geräusch über den Betonboden, und er umklammerte die Axt mit beiden Händen, als wäre sie ein geheiligter allmächtiger Talisman, der bösen Zauber abwehren und ihren Träger vor dem Wirken bösartiger Mächte schützen könnte. An diesem Mann war etwas, das an einem abergläubischen Wilden erinnerte, ganz besonders in seinen riesigen, dunkelumränderten Augen ...

Und diese Augen fixierten Doyle jetzt. Es war unglaublich, aber der Fremde nickte langsam und lächelte dann.

Alex erwiderte das Lächeln nicht. Er *konnte* es nicht erwidern. Die Vorahnung des Todes erfüllte ihn fast mit körperlicher Übelkeit, und er wünschte, er hätte ihr Zimmer nie verlassen.

Noch immer war er zu weit von den Türen entfernt, um durch eine der beiden fliehen zu können. Bevor er den Raum durchquert und die Schwelle erreicht hätte, würde sich die Axt mit fast tödlicher Sicherheit zwischen seine Schulterblätter bohren …

Dem Fremden troff der Regen von der Kleidung, als er lautlos und für einen Mann seiner Größe erstaunlich schnell auf Doyle zukam. Die Geräusche, die er draußen erzeugt hatte, auf der Treppe und den Gängen, konnten unmöglich zufällig gewesen sein. Er hatte Alex ganz bewußt über die düsteren Korridore gelockt – hierher, an einen Ort, wo er ihm nicht mehr würde entwischen können.

Einen Ort wie diesen.

Jetzt stand nur noch die hölzerne Werkbank zwischen ihnen.

»Wer sind Sie?« keuchte Doyle.

Der Fremde lächelte jetzt nicht mehr, als er auf der anderen Seite der hüfthohen Werkbank stehenblieb. Seine Stirn hatte sich gerunzelt, und sein Gesicht war verzerrt, als würde ihn jemand auf grausame Weise zwicken oder mit Nadeln peinigen. Was ging in dem Mann vor? Mehr als Mordlust? ›Irgendetwas‹ schien ihm beträchtlich zu schaffen zu machen, das war deutlich zu erkennen. Sein Mund war zu einer geraden Linie zusammengepreßt, und er schien sich verzweifelt abzumühen. Seine Reaktion auf einen inneren Schmerz zu unterdrücken.

»Was wollen Sie von uns?« schrie Doyle.

Der Mann funkelte ihn nur böse an.

»Wir haben Ihnen nie etwas zuleide getan!«

Keine Antwort.

»Sie kennen uns nicht einmal …?«

Obwohl seine Stimme schwach wurde und jetzt nur noch ein Flüstern war, obwohl die Angst, die sich darin verriet, den Verrückten vielleicht zu noch entschlossenerem Handeln veranlassen konnte, mußte Doyle diese Fragen stellen. Sein ganzes Leben lang hatte er den Zorn anderer Leute mit mitfühlenden Worten in harmlosere Bahnen lenken können, und auch jetzt schien es ihm ungeheuer wichtig, diesen Mann zu irgendwelchen Reaktionen – und wenn es nur ein Moment der Besinnung war – zu veranlassen. »Was nützt es Ihnen, wenn Sie mich umbringen?«

Jetzt ließ der Verrückte die Axt waagrecht schwingen, von rechts nach links, versuchte, Doyles Körper zu treffen.

Es war knapp. Seine langen Arme verfügten über genügend Reichweite und Kraft, um es zu schaffen, obwohl die Bank zwischen ihnen stand. Aber Doyle sah die Axt gerade noch rechtzeitig kommen, um ihr auszuweichen. Er warf sich nach hinten und entzog sich dem mörderischen Schwung.

Dabei stolperte er über einen großen Werkzeugkasten aus Blech, den er nicht bemerkt hatte. Seine Arme fuchtelten wie Windmühlenflügel bei dem verzweifelten Versuch, das Gleichgewicht zu halten, er schaffte es aber nicht. Der Raum um ihm herum kippte. Und in dem Augenblick wußte Doyle, daß er wahrscheinlich keine Chance hatte, diesen Raum lebend zu verlassen. Er würde nicht in Zimmer 318 zurückkehren, wo Colin auf ihn wartete, würde die Fahrt nach San Francisco nie beenden, nie die neuen Möbel in dem neuen Haus sehen oder seine wunderbare Stellung bei der Agentur antreten – und niemehr mit Courtney schlafen. Niemals. Im Fallen sah er den großen blonden Mann um die Werkbank herum auf sich zukommen.

Er blieb nicht einmal eine Sekunde auf dem Boden liegen. In dem Augenblick, in dem er aufprallte, stieß er sich bereits wieder hoch, taumelte nach rückwärts und versuchte wenigstens noch einmal, dem Verrückten zu entkommen.

Aber nach drei kurzen Schritten stieß er mit dem Rükken gegen das Werkzeugbrett, an dem all die Werkzeuge hingen.

Und während Doyle klar wurde, daß es für ihn jetzt keine Fluchtmöglichkeit mehr gab, trat der Fremde vor ihn und ließ die Axt von rechts nach links schwingen.

Doyle duckte sich.

Die Axt streifte das Brett über seinem Kopf.

In dem Augenblick als er die Axt über sich pfeifen hörte, schnellte Doyle hoch und packte einen schweren Vorschlaghammer, der an einem Haken hing. Er hielt ihn bereits in der Hand, als ihn ein Schlag der Axt zur Seite schleuderte.

Der Hammer krachte auf den Betonfußboden.

Aber daß ihm der Hammer entglitten war, daran dachte Doyle nicht mehr. Der drückende, pochende Schmerz an seiner Seite und seiner Brust machte ihn fast völlig hilflos. Hatte die Axt ihn getroffen? Ihn aufgerissen? Der Schmerz ... war schrecklich, das Schlimmste, was er je hatte erdulden müssen. Aber bitte, lieber Gott, nein ... Bitte, bitte nicht das. Bitte nicht den Tod. Nicht all das Blut und im Blut daliegen müssen, während die Axt sich hob und senkte und ihn methodisch in Stücke fetzte. Nicht den Tod, verdammt! Alles, was er auf der anderen Seite des Todes sehen konnte, war das Nichts, ewige Schwärze; und die Vision war so vollkommen und echt und erschreckend, daß ihm kein einziges Mal klar wurde, wie sinnlos und unlogisch es war, zu einem Gott zu beten, an dessen Existenz er nicht glaubte. Einfach: Lieber Gott, lieber Gott, bitte ... nicht das. Alles andere, nur das nicht. Bitte ...

Diese Gedankenfetzen rasten im Bruchteil einer Sekunde durch sein Bewußtsein, ehe ihm klar wurde, daß die Schneide der Axt ihn gar nicht getroffen hatte. Er war lediglich vom Rückwärtsschwung des ersten Schlages erfaßt worden. Das *Ende der Axt* hatte ihn erwischt, der sechs Zentimeter breite stumpfe Teil hatte ihn dicht unter den Rippen an der rechten Seite getroffen. Auch das hatte genügt, um ihm den Atem zu rauben, und er würde ganz bestimmt einen Bluterguß und eine Prellung davontragen. Aber das war alles. Er war nicht ernsthaft verletzt. Kein Blut.

Aber wo war der Verrückte … und die Axt?

Doyle blicke auf und blinzelte, weil Tränen ihn fast blind machten.

Der Fremde hatte die Waffe fallen lassen. Er preßte sich jetzt beide Hände gegen die Schläfen und verzog das Gesicht. Der Schweiß war ihm auf die Stirn getreten und rann über sein gerötetes Gesicht.

Nach Atem ringend rappelte Alex sich mühsam hoch und lehnte sich an die Wand, zu schwach und von den Schmerzen zu sehr gepeinigt, um sich weiter bewegen zu können.

Der Fremde sah ihn. Er beugte sich vor, um die Axt aufzuheben, hielt dann aber in der Bewegung inne, stieß einen halberstickten Schrei aus, drehte sich um und taumelte aus dem Raum, taumelte hinaus in die Nacht und den Regen.

Eine lange Zeit, während er nach Atem rang und sich mit dem Schmerz abquälte, der an seiner rechten Seite tobte, war Alex überzeugt, daß ihm nur eine Gnadenfrist gewährt wurde. Es machte doch keinen Sinn, daß dieser Fremde so kurz vor Vollendung seiner Tat einfach wegging. Der Mann hatte den verzweifelten Wunsch gehabt, Doyle zu töten. Jedesmal, wenn er die Axt geschwungen hatte, war dies in der Absicht geschehen, Blut zu vergießen, Wunden zuzufügen. Er war ganz sicherlich wahnsinnig. Und Wahnsinnige waren unberechenbar. Aber es stimmte auch, daß das, was einen Verrückten zur Gewalt trieb, sich nicht so leicht unterbrechen ließ.

Und trotzdem kehrte der Mann nicht zurück.

Allmählich ließ der Schmerz an Doyles rechter Seite nach, und er konnte wieder aufrecht stehen, sogar gehen.

Sein Atem wurde regelmäßiger, obwohl er nicht tief einzuatmen wagte, damit der Schmerz sich nicht verstärkte. Auch sein Herzschlag verlangsamte sich.

Und er blieb alleine.

Langsam ging er zur Tür, preßte sich dabei die rechte Hand an die Seite und lehnte sich dann einen Augenblick lang an den Türstock, ehe er ins Freie trat. Regen und Wind peitschten ihn sofort wieder mit noch mehr Gewalt als zuvor, ließen ihn frösteln.

Der Parkplatz war verlassen. Die grünbraunen, in Nebel gehüllten Autos standen stumm und reglos da. Er lauschte in die Nacht hinein.

Aber die einzigen Geräusche, die er vernahm, waren das stetige Trommeln des Regens und das klagende Heulen des Windes.

Es schien fast so, als wären die Ereignisse in dem Wartungsraum nichts als ein schlimmer Traum gewesen. Wenn der Schmerz an seiner Seite ihm nicht bewiesen hätte, daß das alles Wirklichkeit gewesen war, wäre er vielleicht umgekehrt, um nach der Axt und den anderen Spuren des Geschehens zu suchen.

Langsam ging er zu dem Innenhof in der Mitte der Motelanlage zurück, watete einfach durch Pfützen, statt um sie herum zu gehen, jedes Mal wieder beunruhigt, wenn er irgendeine schattenhafte Silhouette sah. Wenigstens ein halb Dutzendmal blieb er stehen, um auf eingebildete Schritte zu lauschen, die er dicht hinter sich glaubte.

Aber die einzigen Schritte, die er hörte, waren seine eigenen.

Oben an der Treppe in seinem eigenen Stockwerk angelangt, in der Nordostecke der Anlage, lehnte er sich gegen das Eisengitter, um abzuwarten, bis sein Atem sich etwas beruhigt hatte und um zugleich gegen den dumpfen Schmerz in seiner Brust und an seiner Seite anzukämpfen.

Ihm war eiskalt, und er fröstelte. Die Regentropfen trafen ihn wie Eissplitter und schmolzen auf seinem Gesicht.

Während er die eisige Luft in sich hineinsog, sah er auf die Dutzende identischer Türen und Fenster, die alle geschlossen und lichtlos waren ... und dann fragte er sich plötzlich, warum er nicht um Hilfe geschrien hatte, als er von dem Fremden mit der Axt angegriffen worden war. Obwohl der Wartungsraum hinter dem Motel lag, und obwohl Wind und Regen andere Geräusche überdeckt hätten, wäre seine Stimme vielleicht doch laut genug gewesen, um diese Zimmer zu erreichen, diese Menschen zu wecken. Hätte er aus Leibeskräften geschrien, wäre ganz sicherlich jemand gekommen, um nachzusehen, was da vor sich ging, hätte die Polizei geholt. Aber er hatte solche Angst gehabt, daß ihm nicht einmal der Gedanke gekommen war, um Hilfe zu rufen. Der Kampf war seltsam lautlos gewesen, ein geräuschloser Alptraum, der nicht bis zu den Motelgästen gedrungen war.

Und dann erinnerte sich Doyle an verschiedene Zeitungsberichte, die er gelesen hatte, Berichte, die sich mit der Gleichgültigkeit des Durchschnittsbürgers gegenüber Mord und Vergewaltigung befaßten, die vor seinen Augen begangen wurden, und er fragte sich, ob überhaupt jemand auf seinen Hilferuf reagiert hätte. Oder hätten sich alle umgedreht und sich einfach die Decke über den Kopf gezogen? Hätten diese Leute in all diesen identischen Zimmern emotionslos und alle auf gleiche Weise reagiert: mit Widerstreben und vielleicht Gleichgültigkeit.

Das war kein schöner Gedanke.

Heftig zitternd versuchte er, jede Überlegung von sich zu schieben, während er sich vom Geländer abstieß und langsam den regenüberfluteten Gang auf ihr Zimmer zuging.

# 7

Als Doyle sich das Haar frottiert hatte, brachte Colin das weiße Motelhandtuch ins Bad, wo er es zusammen mit den regennassen Kleidern über die Duschtür hänge. Sichtlich bemüht, sich ruhig und würdevoll zu verhalten – obwohl er nur mit einer Unterhose und seiner Brille bekleidet war und ganz offensichtlich ziemliche Angst hatte –, kam der Junge schnell ins Zimmer zurück und setzte sich auf sein Bett. Er musterte die Schwellung an Doyles rechter Seite mit unverhohlener Neugierde.

Alex betastete die Stelle vorsichtig mit den Fingerspitzen, bis er sich vergewissert hatte, daß nichts gebrochen oder sonst so verletzt war, daß er ärztliche Hilfe gebraucht hätte.

»Tut's weh?« fragte Colin.

»Höllisch.«

»Vielleicht sollten wir etwas Eis holen und drauflegen.«

»Es ist nur ein Bluterguß. Da kann man nicht viel machen.«

»Du *glaubst*, daß es nur ein Bluterguß ist«, sagte Colin.

»Der schlimmste Schmerz ist schon vorüber. Ich werde ein paar Tage ein wenig steif sein und Schmerzen haben, aber dagegen kann man nichts machen.«

»Was tun wir jetzt?«

Doyle hatte dem Jungen natürlich in allen Einzelheiten von der Auseinandersetzung mit dem großen, hageren Mann mit den wildblickenden Augen berichtet, wobei ihm bewußt war, daß Colin es sofort merken würde, wenn er ihn anlog und dann anfangen würde, solange nach der Wahrheit zu graben, bis er sie fand. Er hatte es hier nicht mit einem Kind zu tun, das man wie ein Kind behandeln durfte.

Doyle hörte auf, sein verfärbtes Fleisch zu massieren und dachte über die Frage des Jungen nach. »Nun … wir müssen unbedingt die Route ändern, die wir von hier nach Salt Lake City geplant hatte. Wir werden nicht Route 40 nehmen, sondern entweder die Interstate 80 oder 24 und …«

»Wir haben schon einmal unsere Pläne geändert«, sagte Colin und blinzelte eulenhaft hinter seinen dicken, runden Brillengläsern. »Und es hat nicht funktioniert. Er hat uns wieder erwischt.«

»Er hat uns erst erwischt, als wir auf die Interstate 70 zurückkehrten, die Straße, die *er* benutzte«, sagte Doyle. »Diesmal halten wir uns völlig abseits von den Hauptstraßen. Wir werden einen Umweg machen und uns eine neue Fahrtroute von Salt Lake City nach Reno ausdenken – und dann auf einer Nebenstraße von Reno nach San Francisco fahren.«

Colin überlegte einen Augenblick. »Vielleicht sollten wir uns auch neue Motels aussuchen. Sie ganz willkürlich wählen.«

»Wir haben aber reserviert und anbezahlt«, entgegnete Doyle.

»Das meine ich ja.« Der Junge sagte das mit todernster Stimme.

»Das klingt nach Verfolgungswahn«, sagte Doyle überrascht.

»Kann schon sein.«

Doyle richtete sich auf der Betkante auf. »Meinst du, daß dieser Bursche weiß, wo wir jede Nacht übernachten wollen?«

»Er nimmt jedenfalls am Morgen immer wieder unsere Spur auf«, sagte der Junge.

»Aber woher sollte er über unsere Pläne Bescheid wissen?«

Colin zuckte die Schultern.

»Dazu müßte er doch jemand sein, den wir kennen«, sagte Doyle, der sich überhaupt nicht für den Vorschlag erwärmen konnte, sogar Angst davor hatte, zuviel Gefallen daran zu finden. »Ich kenne ihn nicht. Kennst du ihn?«

Colin zuckte nur erneut mit den Schultern.

»Ich habe ihn dir schon beschrieben«, sagte Doyle. »Groß. Helles, fast weißes, kurzgeschnittenes Haar. Blaue Augen. Gutaussehend. Ein wenig hager ... klingt das nach jemand, den du schon mal gesehen hast?«

»Das kann ich nach einer solchen Beschreibung nicht sagen«, meinte Colin.

»Genau. So wie er sehen eine Million Leute aus. Also werden wir von der Annahme ausgehen, daß er *tatsächlich* ein völliger Fremder ist, einfach ein ganz durchschnittlicher amerikanischer Irrer, der Typ, von dem man täglich in den Zeitungen liest.«

»Er hat in Philly auf uns gewartet.«

»Nicht *gewartet*. Er kam zufällig ...«

»Er ist mit uns losgefahren«, sagte Colin. »Er war von Anfang an dicht hinter uns.«

Doyle wollte einfach nicht in Betracht ziehen, daß der Mann sie vielleicht kannte, vielleicht vorhatte, irgendeine echte oder eingebildete Rechnung mit ihnen zu begleichen. Wenn das der Fall wäre, würde diese ganze verrückte Sache nicht mit ihrer Reise enden. Kannte dieser Wahnsinnige sie, war er vielleicht in der Lage, sie auch in San Francisco aufzustöbern. Er würde sich dann jederzeit wieder an ihre Fersen heften könne. »Er ist ein Fremder«, beharrte Alex. »Er ist verrückt. Ich habe ihn in Aktion gesehen. Seine Augen. Er ist nicht die Art von Mann, der eine Verfolgung quer durch einen Kontinent planen und ausführen könnte.«

Colin sagte nichts.

»Und warum sollte er uns verfolgen? Wenn er uns umbringen will – warum uns dann nicht in Philly töten? Oder draußen an der Westküste. Warum uns auf diese Weise verfolgen?«

»Das weiß ich nicht«, gab der Junge zu.

»Hör zu. Du mußt einfach akzeptieren, daß in dieser Geschichte auch der Zufall eine Rolle spielt«, sagte Doyle. »Er hat aus reinem Zufall seine Fahrt gleichzeitig mit uns begonnen, in derselben Straße wie wir. Und er ist verrückt. Ein Irrer könnte sich aus einem solchen Zufall heraus durchaus in eine gewisse Besessenheit hineinsteigern. Er würde mehr daraus machen, als wirklich dahintersteckte, irgendwelche paranoiden Wahnvorstellungen darauf aufbauen. Damit ließe sich alles erklären, was bisher geschehen ist.«

Colin verschränkte die Arme und wippte langsam auf der Bettkante vor und zurück. »Wahrscheinlich hast du recht.«

»Aber du bist immer noch nicht überzeugt.«

»Nein.«

Doyle seufzte. »Okay. Wir lassen die Anzahlungen auf die Hotelzimmer verfallen und suchen uns die nächstbesten Motels – wenn wir irgendwelche freien Zimmer finden können.« Er lächelte, irgendwie fühlte er sich erleichtert, obwohl er sich Colins vager Hypothese nicht anschließen konnte. »Fühlst du dich jetzt besser?«

»Ich werde mich erst dann wirklich besser fühlen, wenn wir in San Francisco sind, wenn wir zu Hause sind«, sagte Colin.

»Das geht mir ganz genauso.« Doyle rutschte im Bett herunter, bis er flach auf dem Rücken lag. Die Bewegung ließ die Prellung an seiner Seite wieder pulsieren. »Willst du das Licht ausschalten, damit wir noch ein wenig schlafen können?«

»Kannst du nach all dem schlafen?« fragte Colin.

»Wahrscheinlich nicht. Aber ich werde es versuchen. Das Motel werde ich ganz bestimmt nicht verlassen – nicht, solange es noch dunkel ist. Und wenn wir Nebenstraßen nehmen und sich damit unsere Fahrzeit verlängert, dann werde ich soviel Ruhe brauchen, wie ich nur gerade bekommen kann.«

Colin knipste das Licht aus, schlüpfte aber nicht unter die Decke. »Ich werde eine Weile sitzen bleiben«, sagte er. »Ich kann jetzt nicht schlafen.«

»Das solltest du aber versuchen.«

»Das werde ich auch. Aber noch nicht gleich.«

Trotz seiner Erschöpfung schlief Doyle, wenn auch unruhig. Er träumte von blitzenden Äxten, von Blut, das hoch aufspritzte und von irrem Gelächter. Wiederholt wachte er in kalten Schweiß gebadet auf. Jedesmal, wenn er wach war, dachte er über den Fremden nach und fragte sich, wer er wohl sein mochte. Und ebenso dachte er über den Mut nach, den er plötzlich in sich entdeckt hatte. Er erkannte, daß seine Liebe zu Courtney und Colin ihm den Schlüssel zu dieser Kraft geliefert hatte. Solange es niemanden gegeben hatte, für den er verantwortlich war, solange er alleine gewesen war, hatte er immer vor Schwierigkeiten fliehen können. Aber jetzt ... nun, drei Leute konnte nicht so leicht fliehen wie einer, und auch nicht so schnell. Deshalb war er gezwungen gewesen, auf Kräfte zurückzugreifen, von denen er gar nicht gewußt hatte, daß er sie besaß. Und dieses Wissen erzeugte in ihm ein Maß an innerer Harmonie, wie er es noch nie zuvor gekannt hatte. Zufrieden schlief er ein. Doch kaum eingeschlafen, setzten die Träume wieder ein. Er erwachte am ganzen Leib zitternd und kämpfte dagegen mit dem Wissen an, daß er jetzt fähig war, der Ursache dieses Zitterns zu begegnen.

Zwei lange Stunden saß Colin aufrecht in Dunkelheit gehüllt im Bett und lauschte auf Doyles Atemzüge. Hie und da erwachte der Mann aus einem bösen Traum, drehte sich zur Seite und vollführte einen Ringkampf mit der Zudecke, bis er wieder einschlafen konnte. Aber er schlief immerhin. Doyles Gleichmut im Angesicht der gefährlichen Ereignisse beeindruckte Colin ungemein.

Natürlich hatte Alex Doyle ihn immer beeindruckt –

mehr als er dem Mann je hätte zeigen können. Manchmal war ihm danach Doyle an sich zu ziehen, ihn zu umarmen und ihn festzuhalten. Die ganze Zeit, die Doyle sich um Courtney bemüht hatte, war er die Angst nicht losgeworden, daß Courtney mit Doyle nicht zurechtkäme. Er wußte, wie wichtig sie einander waren und ahnte, wie intensiv ihre physische Beziehung ablief. Und doch war er überzeugt gewesen, daß Doyle sie verlassen würde. Jetzt, wo Doyle zu ihnen gehörte, wollte er ihn umarmen und bei ihm sein und von ihm lernen. Aber diese Umarmung stellte für ihn ein unüberwindliches Hindernis dar, weil sie ihm als ein zu kindlicher Ausdruck seiner Gefühle erschien. Er hatte zu lange und zu intensiv daran gearbeitet, erwachsen zu sein, um sich jetzt gehen zu lassen, ganz gleich wie sehr er Alex liebte, mochte und bewunderte. Deshalb war er darauf angewiesen, seine Gefühle in kleinen Gesten auszudrücken, in vielen einzelnen einfachen Gesten, die das alles ebensogut ausdrücken sollten, wie das eine einzige Umarmung getan hätte.

Als die ersten Strahlen der Morgensonne sich um die schweren Vorhänge herum ihren Weg ins Zimmer bahnten, stieg er aus dem Bett und ging ins Badezimmer, um dort zu duschen. Das Wissen, daß Alex im Nebenzimmer war, und das angenehme Gefühl des gelblichen Seifenschaums auf seinen dünnen Gliedern halfen Colin, ein wenig von der Besorgnis und der Angst loszuwerden, die der Fremde in dem Chevroletlieferwagen in ihm hervorrief. Wenn sie nur ein wenig Glück hatten, würde alles gut werden. Es *mußte* einfach am Ende alles gut werden. Schließlich war Alex Doyle hier und sorgte dafür, daß ihm oder Courtney nichts wirklich Schlimmes widerfuhr.

# 8

Als George Leland den Automover erreichte, der nahe am Eingang des Rockies Motor Hotel parkte, hatte er Doyle und den Jungen völlig vergessen. Er suchte in der Tasche nach seinen Schlüsseln, ließ sie fallen und tastete ungeschickt in einer Wasserpfütze herum, bis er sie schließlich wieder fand. Dann schloß er die Tür auf, stieg in den Wagen und war die ganze Zeit nicht imstande, sich an die lautlose Jagd durch die Korridore des Motels oder den axtschwingenden Wahnsinn in dem Wartungsraum zu erinnern, wo er um Haaresbreite einen Menschen getötet hatte. Die Schmerzen, die ihn plagten, peinigten ihn zu sehr, als daß ihn sein plötzlicher Gedächtnisverlust beunruhigt hätte.

So schlimm waren die Kopfschmerzen noch nie gewesen. Besonders um das rechte Auge herum war der Schmerz eine bohrende Qual, aber er strahlte jetzt auch über seine ganze Stirn und bis in den Hinterkopf aus. Die Augen tränten ihm, und er konnte sogar hören, wie seine Zähne aufeinandermahlten, war aber nicht fähig, dieser angestrengten, unbewußten Kaubewegung Einhalt zu gebieten. Es war, als wäre er von einer bösen, fremden Wesenheit besessen, und als würde dieses Wesen glauben, der Schmerz könne in kleine Stücke zerkaut, zermahlen und dann verschluckt und verdaut werden.

Es hatte ohne jegliche vorherige Warnung angefangen. Gewöhnlich stellten sich bei ihm wenigstens eine Stunde vor der ersten Schmerzwelle Schwindel und Übelkeit ein, und dann sah er jene Spirale aus heißem, vielfarbigem Licht, die sich hinter seinem Auge endlos drehte. Aber nicht heute nacht. Gerade noch hatte er sich gut, ja sogar beschwingt gefühlt, und dann hatte der Schmerz ihn wie ein Hammerschlag getroffen. Zuerst war es ein häßlicher, aber vergleichsweise kleiner Schmerz gewesen – oder etwa nicht? Ein kleiner Schmerz ganz am Anfang? Er konnte sich nicht genau daran erinnern, wo er sich aufgehalten hatte, als dieser Schmerz das erstemal aufgetreten war, aber er war jedenfalls sicher, daß er ihn anfänglich nur ganz schwach empfunden hatte. Aber dann war es schnell schlimmer geworden, bis er jetzt von panischer Angst erfüllt war, er würde sein eigenes Motel nicht erreichen können, ehe der Schmerz ihn völlig bewegungsunfähig machte.

Er fuhr aus dem Hotelparkplatz, erschrak kurz, als die Federn des Lieferwagens unter ihm protestierten, weil er über eine zehn Zentimeter hohe Bordsteinkante gefahren war, ohne auf sie zu achten, und raste auf den Highway hinaus. Heute fühlte er sich nicht wie ein Teil seines Fahrzeugs. Er hatte sein übliches Gefühl für die Maschine verloren und kam sich wie ein Fremder in diesem Mechanismus vor. Das Lenkrad in seinen großen Händen glich einem fremden Artefakt, einem unmenschlichen Gerät.

Aus zusammengekniffenen Augen blickte er auf den nassen Asphalt, versuchte den Regen und die gespenstischen Nebelschwaden von sich zu schieben.

Ein niedriger, windschnittiger Wagen kam auf der Gegenfahrbahn auf ihn zu, fegte in einer Fontäne von Wasser an ihm vorbei. Die vier Scheinwerfer des Wagens waren viel zu grell, sie bohrten sich wie vier Messer in Lelands Augen und rissen ihm eine schmerzhafte Wunde auf der Stirn.

Unbewußt riß er das Steuer hart nach rechts, um den Lichtbalken auszuweichen, die ihn quälten. Der Lieferwagen fuhr knirschend über den Seitenstreifen, senkte sich vorne, machte einen Satz über eine ausgefahrene Furche und hob sich zitternd wieder. Im Laderaum rutschten die Möbel klappernd herum. Plötzlich ragte unmittelbar vor ihm eine hüfthohe braune Ziegelmauer massiv und tödlich aus der Nacht auf. Leland stieß einen Schrei aus und riß das Steuer nach links. Der rechte vordere Kotflügel prallte gegen die Ziegel, dann machte der Chevrolet einen Satz zurück auf den Asphalt und schlitterte einen gefährlichen Augenblick lang im Regenwasser, ehe er sich schließlich widerstrebend seiner Kontrolle unterwarf.

Er erreichte das Motel nur, weil ihm keinerlei Verkehr entgegenkam. Wenn auf der Gegenfahrbahn auch nur ein einziges Fahrzeug gewesen wäre, hätte er den Chevrolet demoliert und sich selbst dabei umgebracht.

Als er vor der Tür seines Zimmers stand und der Regen auf seinen Rücken heruntertrommelte, hatte er Schwierigkeiten, den Schlüssel ins Schloß zu schieben. Er fluchte so laut, daß er beinahe die anderen Gäste geweckt hätte.

Drinnen angelangt, als er die Tür hinter sich geschlossen hatte, wurde der Schmerz abrupt stärker und zwang ihn, sich auf den schmutzigen Teppich zu knien. Er war überzeugt, daß er jetzt sterben würde.

Aber die neue Schmerzwelle ging vorüber, und die Agonie wurde wieder zu bloß unerträglichem Schmerz.

Er ging ans Bett und hätte sich beinahe hingelegt, bevor er begriff, daß er sich zuerst ausziehen mußte. Seine Kleider waren durch und durch naß. Wenn er sie den Rest der Nacht anließ, würde er am Morgen krank sein ... Langsam, mit übertrieben vorsichtigen Bewegungen zog er sich aus und trocknete sich mit der flauschigen Überdecke ab. Trotzdem war er bis auf die Knochen durchgefroren. Zitternd stieg er ins Bett, zog sich die Zudecke bis ans Kinn, gab sich ganz dem unbarmherzigen Schmerz hin und versuche, sich von ihm treiben zu lassen.

Es dauerte mehr als doppelt so lange wie gewöhnlich. Und als die Schmerzen sich ein gutes Stück nach Anbruch der Morgendämmerung schließlich gelegt hatten, waren die Alpträume, die sich regelmäßig daran anschlossen, ebenfalls schlimmer, als sie je gewesen waren. Das einzig freundliche Bild in der ganzen Folge schauerlicher Bilder war das von Courtney. Immer wieder tauchte sie auf. Nackt und schön. Ihre vollen runden Brüste und ihre entzückend langen Beine waren eine wohltuende Erleichterung, die ihn von den anderen Visionen ablenkte ... Aber jedesmal, wenn sie in den Träumen auftauchte, tötete sie ein imaginärer Traum-Leland mit einem imaginären Messer. Und diese Morde waren ausnahmslos auf seltsame Weise befriedigend.

# DONNERSTAG

## 1

Die Interstate 25 führt von Denver nach Norden und mündet dicht hinter der Grenze von Wyoming in die Interstate 80, einen gepflegten, vierspurigen Highway, der sie geradewegs und ohne eine einzige störende Kreuzung nach San Francisco führen würde.

Aber sie nahmen diese Straße nicht, weil sie ihnen als eine *zu offensichtliche* Alternative zu der Route erschien, die sie ursprünglich hatten nehmen wollen. Wenn der Verrückte in dem Chevroletlieferwagen tatsächlich von dem Gedanken besessen war, sie zu töten, dann war es durchaus möglich, daß er sich die Mühe machte, ihnen einen Schritt vorauszudenken. Und wenn er erkannte, daß sie jetzt ihre vorausgeplante Route verließen, würde ihm ein einziger Blick auf die Karte zeigen, daß die I 25 und die I 80 die nächstbeste Lösung waren.

»Also werden wir Route 24 nehmen«, erklärte Doyle.

»Was ist das für eine Straße?« fragte Colin und beugte sich nach links, um auf die Karte zu sehen, die Doyle über dem Lenkrad ausgebreitet hatte.

»Teilweise ist sie vierspurig. Aber größtenteils nicht.«

Colin streckte die Hand aus und fuhr die Straße mit dem Finger nach. Dann deutete er auf die grauschattierten Bereiche. »Berge?«

»Ein paar. Hochplateaus. Aber es gibt auch eine ganze Anzahl Wüsten, Alkali- und Salzebenen ...«

»Ich bin froh, daß wir eine Klimaanlage haben.«

Doyle faltete die Karte zusammen und reichte sie dem Jungen. »Schnall dich an.«

Colin legte die Karte in das Handschuhfach und tat dann, was Doyle gesagt hatte. Als sie aus dem Parkplatz des Rockies Motor Hotel fuhren, zupfte sich der Junge sein orange- und schwarzgemustertes *Phantom der Oper* T-Shirt zurecht, glättete die Runzeln in dem widerwärtig verformten Gesicht des Phantoms und nahm sich ein paar Minuten Zeit, sein dickes braunes Haar zu kämmen, bis es ihm genauso auf die Schultern fiel, wie er das gern hatte. Dann setzte er sich aufrecht hin und sah zu, wie die von der Sonne verbrannte Landschaft an ihnen vorbeihuschte und die Berge näherrückten.

Der strahlendblaue Himmel war von ein paar schmalen, grauweißen Wolkenstreifen durchzogen, aber es war jetzt kein Sturmhimmel mehr. Der Wolkenbruch der vergangenen Nacht hatte ebensoschnell aufgehört, wie er begonnen hatte, und hatte nur wenige Spuren hinterlassen. Der sandige Boden am Straßenrand wirkte fast ausgedörrt und staubig.

Der morgendliche Verkehr war nicht sonderlich dicht und floß so ruhig und planmäßig dahin, daß Doyle, während sie den Großraum Denver verließen, kein einziges Mal zu überholen brauchte.

Und hinter ihnen war kein Lieferwagen.

»Du bist heute aber schrecklich ruhig«, sagte Alex, nachdem eine Viertelstunde in völligem Schweigen verstrichen war. Er wandte den Blick von den heißen Luftwirbeln, die über dem Highway tanzten, und sah zu dem Jungen hinüber. »Bei dir alles okay?«

»Ich habe nachgedacht.«

»Du denkst *immer* nach.«

»Ich habe über diesen – Verrückten nachgedacht.«

»Und?«

»Wir werden doch nicht verfolgt, oder?«

»Nein.«

Colin nickte. »Ich wette, wir sehen ihn nie wieder.«

Doyle runzelte die Stirn und gab etwas Gas, um mit dem Verkehrsstrom um sie herum Schritt zu halten. »Wie kannst du da so sicher sein?«

»Einfach so ein Gefühl.«

»Verstehe. Ich dachte, du hättest vielleicht eine Theorie …«

»Nein. Nur ein Gefühl.«

»Nun«, meinte Doyle, »ich würde mich viel wohler fühlen, wenn du *Gründe* für deine Ansicht hättest, daß wir ihn jetzt los sind.«

»Ich auch«, sagte der Junge.

Schon bei der Einfahrt in den Parkplatz, der das Rockies Motor Hotel umgab, ahnte Leland, daß er sie verpaßt hatte. Die Kopfschmerzen hatten so verdammt lang gedauert und waren so intensiv gewesen … Und die Bewußtlosigkeit nachher hatte wenigstens zwei Stunden angehalten.

Möglicherweise waren sie gar nicht so weit vor ihm, aber einen guten Vorsprung hatten sie jedenfalls.

Der Thunderbird stand nicht an der Stelle, wo er in der vergangenen Nacht gestanden hatte. Der Platz war leer.

Er weigerte sich, in Panik zu geraten. Nichts war verloren. Sie waren ihm nicht entkommen. *Er wußte genau, wo sie hinfuhren.*

Er parkte auf der Stelle, wo in der Nacht der Thunderbird gestanden hatte und schaltete den Motor ab. Auf der Schachtel mit den Papiertaschentüchern, in der er die 32er Pistole aufbewahrte, lag eine Landkarte. Leland faltete sie auf dem Beifahrersitz auseinander und drehte sich zur Seite, um sie zu studieren, fuhr mit dem Finger die wenigen Straßen nach, die Colorado und Utah durchkreuzten.

»Eine große Wahl haben sie nicht«, erklärte er dem goldenen Mädchen, das neben ihm saß. »Entweder bleiben sie auf der geplanten Route – oder sie nehmen eine von diesen beiden.«

Sie sagte nichts.

»Nach dem, was letzt Nacht war, werden sie ihre Pläne ändern.«

Als seine Kopfschmerzen vorbei waren, hatte sich

auch Lelands Gedächtnislücke geschlossen. Er konnte sich jetzt an alles erinnern: daran, wie er eine Stunde vor ihnen in dem Motel eingetroffen war, wie er die Eingangshalle bis zu ihrer Ankunft beobachtet hatte und ihnen dann vorsichtig zu ihrem Zimmer gefolgt war, wie er mitten in der Nacht zurückgekommen war und versucht hatte, ihr Türschloß aufzubrechen – dann die lautlose Verfolgungsjagd und die Axt ... Wenn diese verdammten Kopfschmerzen ihn nur noch ein paar Minuten in Ruhe gelassen, wenn sie ihn nicht genau in dem Augenblick überfallen hätten, dann wäre Alex Doyle erledigt gewesen.

Die Erkenntnis, daß er versucht hatte, einen Menschen zu töten, beunruhigte Leland überhaupt nicht. Nachdem er soviel von anderen hatte erdulden müssen, war ihm zu guter Letzt klar geworden, daß es nur eines gab, was diese weitreichende Verschwörung gegen ihn stören konnte: brutale Gewalt und Gegenangriff. Er mußte diese ganze böse Bande zerschmettern, die sich mit dem einzigen Ziel zusammengefunden hatte, ihn in völlige Verzweiflung zu treiben. Und weil Alex Doyle – und auch der Junge – den Kern dieser Verschwörung bildeten, war Mord ein durchaus angemessenes Mittel. Er hatte in Notwehr gehandelt.

Als er am Montag seine eigenen Augen im Spiegel betrachtet hatte, war er von dem, was er gesehen hatte, verwirrt und schockiert gewesen. Wenn er jetzt in den Spiegel blickte, sah er bloß ein Spiegelbild, zweidimensional und ausdruckslos. Schließlich tat er doch nur, was Courtney wollte, folgte nur dem Wunsch, wieder mit ihr zusammen zu sein, damit alles wieder so schön würde, wie es vor zwei Jahren gewesen war.

»Sie können entweder nach Wyoming fahren und die Interstate 80 nehmen, oder auf der Route 24 nach Südwesten fahren. Was meinst du?«

»Was immer du sagst, George«, erwiderte das goldene

Mädchen mit leiser, angenehmer Stimme, die glückliche Erinnerungen in ihm wachrief.

Leland studierte die Karte ein paar Minuten lang. »Verdammt ... wahrscheinlich sind sie nach Norden gefahren und außerhalb von Cheyenne auf die I 80 geschwenkt. Aber auch wenn das stimmt, wenn wir denselben Weg einschlagen und sie schließlich einholen würden, könnten wir nichts gegen sie unternehmen. Das ist eine wichtige Hauptstraße mit zuviel Verkehr und zuviel Polizeistreifen. Wir könnten ihnen lediglich folgen – und das reicht nicht.« Er verstummte eine Weile und überlegte. »Haben sie dagegen die andere Route genommen, ist das etwas völlig anderes. Das ist verlassenes Land. Nicht viel Verkehr. Weniger Cops. Wir könnten dort schneller fahren, aufholen. Und vielleicht bietet sich uns sogar irgendwo unterwegs eine Chance, sie zu erwischen.«

Sie wartete stumm.

»Wir werden die Route 24 nehmen«, erklärte er schließlich. »Und wenn sie *doch* anders gefahren sind ... nun, dann erwischen wir sie jedenfalls heute abend bei ihrem Motel.«

Sie sagte nichts.

Er lächelte ihr zu, faltete die Karte zusammen, legte sie auf die Schachtel mit den Papiertüchern und deckte damit die Pistole ab.

Dann rollte er aus dem Parkplatz des Rockies Motor Hotel, verließ Denver und fuhr in südwestlicher Richtung auf Utah zu.

Im Verlauf des Vormittags verließen sie das Bergland und fuhren die mit Fichten bestandenen Täler Colorados hinunter, ließen den vom Winter übriggebliebenen Schnee hinter sich und strebten wieder Sonne und Sand entgegen. Sie fuhren durch Rifle und Debeque, überquerten zweimal den Colorado River, passierten dann Grand

Junction und kurz darauf die Staatsgrenze. In Utah rückten die Berge bis an den Horizont zurück; das Land wurde sandiger, und der Verkehr war jetzt wesentlich weniger dicht als vorher. Minutenlang war ihr Wagen inmitten des flachen Landes, das bis zum Horizont zu reichen schien, das einzige Fahrzeug weit und breit.

»Was wäre, wenn wir jetzt einen Platten hätten?« fragte Colin und deutete auf das menschenleere Land rings um sie.

»Das werden wir nicht.«

»Das könnten wir aber.«

»Wir haben nagelneue Reifen«, sagte Doyle.

»Aber wenn doch?«

»Dann würden wir den Reifen eben wechseln.«

»Und wenn wir mit dem Reservereifen auch einen Platten hätten?«

»Den würden wir dann flicken.«

»Wie?«

Alex erkannte, daß sie eines der Spielchen spielten, die der Junge so liebte, und lächelte. Vielleicht stimmte die Ahnung, die der Junge hatte. Vielleicht war jetzt alles vorüber. Vielleicht schafften sie es, wieder soviel Spaß an der Fahrt zu haben, wie sie am Anfang gehabt hatten. »In der Werkzeugtasche im Kofferraum«, erklärte Doyle mit übertrieben professoral klingender Stimme, »liegt eine große Sprühdose, die man auf das Ventil des platten Reifens schraubt. Sie füllt den Schlauch und dichtet zugleich das Loch ab. Damit kann man dann weiterfahren, bis man an eine Tankstelle kommt, wo der Reifen dauerhaft geflickt wird.«

»Raffinierte Sache.«

»Ja, nicht wahr?«

Colin hielt eine imaginäre Aerosoldose in der Hand, drückte einen unsichtbaren Knopf und gab blubbernde Laute von sich. »Aber wenn die Sprühdose nicht funktioniert?«

»Oh, das wird sie ganz bestimmt.«

»Okay … aber was ist, wenn wir *drei* Platte haben?«

Doyle lachte.

»Das könnte doch passieren«, sagte Colin.

»Na klar. Wir könnten sogar *vier* Platte haben.«

»Und was würden wir dann tun?«

Als Doyle gerade dazu ansetzte, ihm zu erklären, daß sie dann aussteigen und zu Fuß gehen würden, ertönte hinter ihnen eine Hupe. Sie war sehr laut, dicht hinter ihnen und auf unangenehme Weise vertraut. Es war der Lieferwagen.

## 2

Ehe Alex richtig reagierten konnte, ehe die Furcht in ihm aufwallen, er auf das Gaspedal treten und nach vorne davonschießen konnte, schwenkte der Lieferwagen auf die linke Fahrspur und setzte dazu an, sie zu überholen, immer noch durchdringend hupend. Weit vor ihnen auf der grauen, hitzeflimmernden Straße – und zwar bis zu den hohen, felsigen, vielschichtigen Capitol Reefs, die Meilen von ihnen entfernt waren – gab es keinerlei Verkehr in östlicher Richtung, der dem Lieferwagen den Weg versperrt hätte.

»Du darfst nicht zulassen, daß er uns überholt!« schrie Colin.

»Ich weiß.«

Wenn der Dreckskerl es schaffte, sie zu überholen, würde er die ganze Straße blockieren können. Die aufgesprungenen Bankette zu beiden Seiten der Straße waren zu schmal und der Sand dahinter zu trocken und lose, als daß der Thunderbird die Asphaltstraße verlassen und den Lieferwagen hätte umfahren können.

Doyle trat das Gaspedal durch.

Der schwere Wagen schoß davon.

Aber der Fremde in dem Lieferwagen war zwar verrückt, aber nicht dumm. Genau dieses Manöver hatte er erwartet. Er beschleunigte also ebenfalls und schaffte es wenigstens für den Augenblick, mit Doyle Schritt zu halten.

Der Wind brauste zwischen den zwei parallel in westlicher Richtung dahinrasenden Fahrzeugen.

»Wir werden ihn abhängen«, keuchte Alex.

Colin gab keine Antwort.

Die dünne Nadel des Tachometers bewegte sich gleichmäßig auf die Marke achtzig zu, kletterte dann weiter auf fünfundachtzig. Doyle blickte einmal kurz darauf, während Colin sie angespannt, verängstigt und von Grauen erfüllt beobachtete.

Das flache Land fegte in einem flimmernden weißen Wirbel aus Sand, Hitze und Salzstaub an ihnen vorbei.

Und der Automover hielt neben ihnen Schritt.

»Er kann nicht mithalten«, sagte Alex.

Neunzig. Fünfundneunzig ... und dann, als sie sich der Hundertmeilenmarke näherten und der Wind zwischen ihnen wie ein Orkan brauste, zog der Verrückte sein Steuer nach rechts. Nicht sehr. Nur ein wenig. Und nur einen Augenblick lang. Die ganze Seitenflanke des Automovers bekam auf kurze Zeit Kontakt mit der vollen Länge des Thunderbird.

Funken sprühten und huschten wie Sternschnuppen vor Doyle über die Windschutzscheibe. Das gequälte Blech kreischte, bevor es eingedrückt wurde.

Das Steuer wurde Doyle fast aus der Hand gerissen. Er kämpfte damit, hielt es mit der Kraft der Verzweiflung fest, als der Wagen auf den Seitenstreifen schleuderte, der Kies aufspritzte und laut gegen den Wagenboden prasselte. Ihre Geschwindigkeit sank, und das Heck schwenkte zur Seite. Alex war überzeugt, daß sie den Lieferwagen rammen würden, der immer noch neben ihnen herraste.

Aber dann begann der Wagen sich wieder auszurichten ... er riß ihn auf den Highway zurück und trat aufs Gaspedal, obwohl er vorgezogen hätte, die Bremse zu treten.

»Bist du in Ordnung?« fragte er Colin.

Der Junge schluckte. »Ja.«

»Dann halt dich jetzt fest. Wir werden sehen, daß wir hier wegkommen!« schrie er, während der Thunderbird allmählich wieder das Tempo erreichte, das er verloren.

Doyle riskierte es, den Blick kurz von der Straße zu nehmen; er sah zum Seitenfenster des Lieferwagens hinüber, das höchstens einen Meter von ihm entfernt war. Trotz der kurzen Distanz konnte er den anderen Fahrer nicht sehen, ja nicht einmal seine Silhouette. Der Mann saß höher als Doyle auf der anderen Seite der Fahrerkabine, und das gelblichweiße Licht der Wüstensonne, das sich in der Scheibe spiegelte, bot ihm Deckung.

Inzwischen rasten sie wieder mit achtzig Meilen die Stunde dahin, jetzt fünfundachtzig, und ihre Tachometernadel zitterte leicht. Bei fünfundachtzig zögerte sie sogar etwas; einen Augenblick sah es so aus, als würde sie an der Marke kleben bleiben, dann gab es einen Ruck, und sie bewegte sich langsam weiter.

Alex beobachtete den Chevrolet aus dem Augenwinkel. Sobald er dort die geringste Bewegung bemerken würde, eine Ankündigung, daß der andere zu einer zweiten Kollision ansetzte, wollte er den Wagen auf den Seitenstreifen lenken und versuchen, einem Zusammenstoß auszuweichen. Viele dieser Zusammenstöße konnten sie sich nicht leisten. Der große Luxuswagen war zwar um die Hälfte teurer als der Automover, würde aber viel schneller in Stücke gehen als der Chevrolet – und auch viel schneller verbrennen als eine Pappschachtel.

Bei neunzig Meilen in der Stunde fing der Wagen an zu vibrieren und es gab ein Geräusch, als würde man Steine in einem Waschzuber schütteln. Das Lenkrad vibrierte heftig in Doyles Händen, und dann, was noch schlimmer war, fing es an, sich hin und her zu bewegen.

Doyle nahm den Fuß etwas vom Gas, obwohl das eigentlich das Allerletzte war, was er tun wollte.

Die Nadel sank. Bei fünfundachtzig lief der Motor wieder rund, und der Wagen war unter Kontrolle.

»Etwas ist kaputt!« rief Colin laut, um das Brüllen des Windes und der zwei Motoren zu übertönen.

»Nein. Das muß ein schlechtes Stück Straße gewesen sein.«

Obwohl er wußte, daß sie im Augenblick nicht gerade vom Glück verfolgt waren, hoffte Alex inbrünstig, daß das, was er dem Jungen gesagt hatte, die Wahrheit war. Laß es nichts Schlimmeres als ein Stück schlechte Straße sein, ein Stück vom Regen ausgewaschener Asphalt. Laß mit dem Thunderbird nichts passieren. Er darf jetzt nicht kaputtgehen. Sie durften nicht hier draußen im Sand, mitten in der Salzwüste stranden, nicht allein bleiben, weit von jeder Hilfe entfernt, mit dem Verrückten völlig allein …

Vorsichtig trat er das Gaspedal durch.

Der Wagen beschleunigte wieder, erreichte neunzig …

Und das heftige Vibrieren setzte wieder ein, so als wären Chassis und Karosserie nicht mehr fest miteinander verbunden. Während er erneut die Kontrolle über das Steuer verlor, spürte er, wie jetzt auch das Gaspedal zu vibrieren begann. Fünfundachtzig würde künftig ihre Höchstgeschwindigkeit sein. Sonst ging der Wagen in Stücke. Und deshalb würde es ihnen nicht gelingen, den Chevrolet abzuhängen.

Der Fahrer des Lieferwagens schien dies im selben Augenblick zu erkennen, in dem es Doyle klar wurde. Er drückte auf die Hupe, löste sich dann von ihnen und setzte sich vor sie auf die Straße, die er jetzt völlig beherrschte.

»Was werden wir tun?« fragte Colin entsetzt.

»Abwarten, was *er* tut.«

Als der Automover einen Abstand von etwa einer halben Meile erreicht hatte, eingehüllt in die trügerisch flimmernde heiße Luft, die von dem überhitzten Asphalt aufstieg, verlangsamte er sein Tempo auf gleichmäßige fünfundachtzig und behielt einen konstanten Abstand von etwa fünfhundert Metern bei.

Zu beiden Seiten der Straße wurde das Land noch weißer, als hätte die grelle Sonne es gebleicht. Nur hie und da wurde die Eintönigkeit von seltenen häßlichen, ums Überleben kämpfenden Sträuchern und manchmal einem dunklen Felszahn unterbrochen, die alle vom Wüstenwind und der Hitze verfärbt waren.

Zwei Meilen zogen dahin.

Der Lieferwagen war immer noch vor ihnen, schien sie zu verspotten.

Aus den Lüftungsschlitzen im Armaturenbrett strömte kalte Luft, und trotzdem war es im Inneren des Thunderbird zu warm und irgendwie stickig. Alex fühlte, wie sich auf seiner Stirn Schweißtropfen bildeten. Das Hemd klebte ihm an der Haut.

Drei Meilen.

»Vielleicht sollten wir anhalten«, meinte Colin.

»Und umkehren?«

»Er würde uns sehen«, sagte Doyle, »würde sofort ebenfalls kehrtmachen und uns folgen – und dann würde er bald wieder vor uns sein.«

»Nun ...«

»Warten wir ab, was er tut«, sagte Doyle noch einmal, bemüht, keine Angst zu zeigen. Ihm war genau bewußt, daß der Junge ein Vorbild der Stärke brauchte. »Willst du mal die Karte rausholen und nachsehen, wie weit es bis zur nächsten Ortschaft ist?«

Colin begriff die Bedeutung der Frage, nahm die Karte und faltete sie auf seinen Knien auseinander. Sie bedeckte ihn wie eine Bettdecke. Er blinzelte durch seine dicken Gläser und fand den letzten Ort, den sie passiert hatten, schätzte die Entfernung bis zu ihrem augenblicklichen Standort ab und markierte die Stelle mit dem Finger. Dann machte er die nächste Ortschaft ausfindig, sah auf die Maßstabsangabe unten an der Karte und stellte dann eine kurze Berechnung an.

»Nun?« fragte Doyle.

»Sechzig Meilen.«

»Bist du sicher?«

»Ganz sicher.«

»Verstehe.«

Es war einfach zu weit.

Colin faltete die Karte zusammen und legte sie ins Handschuhfach. Er saß da wie eine Steinskulptur und starrte auf das Heck des Chevrolet.

Der Highway stieg ein wenig an und senkte sich dann wieder in ein weites, flaches Alkalibecken. Die Straße sah aus wie ein Tuschestrich über ein sauberes weißes Blatt. Meilenweit nach Westen war auf der Straße nichts zu sehen. Dort draußen bewegte sich überhaupt nichts.

Diese völlige Isoliertheit war genau das, was der Fahrer des Lieferwagens wollte. Er bremste hart, zog den Chevrolet auf den rechten Seitenstreifen und wendete dann in einem weiten Bogen. Der Lieferwagen stand jetzt quer zur Fahrtrichtung und versperrte beide Fahrspuren.

Doyle tippte auf die Bremse und erkannte dann, daß es keinen Sinn hatte, die Fahrt zu verlangsamen oder ganz anzuhalten. Er setzte den Fuß wieder auf das Gaspedal. »Los geht's!«

Mit einer gleichmäßigen Geschwindigkeit von fünfundachtzig raste der Thunderbird auf den Lieferwagen zu, zielte genau auf die Mitte der grünblauen Werbeschrift auf seiner Seitenwand. Fünfhundert Meter trennten sie noch. Jetzt nur noch vierhundert, dreihundert ...

»Er wird nicht wegfahren!« sagte Colin.

»Das macht nichts.«

»Dann stoßen wir zusammen!«

»Nein.«

»Alex.«

Fünfzig Meter von dem Lieferwagen entfernt, riß Doyle das Steuer nach rechts. Die Reifen quietschten. Der Wagen raste über den kiesbedeckten Seitenstreifen, schlingerte so, als wären die Federn plötzlich zu Gummi geworden, und fuhr weiter.

Doyle wurde bewußt, daß er damit ein Manöver versuchte, das er vor kurzem noch für unmöglich gehalten hatte. Jetzt war es, ob es nun unmöglich war oder nicht, die einzige Hoffnung, die ihnen geblieben war. Panische Angst erfaßte ihn.

Der Wagen pflügte sich in den körnigen weißen Sand, der den Highway säumte, und hinter ihnen wallte Alkalistaub wie ein Kondensstreifen auf. Ihre Geschwindigkeit verringerte sich in den ersten paar Sekunden um ein Drittel. Der Thunderbird schwankte auf dem sandigen Boden hin und her ... Wir werden steckenbleiben, dachte Doyle. Wir werden hier stranden.

Er trat das Gaspedal bis zum Anschlag durch.

Obwohl sie immer noch schneller als fünfzig fuhren, protestierten die Reifen, drehten wie wild durch, verloren den Kontakt. Der Wagen schlingerte zur Seite, schleuderte – ehe er wieder Tempo aufnahm.

Sie waren an dem Automover vorbei.

Doyle steuerte wieder auf den Highway zu und hielt dabei die ganze Zeit das Gaspedal durchgedrückt. Obwohl das Steuer nur teilweise reagierte, spürte er doch, wie tückisch der Untergrund war, über den sie rollten. Aber ehe der Sand die Räder festhalten konnte, hatten sie den Seitenstreifen der Straße wieder erreicht und wirbelten Hunderte winziger Steine auf, während die Vorderräder bereits wieder auf dem Asphalt griffen.

Binnen weniger Sekunden fuhren sie wieder mit fünfundachtzig, rasten nach Westen, hatten den Lieferwagen hinter sich gelassen.

»Du hast es geschafft!« sagte Colin.

»Bis jetzt noch nicht.«

»Doch, du hast es geschafft!« Er hatte immer noch Angst, seine Stimme klang aber zugleich freudig erregt.

Doyle sah in den Spiegel.

Weit hinter ihnen setzte der Lieferwagen jetzt wieder zur Verfolgung an, ein weißer Punkt vor dem noch weißeren Land.

»Kommt er?« fragte Colin.

»Ja.«

»Versuch noch mal, ob du mehr als neunzig schaffst.«

Doyle versuchte es, aber der Wagen fing sofort wieder zu vibrieren und zu klappern an. »Geht nicht. Als er uns angestoßen hat, muß etwas kaputtgegangen sein.«

»Nun, wenigstens wissen wir jetzt, daß du um ihn herumkommst, wenn er die Straße blockiert«, sagte der Junge.

Doyle sah ihn an. »Du hast mehr Vertrauen zu meinen Fahrkünsten als ich. Das war gerade ziemlich haarig.«

»Du schaffst es«, sagte Colin. Das Licht der Wüstensonne, das durch das Fenster hereinschien, ließ seine Brillengläser wie winzige Spiegel aufblitzen.

Drei Minuten später war der Lieferwagen wieder hinter ihnen.

Aber als er sie zu überholen versuchte, schwenkte Doyle den Thunderbird auf die linke Fahrbahn, versperrte damit dem Lieferwagen den Weg und zwang ihn, zurückzufallen. Als der Chevy versuchte, sie rechts zu überholen, scherte Doyle wieder vor ihm ein und drückte seinerseits auf die Hupe, um das wilde Hupkonzert des anderen zu erwidern.

Einige Minuten lang spielten sie dieses Spiel und wechselten von einer Straßenseite zur anderen. Und dann geschah das Unvermeidbare: der Lieferwagen fand eine Lücke, nützte sie aus und zog mit ihnen gleich.

»Jetzt geht es wieder los«, sagte Doyle.

Als wäre das das Stichwort gewesen, schloß der Automover den Zwischenraum zwischen ihn und rammte den Thunderbird. Funken flogen, und wieder ächzte das Blech, wenn auch nicht so laut wie bei ihrer ersten Kollision.

Alex kämpfte mit dem Lenkrad. Sie holperten fast tausend Meter auf dem Randstreifen dahin, bis er es schaffte, sie wieder auf den Highway zurückzusteuern.

Wieder prallte der Lieferwagen gegen sie, heftiger als beim letztenmal.

Diesmal verlor Alex die Kontrolle über den Wagen. Er war nicht imstande, das vom Schweiß feuchte Lenkrad festzuhalten, und erst als sie die Straße verlassen hatten und sich durch den waschbrettartig festgebackenen Sand mahlten, bekam er es zu fassen und hatte damit ihr Schicksal wieder in der Hand.

Sie fuhren fünfundvierzig, und waren ein paar Meter vor dem Lieferwagen. Aber im nächsten Augenblick hatte er sie eingeholt und blieb neben ihnen hängen, bis sie wieder fünfundachtzig fuhren. Die ganze rechte Seite des Chevrolet war zerbeult und verkratzt. Doyle wußte nach einem besorgten Blick auf das andere Fahrzeug, daß die linke Flanke des Thunderbird sich in noch viel schlimmerem Zustand befinden mußte.

Wieder kurvte der Lieferwagen auf sie zu. Es gab einen lauten Knall, so laut, daß Alex dachte, sie wären ein viertesmal getroffen worden. Aber diesmal war kein Aufprall zu spüren. Und dann verlor der Chevrolet plötzlich an Tempo, fiel hinter ihnen zurück.

»Was macht er denn?« schrie Colin.

Es ist zu gut um wahr zu sein, dachte Doyle. »Dem ist ein Reifen geplatzt!«

»Du machst Witze.«

»Ich mache keine Witze.«

Der Junge sackte in die Polster zurück, er war blaß, ausgepumpt und zitterte. Mit dünner, kaum hörbarer Stimme wisperte er: *»Mein Gott!«*

## 3

Die Stadt überlebte dem unwirtlichen Land zum Trotz, auf dem sie erbaut war. Die niedrigen Gebäude – ob sie nun aus Holz, Ziegel oder Stein bestanden – hatten sich alle eine stumpfgelbbraune Farbe zugelegt, um mit der unbarmherzigen Sonne und dem Sand, den der Wind gegen sie wehte, zu kooperieren. Hier und dort blühten an den Mauerrändern Alkaliverkrustungen, aber das war die einzige Abwechslung in dieser Einförmigkeit. Seit sie die Grenze von Colorado überquert hatten, war die Straße – die zur Hauptstraße der Ortschaft geworden war – eine harte grauschwarze Linie quer durch die Wüste gewesen, aber jetzt beugte sie sich dem Einfluß der Stadt und wurde gelb und staubig. Draußen im freien Land hatte der Wind die Straße saubergefegt. Aber hier versperrten die Bauten dem Wind den Weg, so daß der Staub sich sammeln konnte. Ein weicher Puder überzog die Automobile mit einem dünnen Film und nahm ihnen jeglichen Glanz. Der Staub schien wie die Hände der lebenden Wüste, schien es sich zum Ziel gesetzt zu haben, allmählich diesen armseligen Flecken auszulöschen, den die Menschen ihr geraubt hatten.

Die Polizeistation, die drei Häuserblocks nach der Ortseinfahrt an der Hauptstraße lag, war genauso armselig wie alles andere auch. Ein einstöckiges Gebäude, an dem der Mörtel zwischen den senffarbigen Steinen abbröckelte.

Der diensthabende Beamte, ein Mann, der sich Captain Ackridge nannte, trug eine braune Uniform, die ganz zu seiner Stadt paßte, und hatte ein hartes, erfahrenes Gesicht, von dem man das nicht sagen konnte. Er war einen Meter achtzig groß und neunzig Kilo schwer, vielleicht zehn Jahre älter als Doyle, aber mit einem Körper, der zehn Jahre jünger wirkte. Sein kurzgestutztes Haar war schwarz und seine Augen noch dunkler. Er hielt sich wie ein Soldat auf dem Exerzierplatz, aufrecht, steif und stolz.

Er kam heraus und sah den Thunderbird an. Dann ging er langsam um den Wagen herum und schien sich ebensosehr für die unbeschädigten Teile wie für die langen Kratzer auf der Fahrerseite zu interessieren. Sich dicht an die getönte Windschutzscheibe lehnend betrachtete er Colin, als wäre der Junge ein Fisch in einem Aquarium. Dann untersuchte er erneut die demolierte linke Seite des Wagens und schien mit seiner Inspektion zufrieden.

»Kommen Sie wieder rein«, sagte er zu Doyle. Seine Stimme klang trotz des nicht ganz zu verbergenden Südstaatenakzents klar und präzis. »Wir unterhalten uns gleich.«

Sie gingen ins Revier zurück quer durch den Vorraum, in dem zwei Sekretärinnen auf Schreibmaschinen herumhämmerten und ein uniformierter, übergewichtiger Polizist gerade Kaffeepause machte und ein Stück Kuchen mampfte. In Ackridges Büro angelangt, schloß der große Beamte hinter ihnen die Tür.

»Was meinen Sie denn kann man da machen?« fragte Alex, als Ackridge um seinen ordentlich aufgeräumten Schreibtisch herumging.

»Nehmen Sie Platz.«

Doyle ging zu dem Besucherstuhl, der vor dem zerkratzten Metallschreibtisch stand, setzte sich aber nicht. »Hören Sie, dieser geplatzte Reifen wird den Dreckskerl nicht lange aufhalten. Und wenn er …«

»Bitte setzten Sie sich, Mr. Doyle«, sagte der Beamte

und nahm seinerseits Platz. Sein abgewetzter Drehsessel quiekte, als hätte er sich auf eine lebende Maus gesetzt.

Etwas irritiert ließ sich Doyle auf den Stuhl fallen. »Ich denke …«

»Lassen Sie mich das auf meine Art machen«, sagte Ackridge und lächelte kurz. Es war ein aufgesetztes Lächeln, und der Beamte gab es auch gleich wieder auf. »Haben Sie Papiere?«

»Ich?«

»Sie habe ich doch gefragt.«

Die Stimme des Beamten klang keineswegs bösartig, und doch jagte sie Doyle einen kalten Schauder über den Rücken. Er zog die Brieftasche heraus, entnahm ihr seinen Führerschein und schob ihn über den Schreibtisch.

Der Beamte studierte ihn. »Doyle?«

»Richtig.«

»Philadelphia?«

»Ja, aber wir ziehen nach San Francisco um – ich habe natürlich noch keinen kalifornischen Führerschein.« Er wußte, daß er im Begriff war, redselig zu werden, wobei es nicht so sehr seiner verbliebenen Angst aus dem Zusammenstoß mit dem Lieferwagen als Ackridges durchdringenden schwarzen Augen zuzuschreiben war, daß seine Zunge sich löste.

»Haben Sie einen Fahrzeugschein für diesen T-Bird?«

Doyle fand ihn, hielt die Brieftasche so aufgeklappt, daß der Polizist die entsprechende Plastikhülle sehen konnte, und reichte sie dem Polizisten über den Tisch.

Ackridge sah sich das Dokument gründlich an. In seinen großen, harten Händen wirkte die Brieftasche klein, fast zierlich. »Ist das Ihr erster Thunderbird?«

Alex begriff zwar nicht, was das mit seinem Problem zu tun hatte, beantwortete die Frage aber trotzdem. »Mein zweiter.«

»Beruf?«

»Meiner? Werbegrafiker.«

Ackridge blickte zu ihm auf, und sein starrer Blick schien durch ihn hindurchzugehen. »Was genau ist das?«

»Ich gestalte Anzeigen«, sagte Doyle.

»Und dafür werden Sie gut bezahlt?«

»Ziemlich gut«, erwiderte Doyle.

Ackridge fing an, die anderen Papiere in der Brieftasche durchzublättern und ließ sich bei jedem ein paar Sekunden Zeit. Sein nüchternes, intensives Interesse für diese privaten Dinge wirkte seltsam.

Was zum Teufel geht hier eigentlich vor? fragte sich Doyle. Ich bin hierhergekommen, um eine Straftat anzuzeigen. Ich bin ein ordentlicher, korrekter Staatsbürger – nicht etwa der Verdächtige!

Er räusperte sich. »Entschuldigen Sie, Captain ...«

Ackridge hörte auf, in den Papieren zu blättern. »Ja, was ist?«

Gestern nacht, sagte sich Doyle, stand ich einem Mann gegenüber, der versucht hat, mich mit einer Axt zu töten. Ich werde doch wohl heute imstande sein, mit diesem billigen Polizeichef fertigzuwerden.

»Captain«, sagte er, »ich verstehe nicht ganz, warum Sie sich so für mich interessieren. Ist es denn jetzt nicht wichtiger – nun, sich um diesen Mann in dem Automover zu kümmern?«

»Ich bin immer der Meinung, daß es sich auszahlt, wenn man das Opfer auch kennt, und nicht nur den Täter«, sagte Ackridge. Und nach dieser Bemerkung wandte er sich wieder den Dokumenten in Doyles Brieftasche zu.

Irgend etwas stimmte hier nicht. Warum eigentlich lief das so schief? Um sich nicht dadurch erniedrigt zu fühlen, daß er dem Beamten dabei zusah, wie er seine Brieftasche durchschnüffelte, sah sich Alex in dem Raum um. Die Wände waren amtlich grau, und es gab nur drei Dinge, die sie auflockerten: eine plakatgroße Fotografie des Präsidenten der Vereinigten Staaten; ein ebenso großes Foto des verstorbenen J. Edgar Hoover und eine etwa einen Quadratmeter große Karte der unmittelbaren Umgebung. An einer Wand standen einige Aktenschränke dicht nebeneinander und ließen nur den Platz für ein Fenster und eine nachträglich angebrachte Klimaanlage frei. Dann gab es drei Stühle mit geraden Lehnen, den Schreibtisch, den Sessel, auf dem Ackridge saß, und einen Flaggenständer, in dem die Stars und Stripes in voller Größe prangten.

»Kriegsdienstverweigerer?« fragte Ackridge.

Alex sah ihn überrascht an. »Was haben Sie gesagt?«

Ackridge zeigte ihm die entsprechende Karte in seiner Brieftasche. »Sie haben hier einen Ausweis, der bestätigt, daß sie aus Gewissensgründen den Wehrdienst verweigern.«

Warum hatte er die Karte eigentlich behalten? Es gab keinerlei Vorschrift, die von ihm verlangte, sie mit sich zu führen, ganz besonders jetzt nicht, wo er dreißig Jahre alt war. Man hatte schon vor langer Zeit aufgehört, über sechsundzwanzig Jahre alte Männer einzuziehen. Genaugenommen war die allgemeine Wehrpflicht für *jedermann* ohnehin ziemlich in Vergessenheit geraten. Trotzdem hatte er den Ausweis behalten, als er das letzte Mal die Brieftasche gewechselt hatte – warum eigentlich? Hatte er unbewußt geglaubt, der Besitz der Karte sei ein Beweis dafür, daß seine in Ablehnung jeglicher Gewalt gipfelnde Philosophie auf Prinzipien und nicht etwa auf Feigheit beruhte? Oder hatte er es nur getan, weil er unter jener weitverbreiteten amerikanischen Neurose litt – der Unfähigkeit nämlich, irgend etwas wegzuwerfen, das auch nur entfernt amtlich aussah, ganz gleich, wie alt es war?

»Ich habe in einem Veteranenkrankenhaus Ersatzdienst geleistet«, sagte Doyle, obwohl er nicht das Gefühl hatte, sich vor Ackridge rechtfertigen zu müssen.

»Nun, ich war für Korea zu jung und für Nam zu alt«, entgegnete der Polizist. »Aber ich habe in der regulären Army gedient. Zwischen den Kriegen.« Er reichte Alex den Führerschein und die Brieftasche zurück.

Alex steckte den Führerschein in die Brieftasche, schob die dann ein und sagte: »Was den Mann in dem Chevrolet betrifft …«

»Haben Sie je Marihuana probiert?« fragte Ackridge.

Ganz ruhig, dachte Doyle. Sei verdammt vorsichtig. Sei verdammt nett.

»Vor langer Zeit«, erklärte er dem Cop. Er hatte es aufgegeben, daß Gespräch auf den Mann in dem Automover zurückzulenken, weil er erkannt hatte, daß Ackridge aus welchem Grund auch immer daran nicht interessiert war.

»Nehmen Sie es immer noch?«

»Nein.«

Ackridge lächelte. Es war noch immer das gleiche aufgesetzte Lächeln. »Selbst wenn Sie es jeden Tag nehmen würden, würden Sie das einem verknöcherten alten Bullen wie mir wohl nicht erzählen, wie?«

»Ich habe die Wahrheit gesagt«, entgegnete Doyle und verspürte neue Schweißtropfen auf seiner Stirn.

»Andere Sachen?«

»Was meinen Sie?«

Ackridge lehnte sich über den Schreibtisch und senkte die Stimme zu einem verschwörerischen Flüsterton: »Barbiturate, Amphetamine, LSD, Kokain …«

»Rauschgift ist was für Leute, denen das Leben nicht wichtig ist«, sagte Doyle. Er glaubte an das, was er sagte, wußte aber, daß es für den Polizisten hohl klingen mußte. »Zufälligerweise mag ich das Leben. Ich brauche kein Rauschgift. Ich weiß, wie man auch ohne das Zeug glücklich sein kann.«

Ackridge musterte ihn einen Augenblick lang scharf, dann lehnte er sich in seinem Sessel zurück und verschränkte die muskulösen Arme über der Brust. »Wollen Sie wissen, warum ich all diese Fragen stelle?«

Alex gab keine Antwort. Er war gar nicht sicher, ob er es wissen wollte.

»Ich will es Ihnen sagen«, meinte Ackridge. »Ich habe

zwei verschiedene Theorien über diese Geschichte, die sie mir da erzählt haben – von dem Mann in dem Automover. Die erste ist: von all dem ist überhaupt nichts passiert. Sie haben sich das alles nur eingebildet. Halluzinationen. Könnte sein. Wäre möglich. Wenn Sie wirklich von irgend etwas high wären, vielleicht LSD, dann könnte es sein, daß Sie sich ganz einfach selbst einen gewaltigen Schrecken eingejagt haben.«

Das Beste war jetzt, nur zuzuhören. Nicht widersprechen. Ihn einfach weiterreden lassen und hoffentlich sobald wie möglich hier wieder rauskommen. Trotzdem konnte Alex nicht anders. Er mußte es einfach sagen: »Und was ist mit meinem Wagen? Die verbeulte linke Seite? Der Lack ist völlig zerkratzt, die Karosserie eingedellt. Meine Tür läßt sich kaum mehr öffnen ...«

»Ich sage ja nicht, daß *das* nur in ihrer Fantasie existiert«, erklärte Ackridge. »Aber es könnte ja sein, daß Sie eine Mauer gestreift haben – oder einen Felsvorsprung, irgend etwas.«

»Fragen Sie Colin«, sagte Doyle.

»Den Jungen im Auto? Ihren – Schwager?«

»Ja.«

»Wie alt ist er?«

»Elf.«

Ackridge schüttelte seinen kantigen Kopf. »Der ist zu jung, als daß ich ihn packen könnte. Und wahrscheinlich würde der auch nur etwas sagen, von dem er glaubt, daß Sie es wollen.«

Alex räusperte sich. Seine Kehle war ausgetrocknet und fühlte sich an, als würde ihm jemand den Hals zudrücken. »Durchsuchen Sie den Wagen. Sie werden kein Rauschgift finden.«

»Nun«, sagte Ackridge und zog das Wort bewußt in die Länge, »dann hören Sie sich meine andere Theorie an, bevor Sie jetzt auf die Palme gehen. Ich halte ohnehin mehr von ihr. Wollen Sie sie hören?«

»Ja.«

»Ich denke, Sie sind vielleicht in Ihrem großen schwarzen Wagen ein bißchen schnell gefahren, haben sich wie ein King gefühlt und irgendeinen der Jungs hier aus der Gegend überholt, der den einzigen zerbeulten alten Pickup fuhr, den er sich leisten konnte.«

Ackridge lächelte wieder. Und diesmal war es ein echtes Lächeln. »Wahrscheinlich hat er Sie mit Ihren auffälligen Klamotten, Ihrem langen Haar und Ihrer weibischen Art gesehen und sich gefragt, warum Sie sich einen so fetten Wagen leisten können und er bloß eine alte Mühle. Und natürlich ist er, je mehr er darüber nachgedacht hat, um so wilder geworden. Also ist er hinter Ihnen hergefahren, hat Sie eingeholt und ein kleines Wettrennen auf dem Highway mit Ihnen veranstaltet. Seiner alten Kiste konnte dabei ja nicht viel passieren. Sie waren der einzige, der etwas zu verlieren hatte.«

»Warum sollte ich Ihnen dann sagen, daß es ein Automover war? Warum eine so komplizierte Geschichte über eine Verfolgungsjagd quer durchs ganze Land erfinden?« fragte Doyle, der seinen Zorn kaum mehr unter Kontrolle halten konnte, sich aber schmerzlich bewußt war, daß er seine Wut zügeln mußte, um nicht im Gefängnis zu landen, von noch Schlimmerem ganz zu schweigen.

»Das läßt sich leicht erklären.«

»Es würde mich interessieren.«

Ackridge stand auf, schob seinen Sessel zurück und stellte sich neben die Fahne, die Hände hinter dem Rükken verschränkt. »Sie haben sich überlegt, daß ich einen Ortsansässigen nicht verfolgen, daß ich ihm den Vorzug vor jemanden wie Ihnen geben würde. Also haben Sie sich diese andere Geschichte ausgedacht, damit ich mich der Sache annehme. Sobald ich einmal die Anzeige aufgenommen und mit den Ermittlungen begonnen hätte, wäre es mir ja nicht mehr so leicht möglich gewesen, auszusteigen; auch wenn ich bald dahintergekommen wäre, wie die Story lief.«

»Das ist aber weit hergeholt«, sagte Doyle. »Und das wissen Sie auch.«

»Für mich klingt es ganz vernünftig.«

Alex stand auf, die feuchten Hände zu Fäusten geballt. Früher einmal war es ihm leichtgefallen, solche Beleidigungen hinzunehmen und davonzuschleichen, ohne sich etwas dabei zu denken..

Aber jetzt, nach den Veränderungen, die in den letzten paar Tagen in ihm vorgegangen waren, gehörte Demut und Unterwürfigkeit nicht mehr zu seinen besten Seiten. »Dann werden Sie uns also nicht helfen?«

Ackridge sah ihn an, und jetzt flammte echter Haß in seinen Augen. Zum erstenmal klang seine Stimme richtig bösartig. »Ich bin kein Mann, den man heute ein Schwein nennen und am Tag darauf um Hilfe bitten kann.«

»Ich habe nie einen Polizisten ein Schwein genannt«, sagte Alex.

Aber der Beamte hörte gar nicht zu. Sein Blick schien geradewegs durch Doyle hindurchzugehen, als er sagte: »Dieses Land glich fünfzehn Jahre lang einem kranken Mann. Es befand sich im Delirium, taumelte herum und stieß immer wieder irgendwo an, wußte nicht, wo es war oder wohin es wollte, ja, ob es letzten Endes überleben könnte. Aber jetzt ist es nicht mehr krank. Es stößt die Parasiten ab, die es krank gemacht haben. Bald wird es überhaupt keine Parasiten mehr geben.«

»Ich verstehe«. sagte Alex, der am ganzen Leib gleichermaßen aus Angst und Wut unkontrolliert zitterte.

»Es wird sich aufrichten, *alle* Bazillen vernichten und wieder so gesund sein, wie es einmal war«, sagte Ackridge und grinste breit, die Hände immer noch hinter dem Rücken verschränkt und dabei auf den Fußballen vor und zurück wippend.

»Ich verstehe sie völlig«, sagte Alex. »Darf ich gehen?«

Ackridge lachte, es klang wie ein kurzes, scharfes Bellen. »Gehen? Du liebe Güte, da wäre ich Ihnen wirklich dankbar.«

Colin stieg aus dem Wagen und ließ Alex einsteigen, folgte ihm dann, zog die Tür hinter sich zu und verriegelte sie. »Nun?«

Alex umfaßte das Lenkrad so fest er konnte und starrte auf seine weißen Knöchel. »Der Captain denkt, daß ich vielleicht Rauschgift genommen und mir die ganze Sache eingebildet habe.«

»Oh, das ist ja großartig.«

»Oder daß vielleicht irgendwelche Boys aus der Umgebung uns in einem Pickup ein wenig bedrängt haben. Und er hat überhaupt keine Lust, uns den Vorzug vor ein paar Jungs zu geben, die sich einfach einen kleinen Spaß machen wollten.«

Colin schnallte sich an. »War es wirklich so schlimm?«

»Ich glaube, wenn du nicht dabeigewesen wärst, hätte er mich eingesperrt«, sagte Doyle. »Er wußte bloß nicht, was er mit einem elfjährigen Jungen anfangen sollte.«

»Was nun?« Colin zog an seinem T-Shirt mit dem Bild des Phantoms der Opfer.

»Wir werden volltanken«, sagte Alex, »uns etwas zu Essen kaufen, das wir mitnehmen können, und bis nach Reno durchfahren.«

»Was ist mit Salt Lake City?«

»Das überspringen wir«, sagte Doyle. »Ich möchte, so schnell es geht, nach San Francisco kommen – und so weit wie möglich von unserem ursprünglichen Plan abweichen, für den Fall, daß dieser Dreckskerl *tatsächlich* unsere Route kennt.«

»Reno ist aber ein ganz schönes Stück von hier entfernt«, sagte der Junge, der sich daran erinnerte, wie weit es ihm auf der Landkarte vorgekommen war. »Wielange brauchen wir, bis wir dorthin kommen?«

Doyle sah sich auf der staubigen Straße um und musterte die gelbbraunen Häuser und die Autos mit ihrem Alkaliüberzug. Das waren alles leblose Gegenstände ohne eigene Intentionen, ob sie nun bösartig waren oder nicht. Und trotzdem fürchtete und haßte er sie zugleich. »Wir könnten kurz nach Anbruch der Morgendämmerung in Reno sein.«

»Ohne zu schlafen?«

»Ich werde heute nacht ohnehin nicht schlafen.«

»Aber du wirst vom Fahren müde werden. Ganz gleich wie du dich jetzt fühlst ... du könntest am Steuer einschlafen.«

»Nein«, sagte Alex. »Wenn ich das Gefühl habe, einzunicken, werde ich an den Straßenrand fahren und ein Weilchen pennen. Fünfzehn oder zwanzig Minuten vielleicht.«

»Und was ist mit dem Verrückten?« fragte der Junge und deutete mit dem Daumen nach hinten.

»Der Platte wird ihn etwas aufhalten. Es wird gar nicht so leicht sein, alleine mit dem Lieferwagen klar zu kommen, mit dem Wagenheber und all dem ... und sobald er wieder fahrbereit ist, wird er nicht die ganze Nacht durchfahren. Er wird meinen, daß wir irgendwo in einem Motel Halt gemacht haben. Wenn er weiß, daß wir vorhatten, heute abend in Salt Lake City zu sein – und ich begreife immer noch nicht, wie er das Herausbekommen haben könnte –, dann wird er dort nach uns suchen. Diesmal können wir ihm wirklich entwischen.«

Er ließ den Wagen an. »Falls der T-Bird es aushält, natürlich.«

»Soll ich die Route planen?« fragte Colin.

Alex nickte. »Nebenstraßen. Aber solche, auf denen wir ordentlich vorankommen.«

»Das könnte sogar Spaß machen«, sagte Colin und faltete die Karte wieder auseinander. »Ein richtiges Abenteuer.«

Doyle sah ihn ungläubig an. Dann sah er einen gehetzten Blick in den Augen des Jungen, einen Blick, der wahrscheinlich ein Spiegelbild des seinen war, und erkannte, daß Colin sich mit seiner Bemerkung nur selbst Mut gemacht hatte. Colin gab sich redlich Mühe, dieser unglaublichen Belastung standzuhalten – und für einen Elfjährigen machte er das erstaunlich gut.

»Bist schon ein Mordskerl«, sagte Doyle.

Colin wurde rot. »Du auch.«

»Wir beide geben ein gutes Team ab.«

»Ja, nicht wahr?«

»Unterwegs ins Unbekannte«, sagte Alex, »ohne mit der Wimper zu zucken. Wilbur und Orville Wright.«

»Lewis und Clark«, sagte der Junge und grinste.

»Columbus und – Hudson.«

»Abbott und Costello«, sagte Colin.

Vielleicht lag es nur an den äußeren Umständen, aber Doyle hielt das für die wichtigste Bemerkung, die er seit Jahren gehört hatte. Er mußte so lachen, daß ihm die Tränen in die Augen traten. »Dick und Doof«, keuchte er, als er wieder reden konnte. Dann legte er den Gang ein und verließ den Parkplatz vor dem Polizeirevier.

Der Lieferwagen war so schwierig zu handhaben wie eine störrische Kuh. Nachdem Leland sich eine halbe Stunde abgemüht hatte, war es ihm endlich gelungen, die Räder zu blockieren und den Wagenheber so weit hochzukurbeln, daß er das Rad mit dem defekten Reifen abnehmen konnte. Der Wind, der über die Sandfläche wehte, ließ den Chevy auf seiner Krücke aus Metall schwanken. Und wenn die Möbel im Laderaum plötzlich verrutschen sollten ...

Eine Stunde, nachdem er mit der Arbeit angefangen hatte, zog Leland die letzte Schraube am Reserverad fest und ließ den Lieferwagen wieder herunter. Als er das defekte Rad hinten einlud, dachte er, daß er jetzt eigentlich an der ersten Tankstelle anhalten und den Reifen reparieren lassen sollte. Aber ...

Doyle und der Junge hatte inzwischen bereits einen zu großen Vorsprung. Obwohl er sie ohne weiteres heute abend wieder in Salt Lake City aufspüren konnte, wollte er die Chance nicht verpassen, sie hier auf freier Straße fertigzumachen. Je näher sie an San Francisco kamen, desto weniger war er sicher, daß er das schaffen würde.

Und wenn er sie nicht beseitigte, was würde Courtney dann denken? Courtney verließ sich voll und ganz auf ihn. Schaffte er diese beiden nicht aus dem Weg, konnten er und Courtney nie wieder so zusammensein, wie sie das wollten.

Deshalb mußte der Reifen warten.

Er schloß die hintere Tür des Lieferwagens, sperrte sie ab und ging nach vorne. Fünf Minuten später raste er mit beinahe fünfundneunzig Meilen die Stunde auf dem verlassenen Highway weiter nach Westen.

Detective Ernie Hoval von der Ohio State Police nahm sein Abendessen in einem Imbißlokal am Highway zu sich, das die meisten Polizisten in der Gegend aufzusuchen pflegten. Es war kein besonders anheimelndes Lokal, aber das Essen war gut. Und Polizeibeamte erhielten zwanzig Prozent Rabatt.

Er war halb mit seinem Sandwich mit Pommes frites fertig, als der blasse, neunmalkluge Labortechniker ihm gegenüber in der Nische Platz nahm und sagte: »Darf ich mich zu Ihnen setzen?«

Hoval zuckte zusammen. Ihm war nicht danach, aber er zuckte die Schultern.

»Ich wußte gar nicht, daß jemand wie Sie kaum verdeckte Schmiergelder wie Rabatte in Restaurants annimmt«, meinte der Techniker und klappte die Speisekarte auf, die die Kellnerin ihm gebracht hatte.

»Am Anfang habe ich das auch nicht getan«, sagte Hoval und stellte überrascht fest, daß er eigentlich doch mit diesem Mann reden wollte. »Aber alle anderen tun's ... und sonst gibt es wirklich nicht viel, das man ausnützen kann, wenn man weiterhin ein anständiger Cop bleiben will.«

»Ach, dann geht's Ihnen auch nicht besser als uns allen auch«, sagte der Techniker und tat Hovals Bemerkung mit einer wegwerfenden Handbewegung ab.

»Arme Teufel.«

Das blasse Gesicht des Labormanns verzog sich zu einem Grinsen, und dann lachte er sogar halblaut. »Wie ist das Sandwich?«

»Nicht übel«, sagte Hoval, der gerade abgebissen hatte.

Der Techniker bestellte sich eines ohne Pommes frites und eine Tasse Kaffee dazu. Als das Mädchen gegangen war, fragte er: »Was machen die Ermittlungen im Fall Pulham?«

»Ich bin nicht mehr die ganze Zeit dran«, sagte Hoval.

»Oh?«

»Ich kann ja nicht viel machen«, erklärte Hoval. »Wenn der Killer in einem Automover nach Kalifornien unterwegs war, ist er jetzt außerhalb meines Zuständigkeitsbereichs. Das FBI überprüft die Namen, die sie von der Automover-Verleihfirma bekommen haben. Die Suche ist jetzt auf ein paar Dutzend eingeengt. Wahrscheinlich wird es einige Wochen dauern, bis die den Burschen ausfindig gemacht haben.«

Der Techniker runzelte die Stirn, und griff nach dem Salzstreuer und drehte ihn zwischen den Fingern. »Ein paar Wochen könnte zu spät sein. Wenn ein Spinner anfängt, durchzudrehen, geht das schnell.«

»Sie sind wohl immer noch auf demselben Trip?« fragte Hoval und legte sein Sandwich auf den Teller.

»Ich glaube, daß wir es mit einem Geisteskranken zu tun haben. Und wenn das stimmt, dann wird er in den nächsten ein oder zwei Wochen noch ein paar Morde begehen. Vielleicht bringt er sich sogar selbst um.«

»Das ist kein Spinner«, beharrte Hoval. »Hier handelt es sich um einen politischen Fall. Der wird sonst keinen umbringen – solange er nicht die Chance bekommt, einen weiteren Cop kaltzumachen.«

»Da täuschen Sie sich«, sagte der Techniker.

Hoval schüttelte den Kopf und nahm einen großen Schluck von seiner Zitronenlimonade. »Ihr rot angehauchten Liberalen hört nicht auf, mich zu verblüffen. Warum weigert ihr euch eigentlich, nach einfachen Antworten zu suchen?«

Die Bedienung brachte den Kaffee. Als sie wegging, entgegnete der Techniker: »Ich bin kein Liberaler und auch nicht rot angehaucht. Und ich finde, daß *Ihre* Theorie viel simpler ist als meine.«

»Das ganze Land geht vor die Hunde, und Sie geben die Schuld daran bloß psychopathischen Spinnern.«

»Nun«, sagte der Techniker und stellte endlich den Salzstreuer weg, »ich hoffe ja fast, daß Sie recht haben. Denn wenn dieser Bursche *wirklich* ein Spinner und *wirklich* noch ein oder zwei Wochen auf freiem Fuß ist …«

# FREITAG

## 1

Es war Freitag morgen zwei Uhr. Seit sie Denver verlassen hatten, waren sechzehn Stunden vergangen, und Alex fühlte sich, als gehörte er in ein Krankenhausbett für todkranke Patienten. Seine Beine waren verkrampft und schwer. Seine Gesäßbacken brannten, als steckten sie voller Nadeln, und sein Rücken schmerzte vom Wirbelsäulenansatz bis hinauf zum Schädel. Und das waren nur die ersten einer langen Liste von Beschwerden: er war verschwitzt und fühlte sich unsauber, weil er am vergangenen Abend nicht geduscht hatte; seine Augen waren blutunterlaufen und taten weh; sein schwarzer Stoppelbart juckte; er hatte einen Geschmack wie von sauerer Milch im Mund; seine Arme taten weh, weil er Stunde und Stunde, Meile um Meile das verdammte Steuerrad hatte halten müssen …

»Bist du wach?« fragte er Colin. In der Dunkelheit hätte der Junge zu den leisen Klängen von Countrymusik, die aus dem Radio drangen, eigentlich schlafen sollen.

»Ich bin auf dem Posten«, sagte Colin.

»Du solltest versuchen, eine Weile zu schlafen.«

»Ich habe Angst, daß das Auto auseinanderbricht«, erklärte Colin. »Und mache mir solche Sorgen, daß ich nicht einschlafen kann.«

»Das Auto ist okay«, sagte Doyle. »Die Karosserie hat ein paar Beulen abbekommen, aber das ist alles. Es fängt nur deshalb zu vibrieren an, wenn wir über fünfundachtzig fahren, weil der linke Stoßdämpfer nicht mehr ganz in Ordnung ist.«

»Trotzdem habe ich Sorgen«, sagte Colin.

»Wir halten bei nächster Gelegenheit an und machen

uns etwas frisch«, entgegnete Doyle. »Das brauchen wir beide. Und außerdem müssen wir bald tanken.«

Am späten Donnerstagnachmittag waren sie auf Nebenstraßen in südwestlicher Richtung quer durch Utah gerollt und hatten dann die zweispurige Route 21 erreicht, die sie wieder nach Nordwesten führte. Der schnelle Wüstensonnenuntergang kam, verblaßte vom feurigen Orangerot in würdevolles Purpur und gleich darauf in ein tiefes, samtiges Schwarz. Und immer noch fuhren sie, überquerten die Grenze nach Nevada und wechselten dort auf die Route 50, der sie von einem Ende des Silberstaats bis zum anderen folgen wollten.

Kurz nach zehn Uhr hielten sie an, um zu tanken und um Courtney aus einer Telefonzelle anzurufen. Sie gaben vor, in ihrem Motel zu sein, weil Alex nicht einsah, warum er ihr jetzt Angst machen sollte. Obwohl sie *wirklich* Schlimmes hinter sich hatten, war das wahrscheinlich vorüber. Sie hatten ihren Verfolger abgeschüttelt. Es gab keinen Grund, seine Frau unnötig zu beunruhigen. Sie konnten ihr ja die ganze Geschichte erzählen, wenn sie schließlich in San Francisco angekommen waren.

Von halb elf Uhr Donnerstag nacht bis zwei Uhr am Freitag morgen passierten sie das, was einmal das Herz des romantischen Wilden Westens gewesen war. Die unwirtlichen Sandebenen dehnten sich finster und leer zu ihrer Linken und ihrer Rechten. Harte, kahle Bergrücken türmten sich unvermittelt neben ihnen auf und verschwanden dann wieder, seltsam deplaziert wirkend, selbst wenn sie schon seit Jahrtausenden hier standen. Kaktuspflanzen ragten beiderseits der Straße auf, und gelegentlich huschten im gelben Schein ihrer Scheinwerfer Kaninchen über den Asphalt. Wenn die Reise anders verlaufen wäre, wenn sie die letzten zweitausend Meilen nicht ein Verrückter verfolgt hätte, wäre Nevada vielleicht eine Attraktion gewesen, hätte Gelegenheit geboten, sich nostalgischen Empfindungen hinzugeben und ein paar von Colins Spielchen zu spielen. Aber jetzt war es langweilig, einfach etwas, das sie schnell hinter sich bringen wollten, um bald San Francisco zu erreichen.

Um halb drei hielten sie an einer kombinierten Tankstelle und Imbißbude. Während der Thunderbird aufgetankt und mit Öl versorgt wurde, benutze Colin die Toilette und machte sich für die nächste lange Etappe ihrer Marathonfahrt frisch. Dann bestellten sie sich in dem Imbißlokal Hamburgers und Pommes frites. Während das Essen brutzelte, ging Alex in die Männertoilette, um sich dort zu rasieren und das Gesicht zu waschen.

Und um zwei Koffeintabletten zu nehmen.

Er hatte sich bei ihrem letzten Halt an der Tankstelle kurz vor der Grenze zwischen Utah und Nevada ein Päckchen davon besorgt. Colin war zu der Zeit im Wagen gewesen und hatte deshalb nicht gesehen, wie er die Tabletten gekauft hatte. Alex wollte nicht, daß der Junge etwas von den Tabletten erfuhr; er war ohnehin schon zu aufgeregt, und es wäre nicht gut für ihn gewesen, herauszufinden, daß Doyle trotz gegenteiliger Beteuerungen anfing, schläfrig zu werden.

Er betrachtete sein Abbild in dem zersprungenen Spiegel über dem schmutzigen Waschbecken und schnitt eine Grimasse. »Siehst scheußlich aus.«

Das Spiegelbild blieb stumm.

Sie fuhren an der Ausfahrt nach Reno vorbei und blieben auf der Route 50, bis sie ein Stück östlich von Carson City ein Motel fanden. Es war eine ziemlich schäbige Bude, die bereits anfing, baufällig zu werden, aber sie verfügten nicht mehr über die Energie, weiterzusuchen. Die Uhr auf dem Armaturenbrett zeigte halb neun – mehr als zwanzig Stunden, seit sie Denver verlassen hatten.

In ihrem Zimmer strebte Colin geradewegs auf sein

Bett zu und ließ sich draufplumpsen. »Weck mich in sechs Monaten«, sagte er.

Alex ging ins Bad und schloß die Tür. Er besserte mit seinem elektrischen Rasierapparat die Rasur bei der Tankstelle etwas nach, ehe er sich die Zähne putzte und heiß duschte. Als er ins Zimmer zurückkam, war Colin bereits eingeschlafen; der Junge hatte sich nicht einmal die Mühe gemacht, sich auszuziehen. Doyle zog frische Sachen an und weckte ihn dann.

»Was ist los?« fragte der Junge und sprang fast aus dem Bett, als Doyle ihn antippte.

»Du kannst noch nicht schlafen.«

»Warum nicht?« Colin rieb sich das Gesicht.

»Ich gehe noch einmal weg und will dich nicht alleine lassen, also wirst du wohl mitkommen müssen.«

»Du gehst weg? Wohin?«

Alex zögerte einen Augenblick lang. »Ich ... ich will eine Waffe kaufen.«

Jetzt war Colin hellwach. Er stand auf und zog sich sein Phantom der Opfer T-Shirt zurecht. »Glaubst du wirklich, daß wir eine Waffe brauchen? Meinst du wirklich, daß wir eine Waffe brauchen? Meinst du, daß der Mann in dem Automover ...«

»Der wird wahrscheinlich nicht mehr auftauchen.«

»Aber dann ...«

»Ich habe nur gesagt *wahrscheinlich*. Mir ist einfach nicht klar ... Ich habe die ganze Nacht darüber nachgedacht, quer durch Nevada, und bin nach wie vor unsicher, wie das weitergeht.« Er wischte sich über das Gesicht, als könnte er damit seine Müdigkeit loswerden. »So oft schon glaubten wir, daß wir ihn abgeschüttelt haben ... Nun, und dann muß ich auch an einige von den Leuten denken, auf die wir unterwegs gestoßen sind. Dieser Tankwart bei Harrisburg. Die Frau in dem Lazy Time Motel. Und dann fällt mir dieser Captain Ackridge ein ... Ich weiß nicht. Es ist nicht so, daß ich diese Leute für gefährlich halte. Es ist nur, daß die etwas verkörpern, was zur Zeit im Gange ist ... Nun, ich finde jedenfalls, daß wir eine Waffe haben sollten; mehr um sie in San Francisco im Haus zu haben, als um uns auf den letzten paar Stunden dieser Reise zu schützen zu können.«

»Warum kaufen wir sie dann nicht in San Francisco?«

»Ich glaube, daß ich besser schlafen kann, wenn wir sie jetzt besorgen«, sagte Alex.

»Aber ich dachte, du wärst Pazifist.«

»Bin ich auch.«

Colin schüttelte den Kopf. »Ein Pazifist, der eine Waffe trägt?«

»Es gibt seltsamere Dinge, die jeden Tag passieren«, entgegnete Doyle.

Ein paar Minuten nach elf, eineinhalb Stunden nachdem sie das Motelzimmer verlassen hatten, kehrten Doyle und der Junge zurück. Alex schloß die Tür und sperrte damit die unerträgliche Wüstenhitze aus. Er verriegelte das Schloß und legte die Kette vor. Dann versuchte er den Türknopf, der sich aber nicht mehr umdrehen ließ. Colin trug die kleine Pappschachtel zum Bett und setzte sich hin. Er nahm den Deckel ab und betrachtete die Pistole Kaliber 32 und die Schachtel Munition. Als Doyle ausgestiegen war, um sie zu kaufen, war er im Wagen geblieben, und hatte die Schachtel auch auf der kurzen Fahrt zurück zum Motel nicht öffnen dürfen. Das erste Mal für ihn, daß er eine solche Waffe sah. Er zog eine saure Miene. »Du hast gesagt, der Mann in dem Sportartikelgeschäft hätte das eine *Damen*pistole genannt.«

»Stimmt«, sagte Doyle, setzte sich auf sein Bett und zog die Schuhe aus. Er wußte, daß er höchstens noch ein oder zwei Minuten wach bleiben konnte.

»Warum hat er das gesagt?«

»Im Vergleich mit einer 45er ist die Durchschlagskraft geringer, und sie macht auch wesentlich weniger Lärm.

Es ist einfach die Art von Pistole, wie Frauen sie gewöhnlich bevorzugen.«

»Hattest du Probleme, sie zu kaufen, wo du doch aus einem anderen Staat bist und all das?«

Doyle streckte sich auf seinem Bett aus. »Nein. Genaugenommen war es sogar viel zu einfach.«

## 2

Am Freitagnachmittag fuhr George Leland quer über die Wüste von Nevada auf Reno zu. Seine Augen brannten, obwohl seine Sonnenbrille den grellen Widerschein des weißen Sandes halb absorbierte. Er kam nicht besonders schnell voran, weil er es einfach nicht schaffte, sich auf das Fahren zu konzentrieren. Seit den schrecklichen Kopfschmerzen von Donnerstag früh, als er mit einer Gärtneraxt auf Alex Doyle losgegangen war, hatte Leland feststellen müssen, daß seine Gedanken fast seiner Kontrolle entglitten waren. Er konnte sich auf nichts länger als höchstens fünf Minuten konzentrieren; sein Verstand sprang von einem Thema zum anderen und kam ihm vor, wie ein Film mit zuvielen Schnitten.

Immer wieder mußte er sich aus einem Tagtraum reißen und stellte dann jedesmal überrascht fest, daß er hinter dem Steuer des Lieferwagens saß. Er war Meilen um Meilen gefahren, während sein Verstand anderswo weilte ... allem Anschein nach war immerhin ein Teil seiner Aufmerksamkeit auf die Straße und den ihn umgebenden Verkehr gerichtet, aber es war ein sehr *kleiner* Teil. Wenn er sich auf einem dichtbefahrenen Freeway befunden hätte und nicht hier draußen in der Wüste, hätte er den Lieferwagen während eines dieser Tagträume mit Sicherheit zu Schrott gefahren.

Courtney war immer bei ihm, in den Träumen und

auch sonst. Jetzt, wo er gerade wieder auf den beiderseits von Sandwüste gesäumten Highway und in die Realität des Chevrolet zurückkehrte, der unter ihm brummte, saß sie nur einen halben Meter von ihm entfernt auf dem Beifahrersitz und hatte die langen Beine angezogen.

»Gestern hätte ich sie beinahe erwischt«, sagte Leland bedrückt. »Aber diese verdammten alten Reifen ...«

»Das ist schon in Ordnung, George«, sagte sie, nah und doch weit entfernt.

»Nein, Courtney. Ich hätte sie erledigen sollen, und dann ... letzte Nacht, als ich in dem Motel in Salt Lake nachgesehen haben, *waren sie nicht da.«* Das verblüffte ihn. »In seinem Buch stand, daß sie im Highlands Motel in Salt Lake City absteigen würden. Was ist aus ihnen geworden?«

Offenbar wußte sie das nicht, denn sie gab keine Antwort.

Leland wischte sich die linke Hand an der Hose ab, während er das Steuer mit der rechten hielt, wiederholte dann die Geste und fuhr mit der Linken. »Ich habe in sämtlichen Hotels rings um das Highland nachgesehen, aber sie waren in keinem. Ich habe sie verloren. Irgendwie sind sie mir entwischt.«

»Du wirst sie schon wiederfinden«, sagte sie. Er hatte gehofft, daß sie Mitgefühl mit ihm haben und ihn aufmuntern würde. Wie reizend Courtney war. Auf sie konnte man sich immer verlassen.

»Vielleicht werde ich das«, sagte er und sah mit zusammengekniffenen Augen auf die wogenden Sandhügel und die blau und rosa gefärbten Berge in der Ferne hinaus. »Aber wie? Und wo?« Er hoffte, daß sie die Antwort darauf wußte.

Das tat sie auch. »In San Francisco natürlich.«

»San Francisco?«

»Du hast doch meine Adresse dort«, sagte Courtney. »Und dort fahren sie hin, oder?«

»Ja«, sagte er. »Freilich.«

»Na bitte.«

»Aber ... vielleicht kann ich sie schon heute abend in Reno erwischen.«

Das reizende, schemenhafte Mädchen mit der sanften Stimme entgegnete: »Sie werden wieder in einem anderen Motel sein. Du wirst sie nicht finden.«

Er nickte. Sie hatte recht. Dann entfernte er sich auf eine Weile von ihr. Er war jetzt nicht in Nevada, sondern in Philadelphia. Vor drei Monaten. Da war er in die Stadt gegangen, um sich einen unterhaltenden Film anzusehen und ... nun, das Mädchen, das in dem Film mitspielte, hatte Courtney so sehr geähnelt, daß er in jener Nacht keinen Schlaf gefunden hatte. Er sah sich den Film am nächsten Abend noch einmal an und erfuhr aus den Plakaten im Vorraum, daß die Schauspielerin, die ihn so fasziniert hatte, Carol Lynley hieß. Aber das vergaß er bald. Abend für Abend ging er immer wieder in den Film, und bald wurde sie zu der *echten* Courtney. Sie war vollkommen. Langes, hellblondes Haar, elfenhafte Gesichtszüge, Augen, die ihn zu durchdringen schienen ... Allmählich, als er den Film das sechste, siebte, achte und neunte Mal sah, begann er festzustellen, daß sich in ihm wieder sexuelles Begehren regte – und das war seltsam, weil es ein Film für die ganze Familie war. Und dann hatte er schließlich angefangen, durch die Bars zu ziehen und hatte dort ein Mädchen aufgegabelt. Er hatte es mit ihr getrieben. Aber sie glich in Wirklichkeit Courtney überhaupt nicht. Nachher, als er ausgepumpt über ihr lag, sah er in ihr Gesicht, entdeckte, daß sie nicht Courtney war und wurde zornig. Er hatte das Gefühl, daß man ihn hereingelegt, ihn betrogen hatte. Und so hatte er angefangen, sie zu schlagen, hatte ihr Gesicht mit seinen harten Fäusten bearbeitet, immer wieder, bis ...

Er blinzelte, sah in den blauen Himmel, auf den weißen Sand und die grauschwarze Straße. »Nun«, sagte er zu dem Mädchen, das neben ihm saß, »ich glaube, wir werden Reno links liegen lassen. Sie werden sowieso nicht in dem richtigen Motel übernachten. Ich fahre einfach bis Frisco durch.«

Das goldene Mädchen lächelte.

»Weiter bis Frisco«, sagte Leland. »Dort werden sie mich nicht erwarten. Sie werden auf nichts vorbereitet sein. Dann kann ich sie spielend leicht erledigen. Und dann können wir zusammen sein, oder?«

»Ja«, sagte sie, genauso wie er sich das gewünscht hatte.

»Dann werden wir wieder glücklich sein, oder nicht?«

»Ja.«

»Du wirst dich dann von mir wieder anfassen lassen.«

»Ja, George.«

»Mich wieder mit dir schlafen lassen.«

»Ja.«

»Mit mir leben?«

»Ja.«

»Und die Leute werden dann aufhören, häßlich zu mir sein?«

»Ja.«

»Du brauchst keine Angst zu haben, Courtney«, sagte er. »Zuerst, als du mich verlassen hast, wollte ich dir wehtun. Ich wollte dich töten. Aber jetzt nicht mehr. Wir werden wieder zusammen sein, und ich würde dir um nichts in aller Welt ein Leid zufügen wollen.«

## 3

Courtney meldete sich beim ersten Klingeln des Telefons und war noch aufgekratzter als sonst. »Ich habe auf deinen Anruf gewartet«, sagte sie. »Ich habe gute Nachrichten.«

Alex freute sich auf gute Nachrichten, ganz besonders, wenn er ihre warme, kehlige Stimme hörte. »Was denn?«

»Ich habe den Job bekommen, Alex!«

»Bei der Zeitschrift?«

»Ja!« Sie lachte ins Telefon, und er konnte sie fast dastehen sehen, den Kopf mit dem goldenen Haar etwas in den Nacken gelegt und den straffen Hals entblößt. »Ist das nicht herrlich?«

Ihr Glück glich beinahe alles aus, was in den letzten paar Tagen schiefgelaufen war. »Und du bist auch ganz sicher, daß es das ist, was du dir gewünscht hast?«

»Es ist sogar noch besser.«

»Dann werdet ihr beide, du und Colin, in kürze richtig alteingesessene Bürger von San Francisco sein – und ich werde mir einen Monat freinehmen müssen, damit ich mit euch gleichziehen kann.«

»Weißt du, wieviel Gehalt ich bekomme?«

»Zehn Dollar die Woche?« fragte er.

»Sei doch bitte ernst.«

»Fünfzehn?«

»Achttausendfünfhundert im Jahr. Für den Anfang.«

Er stieß einen Pfiff aus. »Gar nicht schlecht für deinen ersten richtigen, professionellen Job. Aber hör zu, du bist nicht die einzige, die gute Nachrichten hat.«

»Oh?«

Doyle sah Colin an, der sich neben ihn in die Telefonzelle gezwängt hatte, und bemühte sich, nicht wie ein Lügner zu klingen, als er ihr die Lüge auftischte: »Wir sind vor ein paar Minuten in Reno eingetroffen.« Tatsächlich waren sie überhaupt nicht nach Reno, sonder nach Carson City gefahren. Und sie waren schon am frühen morgen eingetroffen, nicht erst vor wenigen Minuten. Den ganzen Nachmittag hatten sie verschlafen und waren erst um halb neun aufgewacht, vor einer knappen Stunde. »Wir sind beide nicht schläfrig.« Das stimmte ebenfalls, wenn er ihr auch nicht erklären wollte, *weshalb* sie beide nicht schläfrig waren. »Bis San Francisco sind es noch etwa zweihundertfünfzig Meilen, und da …«

»Kommt ihr noch heute nacht nach Hause?« fragte sie.

»Nun, wir hatten gedacht, daß das gar nicht übel wäre.«

»Hör zu, wenn ihr schläfrig seid – dann schlaft.«

»Wir sind nicht schläfrig.«

»Es kommt nicht auf einen Tag an«, sagte sie. »Fangt jetzt nicht an zu rasen, bloß um die Reise zu Ende zu bringen. Wenn du am Steuer einschläfst ...«

»Dann verlierst du einen neuen Thunderbird, kriegst aber eine Menge Geld von der Versicherung«, fiel er ihr ins Wort.

»Das ist gar nicht komisch.«

»Nein, das ist es wahrscheinlich nicht. Tut mir leid.«

Er war reizbar, das wußte er, aber nur deshalb, weil er sie nicht gerne anlog. Irgendwie kam er sich billig und ein wenig schmutzig vor, obwohl er ja nur schwindelte, um ihr unnötige Sorgen zu ersparen.

»Und du bist auch *ganz sicher*, daß du das schaffen wirst?«

»Ja, Courtney.«

»Dann werde ich das Bett warmhalten.«

»*Das* werde ich möglicherweise nicht schaffen.«

»Das wirst du schon«, sagte sie. Dann lachte sie wieder, diesmal verhaltener. »*Dazu* bist du immer imstande.«

»Ein schlechter Witz«, sagte er. »Wirklich ein schlechter Witz.«

»Aber einer, der sein mußte. Also ... bis wann darf ich dich und unseren Wunderknirps erwarten?«

Doyle sah auf die Armbanduhr. »Jetzt ist es Viertel vor zehn. Laß uns eine Dreiviertelstunde Zeit für das Abendessen ... wir sollten gegen drei Uhr früh ankommen, wenn wir uns nicht völlig verfahren.«

Sie gab ihm einen lauten Schmatz durchs Telefon. »Bis drei, Liebling.«

Um elf passierte George Leland eine Tafel, die die Entfernung nach San Francisco ankündigte. Er sah auf den Tacho und stellte eine kurze Berechnung an; das ging nicht so schnell, wie es früher einmal gegangen war. Die Zahlen entglitten ihm irgendwie. Er schaffte es nicht einmal mehr, wie ein Drittkläßler zu addieren. Und er war sich dann auch seiner Sache nicht so sicher, wie er es das früher einmal gewesen war, denn er mußte dreimal nachrechnen, ehe das Ergebnis zu stimmen schien.

Endlich konnte er das schimmernde, goldene Mädchen neben sich wieder um sehen. »Wir werden um eins bei dir sein. Vielleicht auch um halb zwei.«

# SAMSTAG

## 1

Courtney sammelte den Müll zusammen, der vom Umzug und der Lieferung der neuen Möbel zurückgeblieben war – leere Kisten, Kartons, Unmengen zusammengeknülltes Zeitungspapier, Verpackungsmaterial aus Papier und Plastik, Draht, Schnur – und trug alles in das Gästeschlafzimmer, das sie bis jetzt noch nicht eingerichtet hatte. Das Ganze bildete mitten auf dem neuen Teppichboden einen großen, unansehnlichen Haufen Abfall. Sie ging in den Flur und schloß die Tür hinter sich. So. Jetzt würden sie sich das bis Montag nicht anzusehen und auch nicht mehr daran zu denken brauchen. Dann würde man das ganze Zeug irgendwohin schaffen müssen, um Platz für die Gästezimmermöbel zu schaffen. Das konnte man zwar damit vergleichen, als würde man Staub unter einen Teppich kehren, aber solange keiner den Teppich anhob, um drunterzusehen, war daran ja nichts auszusetzen, oder?

Sie ging zu ihrem Schlafzimmer zurück, trat unter die Tür und betrachtete es. Schminktisch, Kommode, Nachttischchen und Bett bestanden alle aus schwerem, dunklem Holz, das so aussah, als wäre es von Hand geschnitzt und poliert worden. Ein tiefblauer Plüschteppich bedeckte den Boden; die Vorhänge und die Bettdecke waren aus goldfarbenem Samt, der fast so weich und honigfarben wirkte wie ihre Haut, wenn sie schön gebräunt war. Insgesamt betrachtet wirkte das Zimmer richtig sexy.

Natürlich hing die Bettdecke noch nicht richtig gleichmäßig. Und auf dem Schminktisch herrschte ein Durcheinander aus Parfüm und Make-upfläschchen. Und den Spiegel sollte man vielleicht noch ein wenig blankputzen …, aber all diese Dinge machten eben ein Courtney-

Doyle-Zimmer aus. Wo immer sie lebte, gab es ein wenig beiläufige, behagliche Unordnung.

»Denk immer daran«, hatte sie Alex am Vorabend ihrer Hochzeit gewarnt, »du bekommst keine gute Haushälterin.«

»Ich *will auch* keine Haushälterin heiraten«, sagte er. »Zum Kuckuck, Haushälterinnen kann ich mir *engagieren!*«

»Und eine richtige Klasseköchin bin ich auch nicht.«

»Warum hat der liebe Gott wohl Restaurants erschaffen?« fragte er.

»Und«, hatte sie gemeint und bei dem Gedanken an ihre offenkundige Nachlässigkeit und Schlamperei etwas die Stirn gerunzelt, »gewöhnlich türmt sich bei mir die Wäsche stapelweise auf, bis ich entweder waschen oder neue Kleider kaufen muß.«

»Courtney, warum glaubst du wohl, daß der liebe Gott chinesische Wäschereien auf dieser Welt etabliert hat? Häh?«

Sie lächelte, als sie sich an die Unterhaltung und daran erinnerte, daß sie beide gekichert und sich wie alberne Kinder auf dem Boden herumgewälzt hatten. Und dann ging sie zu ihrem neuen Bett, setzte sich darauf und erprobte die Federn.

Sie hatte sie vorher schon einmal ausprobiert, hatte sich dazu splitternackt ausgezogen und war auf der Matratze herumgehüpft, ganz genauso, wie sie es Alex am Telefon geschildert hatte. Das war ihr zunächst als großartige Idee erschienen, aber die körperliche Betätigung und die kühle Luft auf ihrer nackten Haut hatten sie erregt, und es war ihr in jener Nacht vor Sehnsucht nach ihm kaum möglich gewesen, einzuschlafen. Die ganze Zeit dachte sie an Alex und daran, wie es mit ihm war, wie perfekt sie zueinander paßten, daß es mit ihm im Bett ganz anders war als mit all den Männern, die sie bisher gekannt hatte.

Sie stimmten überhaupt auf vielfältige Art miteinander überein, nicht nur im Bett. Sie mochten dieselben Bücher, dieselben Filme und für gewöhnlich auch die gleichen Leute. Wenn es zutraf, daß Gegensätze sich anziehen, dann galt das offensichtlich für Gleichgesinnte in noch viel höherem Maße.

»Glaubst du, daß wir uns je miteinander langweilen werden?« hatte sie ihn gegen Ende der ersten Woche ihrer Flitterwochenzeit gefragt.

»Langweilen?« hatte er entgegnet und ein mächtiges Gähnen vorgetäuscht.

»Ernsthaft.«

»Keine Minute werden wir uns langweilen«, hatte er gesagt.

»Aber wir sind einander so ähnlich, so ...«

»Für mich gibt es nur drei Arten von Leuten, die mich langweilen«, hatte er geantwortet. »Zuerst die, die nur über sich selbst reden können, und das tust du ganz bestimmt nicht.«

»Zweitens?«

»Leute, die über *gar nichts* reden können. Der Typ bringt mich zum Heulen. Aber du bist eine intelligente, aktive, aufregende Frau, die immer mit irgend etwas beschäftigt ist. Du wirst nie Gefahr laufen, keine Gesprächsthemen zu haben.«

»Drittens?«

»Am langweiligsten sind die, die mir nicht zuhören, wenn ich über mich rede«, erklärte Alex, halb im Ernst, zugleich aber bemüht, sie zum Lachen zu bringen.

»Ich höre immer zu«, sagte sie. »Ich mag es, wenn du über dich redest. Du bietest faszinierenden Gesprächsstoff.«

Jetzt saß sie auf dem Bett, in dem sie heute Nacht gemeinsam liegen würden, und begann zu erkennen, daß ihre Beziehung hauptsächlich deswegen so gut funktionierte, weil sie einander zuhören konnten. Sie wollte ihn *kennenlernen*, und er wollte sie voll und ganz verstehen. Er wollte wissen, was sie dachte und was sie tat, und sie wollte an allem teilhaben, was ihn betraf. Wenn man es ganz genau betrachtete, waren sie einander vielleicht doch nicht so ähnlich. Vielleicht kam es einfach daher, daß sie beide so gut zuhören konnten, daß sie jeweils die Ansichten des anderen so gut verstanden und zu schätzen wußten und sie bald auch teilten. Nein, sie waren einander nicht gleich. Sie halfen einander eher dabei, ihren Horizont zu erweitern und neue Erkenntnisse zu sammeln.

Die Zukunft schien so vielversprechend, und Courtney war so glücklich, daß sie sich selbst in einem unbewußten Ausdruck von Freude und Zufriedenheit umarmte, eine Geste, die sie, ohne es zu wissen, an Colin weitergegeben hatte.

Unten klingelte es.

Sie sah auf die Nachttischuhr: Zehn Minuten nach zwei.

War es möglich, daß sie eine Stunde früher kamen? Ob er ihre Fahrtstrecke so überschätzt hatte?

Sie sprang auf und eilte in den Korridor, nahm beim Hinunterlaufen mit jedem Schritt zwei Stufen. Die Aussicht darauf, die beiden gleich zu sehen, erregte sie, aber ... zugleich war sie etwas ärgerlich. Hatte er wirklich die Zeit falsch kalkuliert, die er für die Fahrt von Reno nach San Francisco brauchen würde? Oder hatte er alle Geschwindigkeitsvorschriften übertreten? Wenn das der Fall war ... wie konnte er es wagen, ihre Zukunft auf Spiel zu setzen, nur um eine fünftägige Reise um eine Stunde zu verkürzen? Als sie die Haustür erreichte, war sie fast ebenso ärgerlich, wie sie sich darüber freute, daß sie endlich angekommen waren.

Sie nahm die Sperrkette ab und öffnete die Tür.

»Hello, Courtney«, sagte er und berührte sanft ihr Gesicht.

»George? Was machst du denn hier?«

## 2

Ehe sie kehrtmachen und wegrennen konnte, ehe sie auch nur ganz erfassen konnte, daß sein unerwartetes Erscheinen sehr beunruhigend war, packte er viel zu fest ihren Arm, schob sie zum Sofa hinüber und setzte sich neben sie. Er sah sich im Zimmer um, nickte, lächelte. »Hübsch. Mir gefällt es hier.«

»George? Was ...«

Ohne ihren Arm loszulassen, berührte er ihr Gesicht, strich mit dem Finger die zarte Linie ihres Unterkiefers nach. »Du bist so schön«, sagte er.

»George, warum bist du hier?« Irgendwie hatte sie Angst, aber eine Angst, die sich durchaus in Grenzen hielt. Sein Erscheinen hier ergab keinen Sinn, aber es bot sicher auch keinen Anlaß, durchzudrehen.

Er ließ die Hand über ihren Hals gleiten, tastete mit den Fingerspitzen nach ihrem Puls, ließ die Hand dann heruntersinken und umfaßte eine ihrer vollen Brüste. »So schön wie eh und je«, sagte er.

»Bitte. Faß mich nicht so an«, sagte sie. Sie versuchte, sich loszureißen.

Er hielt sie mit einer Hand fest, und seine andere Hand streichelte sie. Jetzt griff er nach ihrer anderen Brust. »Du hast gesagt, du würdest dich wieder von mir anfassen lassen.«

»Was soll das heißen?« Seine Finger hatten sich jetzt so tief in ihren Arm gebohrt, daß ihr der Schmerz bis zur Schulter schoß.

»Du hast gesagt, du würdest mich wieder mit dir schlafen lassen.« Seine Stimme klang leise und verträumt. »Wie früher.«

»Nein. Das habe ich nie gesagt.«

»Doch, Courtney, das hast du schon.«

Sie blickte in seine von dunklen Ringen umgebenen blutunterlaufenen Augen, die irgendwie glasig blau wirkten, und empfand zum erstenmal in ihrem Leben jene Angst, die nur Frauen empfinden können. Sie wußte, daß er möglicherweise versuchen würde, sie zu vergewaltigen. Und sie wußte auch, daß er, so hager er auch schien, stark genug sein würde, um das zu tun ... Aber war es nicht lächerlich, sich vor so etwas zu fürchten? War sie nicht früher oft genug mit ihm im Bett zusammen gewesen, ehe er angefangen hatte, sich zu verändern? Was gab es da zu fürchten? Sie wußte es genau. Es war nicht der Sex, den sie fürchtete, es war die Gewalt, die er ihr antun würde, die Erniedrigung, das Gefühl, *mißbraucht* zu werden. Wie war er hierhergekommen, wie hatte er ihre Adresse in Erfahrung gebracht? Was für ein Leben führte er jetzt, was beabsichtigte er? Aber all dies war jetzt ohne Belang. Im Augenblick war nur wichtig, ob er sie vergewaltigen wollte oder nicht. Sie fühlte sich schwach, hilflos und unterdrückt, war innerlich wie ausgehöhlt, fror, zitterte bei dem Gedanken, hinnehmen zu müssen, daß er ihr Gewalt antat.

»Es ist besser, wenn du wieder gehst«, sagte sie und verachtete sich selbst dafür, daß ihre Stimme bebte. »Alex wird in ein paar Minuten hier sein.«

Leland lächelte. »Nun, selbstverständlich wird er das. *Das weiß ich* doch.«

Sie hatte keine Vorstellung davon, was er wollte, was er eigentlich bezweckte und was es ihm einbrachte, sie jetzt mit Gewalt zu nehmen. »Warum bist du dann hier?«

»Darüber haben wir doch schon früher geredet.«

»Nein! Nein, das haben wir nicht.«

»Doch, Courtney. Du erinnerst dich doch daran. Im Lieferwagen haben wir miteinander gesprochen. Auf der Fahrt hierher. Du und ich. Ein paar Tage lang haben wir jetzt darüber geredet – haben ausgemacht, daß wir die beiden beiseite schaffen und dann wieder zusammen sind.«

Jetzt hatte sie mehr als nur Angst. Sie war entsetzt. Er war also doch wahnsinnig geworden. Was auch immer mit ihm nicht stimmte – irgendeine körperliche Krankheit, vielleicht auch ein psychischer Defekt – es hatte ihn jedenfalls zu guter Letzt in den Wahnsinn getrieben. »George, du mußt mir zuhören. Hörst du mir zu?«

»Aber sicher, Courtney. Ich mag deine Stimme.«

Sie fröstelte. »George, du bist krank. Was in den letzten zwei Jahren mit dir geschehen ist, was auch immer es war ...«

Das Lächeln verschwand aus seinem Gesicht, als er ihr ins Wort fiel. »Ich bin völlig gesund. Warum willst du mir immer einreden, daß das nicht stimmt?«

»Hast du je die Röntgenaufnahmen machen lassen, die der Arzt ...«

»Sei still«, herrschte er sie an. »Darüber will ich nicht reden.«

»George, wenn du krank bist, vielleicht gibt es etwas ...«

Sie sah den Schlag kommen, konnte ihm aber nicht rechtzeitig ausweichen. Seine große, schwielige Hand traf sie auf die Wange. Ihre Zähne klapperten. Sie dachte, daß es ein beinahe komisches Geräusch war ...

Aber dann hüllte Dunkelheit sie ein, und sie wußte, daß sie gleich die Besinnung verlieren würde. Und wenn sie ohnmächtig war, würde sie noch hilfloser sein ... Plötzlich wurde ihr bewußt, daß das Ganze vielleicht nicht bei einer Vergewaltigung enden würde. Möglicherweise wollte er sie gar nicht vergewaltigen. Möglicherweise wollte er sie töten.

Sie schrie auf, oder dachte wenigstens, daß sie das tat, und dann sank sie in einen pechschwarzen Tümpel.

Leland ging zum Lieferwagen hinaus und holte die 32er Pistole, die er zuerst vergessen hatte. Er kam ins Wohnzimmer zurück, stand neben dem Sofa, blickte auf sie herab und bewunderte ihr goldenes Haar, ihre Sommersprossen und die feinen Linien ihres Gesichts.

Warum nur hatte sie nicht nett zu ihm sein können? Während der ganzen Fahrt quer durchs Land war sie nett gewesen. Wenn er zu ihr gesagt hatte, sie solle aufhören, an irgend etwas herumzunörgeln, hatte sie sofort aufgehört. Aber jetzt war sie wieder so böse, hackte auf ihm herum, versuchte ihm einzureden, daß er im Begriff wäre, den Verstand zu verlieren. Wußte sie denn nicht, daß das unmöglich war? Schließlich war es sein Verstand gewesen, der ihm vor Jahren all die Stipendien eingetragen hatte. Sein überlegener Verstand hatte ihm dazu verholfen, von dieser verdammten Farm wegzukommen, von all der Armut und dem ewigen Bibelgesülze seines Vaters, der zu nichts anderem fähig war, als ihn zu verprügeln. Es war also gar nicht *möglich*, daß er den Verstand verlor. Sie sagte das nur, um ihm Angst zu machen.

Er hielt ihr den Pistolenlauf ans Ohr.

Brachte es aber nicht fertig, den Abzug zu drücken.

»Ich liebe dich«, sagte er zu ihr, obwohl sie ihn nicht hören konnte. Er setzte sich auf den Boden neben die Couch und fing zu weinen an – erwachte nach einiger Zeit aus einem Tagtraum und bemerkte, daß er dabei war, sie zu entkleiden. Während seine Gedanken anderswo gewesen waren, hatte er ihr den dünnen blauen Pullover heruntergezogen, und jetzt fummelte er am Reißverschluß ihrer Jeans herum. Verwirrt hörte er auf damit und sah sie an. Bis zur Hüfte nackt, wirkte sie trotz ihrer festen Brüste wie ein kleines Mädchen. Sie schien hilflos und schwach und schutzbedürftig.

Nein, so ging es nicht.

Leland wußte plötzlich, daß er sie nur zu fesseln und ruhigzustellen brauchte, bis er mit Doyle und dem Jungen fertig war. Dann würde alles gut sein. Sobald sie tot waren, würde sie begreifen, daß Leland alles war, was sie hatte. Und dann konnten sie zusammen sein.

Er hob sie auf, als wäre sie ein Kind, trug sie die Treppe hinauf und legte sie aufs Bett. Dann holte er ihren

Pullover aus dem Wohnzimmer und schaffte es irgendwie, ihn ihr überzuziehen.

Eine Viertelstunde später hatte er ihre Hände und Füße mit einer Schnur gefesselt, die er auf dem Abfallhaufen im Gästeschlafzimmer gefunden hatte. Anschließend klebte er ihr noch mit Klebeband den Mund zu.

Neben ihr auf dem Bett sitzend, starrte er in ihre Augen. Plötzlich flatterten die Lider, und sie sah ihn an.

»Hab' keine Angst«, sagte er.

Sie versuchte trotz des Klebebands aufzuschreien.

»Ich werde dir nicht wehtun«, sagte er. »Ich liebe ich.« Er berührte ihr langes, seidiges Haar. »Nur eine kleine Weile noch, dann wird alles gut. Wir werden glücklich miteinander sein, weil wir außer uns auf der ganzen Welt niemanden mehr haben.«

## 3

»Da wohnen wir?« fragte Colin, als der Thunderbird die steile Straße hoch auf eine Gruppe von Lichtern ganz oben zubrauste.

»Allerdings.«

Hinter einer Gruppe blühender Kirschbäume lag der Lincoln Park zu ihrer Linken im Dunkeln. Rechts fiel das Land in Terrassen durch weitere nachtschwarze Stellen zu den Lichtern der Stadt und dem schimmernden Halsband des Hafens und der Bay Bridge ab. Es war ein atemberaubender Anblick. Selbst um drei Uhr morgens.

»Sieht klasse aus«, sagte der Junge.

»Gefällt dir wohl, hm?«

»Jedenfalls besser als Philadelphia.«

Doyle lachte. »Kann man wohl sagen.«

»Ist das dort oben unser Haus?« fragte Colin und deutete auf die Lichter, die vor ihnen zu sehen war.

»Ja. Und ein wirklich schönes Grundstück mit einer Menge großer Bäume.« Jetzt, wo er das erste Mal an diesen Ort zurückkehrte, wußte er, daß es jeden Penny wert war, den er dafür bezahlt hatte, obwohl ihm der Preis ursprünglich exorbitant hoch vorgekommen war. Er dachte an Courtney, die dort auf ihn wartete, erinnerte sich an den Baum vor ihrem Schlafzimmerfenster und fragte sich, ob sie einander bis zur Morgendämmerung würden wachhalten können, um dann zu sehen, wie die Sonne über den blauen Wassern der Bucht aufging …

»Ich hoffe nur, daß Courtney nicht zu sauer ist, weil wir sie angelogen haben«, sagte Colin und blickte immer noch auf den dunklen Ozean hinaus. »Das würde alles verderben.«

»Sie wird nicht ärgerlich sein«, sagte Doyle und wußte zugleich, daß sie es doch sein würde – aber nur ein wenig und nur ein paar Minuten lang. »Sie wird froh sein, daß wir sicher und gesund angekommen sind.«

Die Lichter des Hauses waren jetzt ganz nahe, aber das eigentliche Gebäude lag noch im Schatten einer Wand von Bäumen, die es verbargen.

Doyle bremste ab, suchte die Einfahrt, fand sie und bog ein. Tausende kleiner ovaler Steine knirschten unter den Reifen.

Er mußte um das ganze Haus herumfahren, bis er den Chevroletlieferwagen sah, der neben der Garage parkte.

## 4

Doyle stieg auf der Beifahrerseite aus dem beschädigten Wagen und legte Colin eine Hand auf die schmale Schulter. »Steig wieder ein«, sagte er. »Und bleib im Wagen. Wenn du jemand anderen als mich aus dem Haus kommen siehst, rennst du zu den Nachbarn. Die nächsten sind ein Stück hügelabwärts.«

»Sollten wir nicht die Cops rufen und …«

»Dafür ist keine Zeit. Er ist mit Courtney dort drinnen.« Alex spürte, wie sich ihm der Magen umdrehte, und einen Moment dachte er, er würde sich übergeben müssen. Eine bittere Flüssigkeit stieg ihm im Hals hoch, aber er würgte sie wieder hinunter.

»Aber ein paar Minuten …«

»Könnten entscheidend sein.«

Doyle wandte sich von dem Thunderbird ab und eilte über den dunklen Rasen auf die Haustür zu, die offenstand.

Wie war das möglich? Wer war dieser Mann, der ihnen überallhin folgen konnte, wohin sie auch gingen, der sie immer wieder einholen konnte, ganz gleich, wie oft sie ihre Pläne änderten? Wer, zum Teufel, war das, daß es ihm gelungen war, vorauszufahren und hier auf sie zu warten? Er schien mehr als bloß ein Verrückter zu sein, es war fast so, als besäße er übermenschliche, teuflische Fähigkeiten.

Und was hatte er Courtney angetan …? Alex war zwischen Wut und Schrecken hin- und hergerissen. Die Erkenntnis, daß man selbst dann, wenn man über den Mut dazu verfügte, die nicht schützen konnte, die man liebte, war beängstigend. Ja noch mehr, man konnte nicht einmal wissen, woher und in welcher Form die Gefahr drohte.

Er erreichte die Haustür, stieß sie auf und betrat das Haus, ehe er auf den Gedanken kam, daß er möglicherweise mitten in eine Falle hineingerannt war. Plötzlich erinnerte er sich nur zu deutlich an die Schlauheit und die Brutalität, die der Verrückte an den Tag gelegt hatte, als er mit jener Axt auf ihn losgegangen war …

Doyle preßte sich an die Wand, suchte Deckung hinter einem Telefontischchen und sah sich schnell in der Diele um. Sie war verlassen.

Sämtliche Lichter brannten, aber weit und breit kein Verrückter zu sehen. Und keine Courtney.

Im Haus war es still. Zu still?

Mit dem Rücken an der Wand schob er sich vom Wohnzimmer ins Eßzimmer. Der dicke Plüschteppich verschluckte seine Schritte. Aber auch das Eßzimmer war leer.

In der Küche waren drei Teller, Gabel, Messer und Löffel mit verschiedenen anderen Utensilien auf dem Tisch ausgelegt. Sie hatte einen nächtlichen Imbiß vorbereitet.

Doyles Herz schlug so heftig, daß es schmerzte. Sein Atem ging rasselnd, und er hatte das Gefühl, man könne ihn vom einen Ende des Hauses bis zum anderen hören. Und die ganze Zeit dachte er: Courtney, Courtney, Courtney …

Das etwas tieferliegende Arbeitszimmer und die Veranda hinter dem Haus waren ebenfalls verlassen. Alles schien sauber und ordentlich – oder besser so sauber und ordentlich, wie die Dinge in Courtneys Haus eben sein konnten. Und das mußte ein gutes Zeichen sein, oder nicht? Keinerlei Anzeichen einer Auseinandersetzung, keine umgestürzten Möbel, kein Blut …

»Courtney!«

Er hatte vorgehabt, sich still zu verhalten. Aber jetzt schien es ihm schrecklich wichtig, ihren Namen zu rufen – als wäre ihr Name ein Zauberspruch, der alles heilen konnte, was ihr der Verrückte möglicherweise angetan hatte.

»Courtney!«

Keine Antwort.

»Courtney, wo bist du?«

Sein Verstand sagte Doyle, daß er sich beruhigen mußte. Er sollte jetzt einen Augenblick lang still sein und die Situation überdenken, noch einmal überlegen, was für Möglichkeiten er hatte, ehe er handelte. Er würde weder

Courtney noch Colin helfen können, wenn er voreilig und unvernünftig handelte und dabei getötet wurde.

Aber die Totenstille, die in dem Haus herrschte, lastete so auf ihm, daß er für den Augenblick einfach nicht fähig war, sich vernünftig zu verhalten.

»Courtney!«

Nach vorne gebeugt wie ein Soldat, der ein vom Feind besetztes Ufer stürmt, rannte er die Treppe hinauf, nahm bei jedem Schritt zwei Stufen. Oben angelangt, packte er das Geländer, um sich zu stützen, und rang keuchend nach Atem.

Sämtliche Türen entlang des Korridors im ersten Stock waren geschlossen, jede einzelne wirkte bedrohlich.

Das Gästeschlafzimmer war ihm am nächsten. Er rannte mit langen Schritten dorthin und stieß die Tür auf. Einen Moment lang konnte er den Anblick nicht begreifen, der sich seinem Auge bot. Bretter, Schachteln, Papier und anderen Müll waren mitten im Raum aufgetürmt, ein Haufen Abfall mitten auf dem schönen neuen Teppichboden. Er trat ins Zimmer, seltsam beunruhigt von der Unlogik dessen, was er sah.

Dann die belegte, schleppende Stimme unmittelbar hinter ihm. »Du hast sie mir weggenommen.«

Alex fuhr herum und ließ sich dabei nach links fallen. Aber es war hoffnungslos. Trotz seines Manövers traf ihn die Kugel und warf ihn zu Boden.

Der große, breitschultrige Mann stand lächelnd unter der Tür. Er hielt eine Pistole in der Hand, die ganz ähnlich wie die aussah, die Doyle in Carson City gekauft hatte – die jetzt, wo er sie doch so sehr brauchte, im Wagen lag.

Er dachte: Das beweist einfach, daß man einen Pazifisten nicht über Nacht in einen Mann der Gewalt verwandeln kann. Man kann ihn mit Mut vollpumpen, aber ihn nicht dazu bringen, ständig an Waffen zu denken.

Es war einfach lächerlich, daß ihm so etwas ausgerechnet in diesem Augenblick durch den Kopf ging. Deshalb hörte er auf, daran zu denken und ließ sich in die rosafarbene Dunkelheit sinken.

Als George Leland aus einem Tagtraum, der sich mit der Farm und seinem Vater befaßt hatte, erwachte, saß er auf Courtneys Bettkante. Er streichelte mit einer Hand ihr Gesicht.

Sie war steif wie eine Marmorstatue und kämpfte gegen ihre Fesseln an. Vergeblich versuchte sie hinter dem Klebeband, das er ihr über den Mund gepflastert hatte, etwas zu sagen. Tränen liefen über ihre Wangen.

»Es ist schon okay«, sagte Leland. »Ich habe ihn erledigt.«

Sie warf sich hin und her und versuchte, seine Hand abzuschütteln.

Leland sah die Pistole an, die er mit der anderen Hand hielt, und erinnerte sich, daß er auf Doyle nur einen Schuß abgegeben hatte. Vielleicht war der Dreckskerl noch nicht tot? Er sollte umkehren und auf Nummer Sicher gehen.

Aber er wollte Courtney nicht verlassen. Er wollte sie noch eine Weile berühren, vielleicht sogar mit ihr schlafen, spüren, wie seine schwieligen Fingerspitzen über ihre weiche, warme Haut glitten. Sich an ihr erfreuen. Freude daran haben, mit ihr zusammen zu sein. Sie beide wieder vereint … Er legte ihr beide Hände auf die Brust und drückte sie mit solcher Kraft nieder, daß sie aufhörte, sich zu bewegen. Er streichelte ihr Gesicht und strich mit den Fingern durch ihr goldenes Haar.

Für den Augenblick hatte er Alex Doyle praktisch vergessen.

An Colin dachte er überhaupt nicht.

Der Junge hörte den Schuß. Er drang nur gedämpft durch die Mauern des Hauses, war aber eindeutig zu identifizieren.

Colin öffnete die Tür und sprang aus dem Wagen, rannte halb die Einfahrt hinunter und blieb dann stehen, als ihm plötzlich klar wurde, daß er nicht wußte, wohin.

Unten am Hügel blieben die Häuser dunkel. Ebenso oben. Allem Anschein nach hatte der Schuß niemanden geweckt.

Okay. Aber er konnte ja immer noch zu einem der Häuser laufen, die Leute wecken und ihnen sagen, was passiert war, oder nicht? Aber während er das dachte, wußte er auch schon, daß es sinnlos war. Er erinnerte sich daran, wie Captain Ackridge Alex behandelt hatte. Und obwohl er wußte, daß die Nachbarn freundlich sein würden, war ihm zugleich auch klar, daß sie ihm nicht glauben würden – wenigstens nicht so schnell, daß das Alex und Courtney noch etwas nützen konnte. Ein elfjähriger Junge? Man würde ihm geduldig zuhören, aber ihn nicht ernstnehmen, ihm vielleicht sogar Vorhaltungen machen. Aber ihm ganz bestimmt nicht glauben.

Er drehte sich um, rannte zum Wagen zurück und sah zum Haus hinüber. Niemand war herausgekommen. Nur zu, dachte er. Alex würde nicht zögern. Er ist einfach hineingerannt, um Courtney zu helfen.

Willst du jetzt erwachsen sein oder sich wie ein ängstliches Kind benehmen?

Er warf sich auf den Autositz, klappte den Handschuhkasten auf und holte die kleine Pappschachtel heraus. Alex hatte die Pistole geladen, bevor sie weggefahren waren, und ihm auch gezeigt, wie man sie schußfertig machte. Er zog den Verschluß zurück, ließ ihn wieder nach vorn schnappen und hörte, wie eine Patrone in den Lauf glitt. Auf dem Sicherungshebel waren winzige Buchstaben zu sehen, die er in der schwachen Innenbeleuchtung mit einiger Mühe lesen konnte: SAFETY ON – OFF. Er schob den Hebel auf OFF.

# 5

Alex starrte die aufgerissenen Kartons, das zerfetzte Zeitungspapier und den übrigen Abfall ein oder zwei Minuten lang an, ehe ihm klar wurde, wo er war und ehe er sich daran erinnerte, was geschehen war. Der Verrückte, diesmal mit einer Pistole …

»Courtney?« fragte er leise.

Als er sich bewegte, löste das Schmerz aus, der in Wellen kam und Übelkeit erzeugte. Er war oben an der linken Schulter getroffen worden, und es fühlte sich an, als ob jemand Salz in die Wunde gestreut hätte.

Wenigstens hat er nicht das Herz getroffen, dachte er. Sicher sind überhaupt keine lebenswichtigen Organe verletzt. Aber das war nur ein schwacher Trost.

Mühsam stützte er sich mit einer Hand ab und kniete hin, wobei Blut auf den Teppich tropfte. Der Schmerz nahm zu; die Wellen schlugen jetzt mit noch größerer Gewalt und schneller über ihm zusammen.

Er rechnete damit, jeden Augenblick einen weiteren Schuß zu hören und vornüber in die Kartons und Zeitungen geschleudert zu werden. Aber er schaffte es, sich mühsam aufzurichten und drehte sich dann um – die Tür war frei, der Wahnsinnige verschwunden.

Die rechte Hand auf die Schußwunde pressend, wobei ihm das Blut zwischen den Fingern durchquoll, ging er langsam quer durchs Zimmer. Er hatte die Tür zum Korridor etwa zur Hälfte erreicht, als ihm plötzlich einfiel, daß es eine gute Idee wäre, sich zuerst irgendeine Waffe zu besorgen, ehe er anfang, nach dem Mann zu suchen. Aber was? Er drehte sich wieder um, sah den Abfallberg an und entdeckte genau das, was er brauchte – ein etwa einen Meter langes und acht Zentimeter breites starkes Brett, das wohl aus den Überresten einer Verpackungskiste stammte. Aus einer Seite ragten drei lange, kaum verborgene Nägel. Das würde gehen. Er hob es auf, wandte sich wieder der Tür zu und ging auf sie zu.

Die acht Schritte, derer es dazu bedurfte, schienen ihm wie achthundert. Als er die Tür erreicht hatte, mußte er stehenbleiben und sich ausruhen. Seine Brust spannte, und das Atmen bereitete ihm Mühe. Er lehnte sich neben der Tür an die Wand, so daß man ihn vom Flur aus nicht sehen konnte.

So geht das nicht, sagte er sich und schloß die Augen, um damit den Raum zum Stillstand zu bringen, der sich schwindelerregend um ihn drehte. Selbst wenn du ihn findest, wirst du ihn nicht davon abhalten können, mit Courtney und Colin zu machen, was er will. Du *darfst einfach* nicht so schwach sein. Das ist der Schock. Du bist angeschossen worden. Du blutest. Und du leidest unter dem Schock. Das würde jeder. Aber du mußt bald darüber hinwegkommen, sonst kannst du dich ebensogut hinsetzen und verbluten.

Leland zog ihr den Klebestreifen vom Mund und berührte ihre blutlosen Lippen. »Jetzt ist alles gut, Courtney. Doyle ist tot. Wir brauchen uns seinetwegen keine Sorgen mehr zu machen. Jetzt geht es nur noch um dich und mich – wir beide gegen alle anderen.«

Sie brachte kein Wort heraus ... Jetzt war sie nicht länger das goldene Mädchen, sondern blaß und fahl wie Milch.

»Ich werde dich jetzt losbinden«, sagte er und lächelte. »Wenn du brav bist, meine ich. Wenn du dich gut benimmst, werde ich die Fesseln an deinen Händen und Füßen lösen – damit wir uns lieben können. Würde dir das gefallen?« Sie schüttelte den Kopf. Nein?

»Freilich würde es das.«

Im Erdgeschoß hinten im Haus zersplitterte eine Fensterscheibe, und die Scherben zerklirrten auf den Dielen.

»Das ist die Polizei«, keuchte sie, ohne wirklich zu

wissen, wer es war, einfach weil sie ihm Angst einjagen wollte.

Er stand auf, ohne ihre Fesseln zu lösen. »Nein«, sagte er. »Das ist der Junge. Wie konnte ich nur den Jungen vergessen?« Verwirrt wandte er sich vom Bett ab und ging auf die Tür zu.

»Tu ihm nichts zuleide!« rief sie. »Um Himmels willen, laß ihn in Frieden.«

Leland hörte sie nicht. Er war nur mehr imstande, jeweils eine Sache wahrzunehmen und darüber nachzudenken. Im Augenblick war das der Junge. Er mußte den Jungen finden und ihn töten, mußte dieses letzte Hindernis ausschalten, das zwischen ihm und Courtney stand.

Schnell verließ er das Schlafzimmer und lief über den Flur auf die Treppe zu.

Als Alex unten das Glas klirren hörte, dachte er, Colin würde vielleicht Hilfe gebracht haben. Aber dann erinnerte er sich daran, daß die Haustür offenstand. Warum kamen sie nicht durch die Tür ins Haus?

Sofort wurde ihm klar, daß Colin gar nicht weggelaufen war, um Hilfe zu holen. Statt dessen hatte der Junge die Pistole aus dem Handschuhfach genommen. Die Pistole, an die Doyle nicht rechtzeitig gedacht hatte. Colin hatte der offenen Haustür mißtraut und war um das Haus herumgegangen, um einen Weg ins Innere zu finden. Er kam ihnen jetzt ganz allein zu Hilfe. Es war sehr tapfer von ihm, das zu tun. Und er würde dabei den Tod finden.

Doyle stieß sich in dem Augenblick von der Wand ab, als Courtney schrie. Vor Überraschung wäre er fast über die eigenen Füße gestolpert. Sie lebte! Natürlich hatte er sich einzureden versucht, daß mit ihr alles in Ordnung wäre – hatte es aber nicht geglaubt. Er hatte damit gerechnet, eine Leiche zu finden.

Er wandte sich der Korridortür in dem Augenblick zu,

als der Wahnsinnige den Treppenabsatz erreichte und sich anschickte, nach unten zu rennen.

Im Schlafzimmer hinten am Korridor schrie Courtney wieder. »Tu ihm nichts zuleide! Bring nicht auch noch meinen Bruder um!«

Auch? Dann glaubte sie, daß ich bereits tot bin, dachte Doyle.

»Courtney!« Es war ihm egal, ob der Mann unten ihn hörte. »Ich bin okay! Colin wird nichts passieren!«

»Alex? Bist das *du?*«

»Ja, das bin ich!« rief er. Die primitive Waffe mit der unverletzten Hand umklammernd, ging er über den Flur die Treppe hinunter, eilte hinter dem Wahnsinnigen her.

## 6

Colin versuchte, die in den Garten führende Küchentür zu öffnen. Sie war abgesperrt. Er wollte keine Zeit damit vergeuden, daß er ein Fenster nach dem anderen ausprobierte, und wollte auch ganz bestimmt nicht durch die Haustür gehen, die Alex verschluckt hatte. Nur eine Sekunde zögerte er, dann drehte er die Pistole um und schlug mit dem Griff einer der großen Glasscheiben in der Tür ein.

Er dachte, daß er es schaffen müßte, schnell genug ins Haus zu gelangen, um noch ein gutes Versteck zu finden, ehe der Wahnsinnige in die Küche kam. Dann würde er aus seinem Versteck kommen und den Mann von hinten niederschießen.

Aber er konnte den Riegel nicht finden, schob den ganzen Arm durch das Loch im Glas, riß ihn sich an den im Rahmen hängengebliebenen Glasscherben auf und tastete innen an der Tür herum ... Es schien überhaupt keinen Riegel zu geben.

Am anderen Ende der hellbeleuchteten Küche sah er die Tür, durch die der Mann gleich hereinkommen würde.

Wertvolle Sekunden verstrichen während er verzweifelt nach dem Riegel tastete …

Und dann hatte er ihn plötzlich gefunden, schrie erfreut auf, schob ihn zurück und stieß die Tür auf. Mit der 22er in der Hand taumelte er in die Küche.

Ehe er nach einem Versteck suchen konnte, stürzte George Leland bereits durch die andere Tür. Colin erkannte den Mann sofort, obwohl er ihn zwei Jahre lang nicht mehr gesehen hatte. Aber das Wiedererkennen lähmte ihn keinen Augenblick. Er richtete die Pistole auf Lelands Brust und drückte ab.

Der Rückstoß lähmte seinen Arm bis hinauf zum Ellbogen.

Leland stürmte wie ein Schnellzug ins Zimmer, unartikuliert brüllend. Seine rechte Hand holte aus, schlug zu und fegte den Jungen auf den blankpolierten Kachelboden.

Colins Pistole fiel klappernd unter den Tisch, für ihn unerreichbar. Und der Junge wußte, während er zusah, wie die Waffe wegrutschte, daß sein erster und einziger Schuß sein Ziel verfehlt hatte.

Alex hatte das Eßzimmer halb durchquert und kam dem ungeschützten Rücken des Fremden näher, der seine Anwesenheit überhaupt noch nicht bemerkt hatte, als der Schuß in der Küche hallte. Er hörte den Wahnsinnigen schreien, sah ihn einen Satz machen, hörte Colin kreischen und einen Augenblick darauf ein lautes Klappern.

Aber er wußte nicht, wer auf wen geschossen hatte.

Er rannte die letzten paar Schritte in die Küche und riß das Brett mit den Nägeln in die Höhe.

Colin lag vor dem Kühlschrank auf dem Boden und versuchte, sich aufzurichten. Zwei Meter entfernt hob der Fremde seine Pistole.

Alex stieß einen heiseren Schrei aus, in den sich so etwas wie wildes Entzücken mischte, und ließ seine improvisierte Keule heruntersausen, schwang sie mit aller Kraft, die ihm zur Verfügung stand. Die drei Nägel zerschlitzten dem anderen die Kopfhaut.

Der Fremde heulte auf, ließ die Pistole fallen und griff sich mit beiden Händen an den Kopf. Er taumelte zwei Schritte nach hinten und stieß an den schweren Küchentisch.

Alex schlug erneut zu. Diesmal bohrten sich die Nägel durch die Hände des Mannes und nagelten sie für einen Moment an seinen Schädel, ehe Doyle das Brett wieder wegriß.

Der Wahnsinnige fuhr herum, um zu sehen, wer ihn von hinten angegriffen hatte. Die blutenden Hände riß er hoch, um den nächsten Schlag abzuwehren.

Alex sah in seine geweiteten blauen Augen und entdeckte darin nicht das Funkeln eines Tollwütigen, sondern nur nackte, normale Angst. Für einen Augenblick hatte der Wahnsinn ihn losgelassen.

Aber das interessierte Alex nicht. Er schlug wieder mit dem Brett zu. Diesmal streiften die Nägel das Gesicht des Fremden, rissen sein Fleisch auf und zogen ihm drei rote Furchen über eine Wange.

»Bitte!« schrie der Mann, lehnte sich über den Tisch zurück und hielt beide Arme vor das Gesicht. »Bitte ... aufhören!«

Aber Doyle wußte, wenn er jetzt aufhörte, war es durchaus möglich, daß der Wahnsinn wieder in diese blauen Augen zurückkehrte, und dann wäre es aus gewesen. Der Mann würde sich auf ihn stürzen, den Vorteil wieder auf seiner Seite haben. Und er würde keine Gnade kennen.

Doyle dachte an das, was dieser Dreckskerl möglicherweise Courtney angetan hatte, was Colin zugestoßen war. Er schlug erneut zu. Und wieder. Seine Schläge wurden mit jedem Mal wilder, er hieb dem Mann die Nägel in die Arme, den Hals, den Schädel ... Wimmernd und keuchend war sich Doyle auf schmerzliche Weise bewußt, daß er jetzt der Wahnsinnige war und der Mann auf dem Tisch der Normale. Aber er hörte nicht auf und schlug mit aller Gewalt zu.

Der Fremde fiel auf den Boden und krachte mit dem Schädel auf die Fliesen. Verzweifelt blickte er zu Doyle hoch und versuchte, etwas zu sagen. Das Blut rann ihm aus hundert Wunden, und plötzlich schoß es ihm wie aus zwei Wasserhähnen aus der Nase. Und dann starb er.

Alex stand eine ganze Minute lang über der Leiche und blickte auf das hinab, was er getan hatte. Er war wie betäubt und spürte überhaupt nichts: nicht Wut, nicht Scham, nicht Bedauern, nicht Sorge, einfach gar nichts. Erst dann wurde ihm bewußt, daß er einen Menschen getötet hatte und keinerlei Reue empfand.

Jetzt strahlten von seiner verwundeten Schulter wieder Wellen des Schmerzen aus, und ihm wurde plötzlich klar, daß er das Brett mit beiden Händen gehalten hatte, daß er in jeden seiner brutalen Schläge die Kraft beider Arme gelegt hatte. Er ließ das Brett auf die Leiche fallen und wandte sich ab.

Colin stand neben dem Kühlschrank in der Ecke, war weiß wie die Wand und zitterte. Er sah jetzt noch kleiner und schmächtiger aus als je zuvor.

»Bist du okay?« fragte Doyle.

Der Junge sah ihn an, brachte aber kein Wort heraus.

»Colin.«

Der Junge zitterte nur.

Doyle ging einen Schritt auf ihn zu.

Plötzlich schrie Colin auf, rannte los, warf sich Doyle entgegen und schlang dem Mann beide Arme um die Hüften. Er schluchzte hysterisch und blickte dann auf; seine Augen glitzerten hinter den dicken Brillengläsern. »Du wirst uns nie verlassen?« sagte er.

»Euch verlassen? Natürlich nicht«, flüsterte Doyle. Er packte den Jungen unter den Armen, hob ihn hoch und drückte ihn an sich.

»Sag, daß du uns nicht verlassen wirst!« schrie Colin. Tränen strömten ihm über das Gesicht. Er zitterte jetzt so, daß Doyle ihn nicht fest genug an sich drücken konnte. »Sag es!«

»Ich werde euch nie verlassen!« rief Doyle und preßte ihn noch fester an sich. »O Gott, Colin, ihr beide seid jetzt alles, was mir noch bleibt. Alles andere habe ich verloren.«

Der Junge drückte den Kopf an seinen Hals und weinte.

Doyle trug Colin aus der Küche durchs Eßzimmer zur Treppe. »Wir werden jetzt nach Courtney sehen«, sagte er zu dem Jungen und hoffte, daß der Klang seiner Stimme ihn beruhigen könne.

Aber das tat sie nicht.

Sie hatten die Treppe zum ersten Stock halb hinter sich gebracht, als der Junge in Doyles Armen noch heftiger zu zittern begann. »Ist das auch wirklich wahr? Du wirst uns wirklich nicht verlassen?«

»Das ist wahr.« Doyle küßte den Jungen auf die von Tränen feuchte Nase.

»Niemals?«

»Niemals, das habe ich dir doch gesagt ... Ihr beide seid alles, was mir geblieben ist. Alles andere habe ich verloren.«

Alex hielt den Jungen immer noch sehr fest, während er dachte, daß zu den Dingen, die er verloren hatte, auch die Fähigkeit gehörte, wie ein Kind zu weinen. Und in diesem Augenblick wünschte er sich nichts sehnlicher.